가야왕국

伽耶諸國
＊가야제국 멸망의 역사

＊궁녀 아라는 어떻게 순장되었나?

가야는 어떤 나라인가? 작가는 소설을 쓰기 전에 가야라는 나라의 실체를 먼저 규명해야 했다. 작가가 생각하는 가야는 마치 중남미 대륙에서 한때 융성하다가 갑자기 사라져 버린 잉카나 마야의 미스터리한 제국들과 같은 것이었다. 가야는 지난 2000년 동안 잊혀져 온 역사의 나라였다. 우리나라 최고의 역사서인 삼국사기에는 신라, 고구려, 백제 3국의 역사만 전하고(삼국사기의 편찬자들이 왜 그랬을까?) 가야에 대해서는 그저 1500년 전까지 존재하다가 사라진 나라라고만 기록하고 있다.

역사는 기록에 의해서 전해지는 것이다.

기록에 없는 가야는 그저 1500년 전까지 존재하다가 사라진 제국^{諸國}일 수밖에 없다.

그러나 가야는 분명 거대한 모습으로 500여 년 동안 이 땅에 고구려, 백제, 신라와 함께 어깨를 견주며 존재하던 나라다.

국도를 지나가다 보면 곳곳에서 눈에 띄는 능선처럼 늘어선 거대한 봉분 군들. 이들이 가야 시대 왕과 귀족들의 무덤이다. 여기에 무수한 가야의 이야기들이 묻혀있는 것이다.

작가는 가야의 이야깃거리를 찾아서 2000년 전으로 여행을 떠났다.

소설을 쓰고자 하는 생각을 가지게 된 것은 때마침 가야 고분군이 세계문화유산으로 등재가 되었다고 축제를 벌이는 마당이 선 때문이었다. 1500년 무덤 속에서 잠자던 가야가 깨어나 사람들에게 기지개를 켜는 때, 작자도 무엇에 홀린 듯이 2000년 전 세월 속 여행으로 빠져들어 갔다.

마침 그때 작가는 어떤 사정으로 아라가야의 봉분과 눈만 뜨면 마주하는 함안군 가야읍에 살고 있었다. 아침 안개 속에서 거대한 모습으로 눈에 들어오는 신기한 광경을 매일 보는 곳이었다.

작가는 소설의 모티브를 찾고자 틈만 나면 고분길을 걸었다. 그리하여 1500년 전 사라진 가야인의 목소리를 듣고자 하였다. 고분의 주인은 한 시대를 주름잡던 영웅호걸이었다. 함께 발굴된 부장품에서 당시대를 주름잡았던 그들의 이야기를 들을 수 있었다.

그로부터 일 년여의 세월이 흘러 이제 한 권의 책을 내놓게 된 것이다.

이 책은 역사서가 아니다. 그동안 연구가들이 심혈을 기울여 발표한 내용과 발굴된 유물을 관람하면서 소설가의 관점에서 지어낸 이야기다. 소설에 등장하는 배경이나 역사적 인물들 또한 소설가의 상상을 거쳐 되살아난 것이어서 역사적 기록과 다를 수가 있다.

소설 속의 가야왕국은 가상의 왕국이다. 가야왕국이란 애초에 없는 나라이다. 소설 속의 이야기는 가야의 여러 곳에 존재하던 소국에서 일어난 일이다.

소설을 쓴 작가의 관점에서 한점 모티브로 2000년 전 세월을 더듬어 역사를 복원해 보는 것도 중요한 일이지만 보다 더 먹먹하게 울림을 준 것은 가야 시대의 독특한 장례 풍습인 순장제도였다. 무덤의 주인과 함께 껴묻기를 당한 그들의 삶은 대체 무엇이던가?

2000년이라는 세월이 흘러 환경과 사고, 모든 것이 변한 세상이지만 아무리 시대가 변해도 삶에 대한 원초적 생각은 변하는 문제가 아니기에 순장자 아라를 주인공으로 내세워서 이야기를 엮었다.

아라가야의 고장 가야읍에서

2025. 1. 20 작가 윤만보 씀

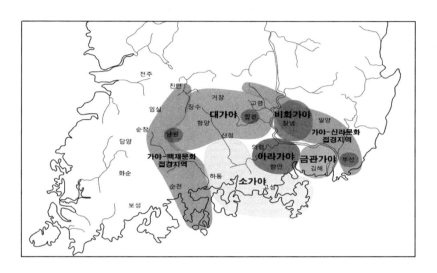

| 목차 |

피리 부는 소년

삐리릭~~삑삑삑 삐리릭 삐삐

소리야 멀리멀리 퍼지거라.

  소년의 피리 소리는 캄캄한 밤하늘을 가르고 높이 솟았다. 소년은 피리 소리가 더욱 멀리 퍼지도록 아랫배에 힘을 주어 불었다. 소년은 한참을 그렇게 피리를 불어댔다. 오늘 하루만 그렇게 하는 것이 아니고 소년은 매일 밤 이렇게 한밤중에 피리를 불었다. 비가 올 때도 눈보라가 칠 때도 피리 소리는 그치지 않았다. 소년의 피리는 한 방향으로 달려 나갔다.

  십 리 밖 왕궁 안에서 들을 수 있도록 남쪽을 향하고 있었다.

  "물이야, 또 밤을 새울끼가? 인자 고마하고 들어오너라."

  달빛과 별빛 외에 사방이 캄캄한데 한점 빠끔히 호롱불이 새어 나오는 곳에서 할배의 목소리가 들렸다. 말끝에 쿨럭쿨럭 기침소리도 함께 섞여 있었다.

  물이는 할배의 소리를 듣고서 그제야 소리를 그쳤다.

가야왕국

삐그덕 방문 여는 소리에 할배의 잠자리가 방해받지 않을까 조심히 들어오려 하였으나 방문이 문틀과 맞지 않은 탓에 여닫는 소리가 너무 크게 들렸다.

할배는 아랫목 구석에 붙이듯이 앉아서 그때까지 자지 않고 물이의 피리 소리를 듣고 있었다. 오소리 기름 호롱불이 방 한가운데서 꺼질 듯이 펄럭이는 바람에 할배의 모습이 괴이하게 비쳤다.

물이는 윗목으로 가서 자리를 잡았다.

"물이야" 할배는 자리를 펴고 누우려는 물이를 낮은 목소리로 불렀다.

"…"

"정녕 못 잊겠나?"

"…예… 어찌 잊겠십니꺼?"

"그만하면 됐다 아이가? 평생 살아서는 못 볼낀데 괜히 니 마음만 끓이지 말고 고마 잊어버리거라."

"…"

"궁으로 잡히간 여자 아가 살아서 밖으로 나왔다는 말은 여지껏 들어보지 몬했다."

"… 아무리 글치만 죽어가는 목숨인데 어찌 잊겠십니꺼? 시간이 지날수록 눈에 더 밟힙니더. 이리라도 마음을 전해볼라꼬 하는 짓 아입니꺼?"

"목숨이 너무 질다…" 노인은 한숨을 길게 내쉬었다. 후─

"아직은 죽기 아까운 목숨 아입니꺼? 얼마 살지도 못한 인생인데 우째 그런 말씀을 하십니까?"

물이는 할배의 말에 볼멘소리를 냈다. 할배의 말에 섭섭함을 느꼈던 것이다.

"내 말은 궁으로 잡히간 아라^{阿羅}를 말하는 기 아니다. 임금이, 임금에 목숨이 질기다는 기다." 할배는 물이의 생각을 알아차리고 설명을 덧붙였다.

"임금이 일찍 죽게 되몬 아라도 같이 죽게 되는 것이 아입니꺼?"

"그래, 그냥 답답해서 하는 소리다. 임금이 자리에 누운 지가 3년이 넘었고 아라가 궁으로 붙잡혀 들어간 지도 그즈음이다 보이, 보는 사람이 더 안타까바서 하는 말이다." 후− 노인은 또다시 한숨을 내쉬었다.

"정녕 아라는 살아날 방도가 없겠십니꺼?" 물이는 그 말을 몇 번이나 물었다.

"어찌 그런 기적을 바라겠노? 순장조^{殉葬組}는 이미 임금과 명을 같이 하기로 정해져 있는데… 임금이 오래 살아도 산목숨이 아니고 임금이 죽게 되몬 뒤따라 죽어야 하니끼네 죽은 목숨으로 살아가는 것이 아이겠나… 고마 잊거라."

밖에서 쓰으~윽 쓱 마당을 쓰는 듯한 바람 소리가 들렸다.

"저 소리가 들리나?" 할배가 물었다.

"바람 소리 아닙니꺼?"

"니 귀에는 바람 소리로밖에 들리지 않나? 웅웅웅 바람이 우는 소리는 못 듣는 모양이제? 저 바람 소리는 그냥 바람 소리가 아이고 바람이 우는 소리다. 웅웅웅 쿨럭 쿨럭" 오늘따라 할배의 말수가 많아

가야왕국

졌다. 말 사이에 간간이 기침이 섞여 나와 힘이 드는데도 할배는 무언가 물이에게 해줄 이야기가 많은 듯 말꼬리를 놓으려 하지 않았다.

"저 소리는 왕릉 뒤쪽에 있는 대나무 숲이 우는 소리다. 자세히 들어보거라."

"… 자세히 들어보니 여인의 울음소리같이 들립니더. 엉엉하고…"

"그렇제 여인의 울음소리로 들리제… 그것도 한두 사람이 아이고 여러 사람의 소리가 뒤섞인, 아주 한이 많이 맺힌 소리 같제?"

"…자세히 들어보니 그런 것 같십니더."

"내 귀에는 저 소리가 점점 크게 들린다. 처음에는 작게 들리다가 점점 크게 들린다. 저 소리가 커지꼬 하늘을 울릴 때몬 나라에 큰 변고가 일어났다 아이가. 앞들과 큰들이 잠기도록 큰물이 일던가 나라에 전쟁이 일어나서 많은 사람이 죽는 일 말이다. 쿨럭쿨럭 크윽"

"타구를 가져 드리까예?" 물이는 밖으로 나가서 작은 토기 그릇 하나를 들고 들어왔다.

할배는 속에서 긁어낸 가래침을 타구에다 퉤 뱉었다. 그리고 또 이야기를 이었다.

"내가 너거들을 데려오기 전에도 저 한 맺힌 듯한 울음소리가 하늘을 가득 울리더마는 큰물이 졌다 아이가. 큰 강이 흘러넘쳐서 마을이 온통 잠기고 사람들은 산으로 피신을 했제. 그런 난리를 겪고 나서 너거들을 데려온 기다."

할배는 10년 전 큰물이 졌을 때를 말하는 것이다. 그때 할배의 집도 물에 다 잠겼는데 할배는 마침 산속으로 들어가서 토기를 굽고 있었기에 몸은 구할 수가 있었다. 동네에 남아 있던 사람 중에 많은 사람이 물에 휩쓸려서 죽었다.

난리는 홍수 이후가 문제였다. 아래들 큰들 할 것 없이 모두가 물에 잠겨버려 소출을 거두기가 어려우니 굶어 죽는 사람이 생겨났고 큰물 뒤 끝에 돌림병이 돌아서 죽는 사람이 곳곳에서 속출했다. 할배의 아내와 아이 둘도 그때 돌림병으로 죽었다. 아이가 살아있었으면 물이 나이고 아라 나이는 됐을 것인데 할배는 가족의 장례도 제대로 치르지 못하고 마을을 떠나야 했다.

관에서 나와서 성한 사람들을 모두 마을 밖으로 내쫓았다. 마을 안에 머물러있어도 사람들은 유령들만 살 것 같은 빈 껍데기로 변해버린 마을에서 살 수가 없었다. 사람들은 살기 위해서 마을을 떠났다.

할배는 물이 잦아들고 하늘이 평온해졌을 때 가마 속에 쟁여둔 토기들을 챙겨서 배를 타고 떠났다.

궁하면 바닷가로 가라 했던가…. 바닷가로 가면 굶어 죽지는 않는다는 말을 들었다. 물고기도 있고 미역이나 톳을 뜯어 먹어도 목숨은 부지할 수가 있다는 말을 들어서 강을 따라 남쪽으로 향했다. 어느 곳으로 가든 토기 굽기에 적당한 흙만 있다면 항아리와 밥그릇 물그릇 옹기를 구워서 밥벌이는 할 수 있겠다는 생각을 했다.

옹기를 구워서 강가 이 마을 저 마을로 배를 타고 떠다니면서 양식이 될 만한 것들을 바꾸어서 생활하며 지냈다.

그때 어느 마을에선가 부모를 잃고서 떠돌아다니던 두 아이를 만났던 것이다. 아이는 어미 잃은 짐승처럼 처량하고 불쌍한 모습으로 떠돌아다니고 있었는데 사내아이는 일곱 살이고 여자아이는 그보다 어렸다. 제 몸 가림도 못할 나이였다. 사내아이가 오빠처럼 어린아이를 보살피는 모습이 너무나도 불쌍하여 할배는 그 둘을 데려다 키우기로 하였다. 아이들은 이름도 없는 것을 할배가 데려와서 이름을 지어주었다.

사내아이는 물가 마을에서 데려왔다고 하여 물이라 지었고 여자 아이는 할배가 살던 알촌마을의 이름을 따서 아라라고 지어주었다.

물이는 토기 굽는 일을 돕다가 나이가 들면서 노인이 배를 타고 토기를 팔러 나갈 때 뱃사공 일도 도왔다. 아라는 제법 처녀티가 나면서 살림을 맡았다. 흙 묻힌 옷가지를 강가로 가져다 빨아오기도 하고 밥도 해다가 바쳤다. 산으로 다니면서 나물도 뜯어오고 물도 길어오고 살림을 곧잘 살았다.

빨래터에 모인 아낙들이 좀 더 크면 데려다 며느리 삼겠다고 농담도 했다.

그러던 어느 날이었다. 궁에서 나온 군사들이 한밤중에 집으로 닥쳐서 아라를 끌고 가 버렸다. 궁녀를 시키기 위하여 데려가는 것이라 했다.

궁녀 아라 阿羅

　왕은 오랫동안 병석에 누워서 일어나지 못했다. 병세가 점점 심해져서 혼절하여 며칠째 정신을 차리지 못하는 때도 있었다. 병이 깊어져 가고 왕이 다시 일어날 기미가 보이지 않자, 장례 절차가 준비되고 있었다. 하늘의 별자리와 땅의 묏자리도 보고 하늘에 올라가기 전 조상님께 신고하는 제를 올리는 등 여러 절차를 치렀는데, 문제는 죽는 왕과 함께 따라서 죽어야 하는 순장조를 꾸리는 일이었다. 왕은 죽어서도 살아서와 마찬가지로 풍요와 영광을 누리며 편하게 지내야 하므로 그를 수발할 사람도 같이 데려가야 했다. 왕의 혼백을 안전하게 모시려면 호위하는 무사가 필요했고, 곁에서 시중을 들 궁녀가 필요했고 왕이 일상을 살아가는 데 필요한 의식주를 생산하는 농부와 같은 일반 백성도 필요했는데 이들은 모두 순장조가 되어 왕이 죽을 때 같이 무덤 속에 매장되어야 했다.

　왕의 사후 장례 절차가 소도蘇塗에서 논해졌다. 장례를 주관하는 일은 하늘의 별자리를 보고 나라의 운세를 보는 천군天君이 소관하였다.

　　　　　　　　　　　　가야왕국

큰궁녀는 왕이 살아있는 동안에 병수발과 수라와 침전의 일을 담당하고 있었는데 순장조에 왕이 죽을 때 곁에서 시중을 들던 궁녀를 데려가는 관례가 있고 이번에 그 순번이 자신이 해당될 것이라고 예상하고 큰 고민에 빠졌다.

아무리 주군에 대한 충성심이 강하다 해도 죽는 왕을 위하여 기꺼이 죽음을 택할 사람이 어디 있는가?

거절할 수 없는 명분을 주어 따라 죽게 하거나 강요에 의해서 어쩔 수 없이 택할 뿐이지, 아니면 죽임을 당하여 같이 묻히는 것이지 자의로 이를 따를 자는 없는 것이다.

궁녀는 곧 닥쳐올 죽음이 두려웠다.

큰궁녀는 고민을 하다가 소도로 천군을 찾아갔다.

"정녕 임금을 가까이서 모셨던 궁녀를 순장조로 데려가야 하는 것이 맞는 것인지요?"

"임금에 대한 충성심이 약한 게로구나." 천군은 엄격한 어조로 말했다.

"충성심이 부족했으면 여태껏 임금을 가까이서 모셨겠습니까? 죽기가 싫사옵니다." 큰궁녀는 애원하며 말했다.

"… 음, 네가 죽기 싫다면 다른 방도가 있긴 하지."

"그 방도가 무엇이옵니까? 소녀 목숨을 살리는 일인데 무슨 일인들 마다하오리까? 가르쳐주소서."

"임금께서는 아직 돌아가시지 않았다. 네가 하던 수발 일을 다른 사람에게 맡겨라. 그런 뒤에 내가 사자가 데려갈 인물이 바뀌었음을 하늘에 고하면 되는 것이다."

"정녕 그리하면 되겠사옵니까? 실은 궁궐 앞 마을에 참한 규수를 하나 보아놓았습니다. 아직 초조(初潮, 초경)도 시작하지 않은 나이입니다."

"나이로 보아 늙은 궁녀보다는 훨씬 낫구나."

큰궁녀는 자신의 일을 대신 맡아줄, 엄밀히 말하면 순장을 대신해 줄 계집아이 하나를 봐두었다. 계집아이는 부모를 잃어버리고서 그 또래의 사내아이와 함께 돌아다니는 것을 토기 만드는 노인이 데려다 키우고 있다는 소문을 들었다. 마을 아낙들의 떠도는 말에 의하면 노인이 토기를 팔러 배를 타고 다니다가 강기슭 어느 마을에서 부모 없이 돌아다니는 것을 데려왔는데 부모가 살기가 어려워 내다 버렸을 것이라 했다. 여자아이는 얼굴도 곱상하고 한창 피어오르는 꽃봉오리처럼 싱싱한 자태에다가, 그 나이에 노인을 공경하고 수발하는 모습을 보면 훗날 며느릿감으로 손색이 없을 것이라고… 탐을 내는 사람이 한둘이 아니라는 것이다.

궁녀는 천군의 말을 듣고서 계집아이를 궁으로 데려오기로 마음먹었다. 궁녀는 준비해 간 금붙이와 노리개 주머니를 품속에서 꺼내 제단 위에 놓고서 나왔다. 궁으로 돌아오자 궁녀는 군장을 불러서 여자아이를 데려오게 했다.

"절대 눈치채고 도망을 못하게 해라." 엄밀하게 당부를 했다.

'쿨럭쿨럭' 왕의 목에서 나는 말소리는 어눌하였지만, 간간이 뱉어내는 기침소리는 낭랑했다. '카~악' 가래를 끌어올리자, 곁에서 수발을 드는 궁녀가 잽싸게 타구를 가져다 왕의 입가에 갖다 댔다. 왕의 입에서 타구에 다 뱉지 못한 가래와 침이 턱을 타고 흘러내렸다. 궁녀는 수건을 받쳐 침을 닦았다.

왕을 수발하는 궁녀는 노인의 집에서 물이(勿而)와 함께 살다가 궁으로 붙잡혀 온 아라(阿羅)였다.

"변~ 변이 마렵다…." 왕의 입에서 힘들고 가는 목소리가 흘러나왔다.

"큰 것이옵니까? 아니면 작은 것? 어느 것이옵니까?"

"크~은 것."

왕의 대답과 함께 아래에서 소리가 났다. 왕의 방귀 소리는 목소리와 달리 힘찼다. 궁녀는 왕이 덮고 있는 이불을 젖혔다. 지독한 냄새가 진동했다. 궁녀는 차마 코는 틀어막지 못하고 고개를 돌렸다.

왕의 아랫도리는 알몸이었다. 요에는 아래에서 흘러내린 똥, 오줌 분비물이 섞여서 흥건했다.

"돌아누우소서."

왕은 혼자서는 돌아눕지 못했다. 다른 사람의 도움이 필요했다. 궁녀는 왕을 들어서 옆으로 눕히려 했으나 힘에 부쳤다. 이 광경을 두어 발짝 떨어져서 코를 막고 지켜보고 있던 큰궁녀가 가까이 와서 도왔다.

아라는 벗겨진 왕의 아랫도리를 수건으로 적셔서 닦아냈다.

먹은 것도 별로 없는데 웬 똥! 오줌은 왜 이렇게 많이 싸는지….

왕이 매일 목구멍에 넘기는 음식이라고는 몇 숟갈 정도의 미음뿐이었다. 그리고 물 몇 모금이었다. 그런데도 찔끔찔끔 싸댄 오줌이 바닥에 흥건했다. 대변은 하루에 두 번 많을 때는 세 번도 쌌다.

몸을 닦은 다음에 물로 온몸을 씻어냈다. 그리고 새 요를 깔아서 눕혔다. 그러기를 하루에도 몇 번을 반복했다. 왕은 자신의 몸 구석구석을 닦아내어도 손끝 하나 움직이지 못했다. 궁녀가 하는 대로 내버려 두었다.

아라는 처음 왕의 아랫도리를 보았을 때, 불알은 축 처져 있는데 가운데에 성기가 오그라져 있는 것을 보고서 남자는 이렇게 생겼구나! 남자의 아랫도리가 자신과 다른 것을 보고서 신기해했다.

온몸을 닦아내자, 왕의 얼굴은 편안해졌다. 왕은 무엇인가 말하려는 듯 입을 씰룩거렸다. 왕의 입에서 다시 침이 흘러내렸다. 궁녀는 수건으로 왕의 입가를 닦았다.

"~며~ 엇 살~ 이지" 가느다랗게 목구멍에서 겨우 나오는 소리로 물었다.

"열여섯이옵니다."

"…응, 아깝구나~ 아까워" 왕은 같은 말을 몇 번을 묻는지 모른다. 하루에도 여러 번 그렇게 물었다. 왕은 무슨 생각으로 그렇게 되묻는 것일까?

아라는 나름대로 왕의 생각을 헤아려 보려 했다.

왕은 여러 해 동안 병석에 누워 있었다. 병의 차도는 보이지 않고 점점 심해져 갔다. 사람들은 왕이 곧 죽으려나 보다고 했다. 왕의 나이 마흔다섯. 아직 죽기는 이른 나이다.

그 나이에 죽는 것이 아깝다는 것인가? 아니면 썩어가는 냄새를 맡아가며 자신의 병수발을 하다가 순장조가 되어 같이 죽어야 하는 어린 궁녀의 나이가 아깝다는 것인가?

아라는 어느 날 집에 있다가 군사들에게 끌려서 궁으로 들어왔다. 처음 군사들에게 붙잡혀 끌려갈 때는 죽으러 가나 보다, 하고 잔뜩 겁을 먹었는데 궁에 들어오니 왕의 병수발을 시키는 것이었다. 궁궐 생활의 법도와 왕을 수발하면서 지켜야 할 여러 가지 일들을 큰궁녀에게서 배웠다. 처음에는 겁을 먹었으나 차츰 안정을 찾아갔고 3년쯤 지나가니 이제는 익숙해졌다. 궁에 들어오니 무엇보다도 먹는 것과 잠자리 걱정을 하지 않아도 됐다. 난생처음 아니 평생을 두고도 먹지 못하는 산해진미의 음식을 삼시 세끼 끊이지 않고 맛볼 수 있었고 아무리 추위가 닥쳐도 얼어 죽을 걱정을 하지 않아도 됐다.

그래도 때때로 밖에 있을 때가 생각이 났다. 할배가 걱정이 됐고 물이 오빠가 보고팠다. 왕이 잠든 시간 침소 밖으로 나와 한숨을 돌리는 때에 삐리릭 삐삐~ 바람을 타고 들려오는 피리 소리가 물이 오빠가 들려주는 안부라는 것을 알아차린 것은 궁에 들어온 지가 한참이 지난 때였다. 아라는 매일 같은 시간에 난간 기둥에 기대서 피리 소리가 들려오는 바람이 불어오는 쪽을 바라보며 할배와 오빠에게 안부를 전했다. 부디 오래오래 건강하게 사셔서 다시 보게 되기를 간절한 마음으로 빌었다.

왕의 눈에서 눈물이 흘러내렸다. 아라는 수건으로 눈물을 닦아냈다. 눈에서 흘러내리고 있는 것으로 보아 눈물이라 하였으나 눈물이지 진물인지 구별이 되지 않았다.

왕의 눈은 초점이 없이 멍했다. 멍한 시선이 한곳을 향하고 있는 것으로 보아서 무슨 생각을 하긴 하는 모양인데 그 생각을 알 수가 없었다. 왕은 그 생각으로 하루를 보냈다. 왕은 잠을 자면서 멍한 시선으로 보았던 것들을 생각했고 눈을 떠서는 잠 속에서 멍한 시선으로 보았던 망상을 생각하면서 지냈다.

왕의 눈에 비친 생각은 아주 멀리 옛날 일이었다. 그것은 왕이 어렸을 때의 일이기도 하고 아버지 때 일이기도 하고, 때로는 그 아버지의 아버지 때의 일들이었다. 얼굴도 기억할 수 없는 할아버지의 할아버지 때 일들도 떠올랐다.

전쟁 시대

    들판이 온통 노랗다. 곡식이 잘 영글어 백성들의 얼굴이 함지박처럼 피었다. 강에는 배를 띄웠다. 배에는 곡식과 함께 토기 항아리와 그릇, 생활에 소용되는 여러 물품들이 가득 실려있다. 그것을 싣고 먼 곳으로 가서 팔고 필요한 다른 물건들과 바꾸었다. 곡식과 토기 그릇들을 해산물이나 소금 등 그곳 지역 특산물과 바꾸어서 돌아오는 뱃사람의 얼굴은 시커멓게 그을리긴 했으나 밝고 강건해 보였다.

    강과 바다를 끼고 여러 나라들이 있었는데 이들은 이웃하여 살면서 서로 교류하였다. 부족한 것이 있으면 서로 나누고 바꾸어 보충하고 어려움이 있으면 서로 도우며 지냈다.

    사람들은 이곳 지방을 변한이라 불렀다. 변한을 가운데 두고 동쪽은 진한, 서쪽 지역은 마한이라 하였다. 변한 지방은 동·서에 큰 강이 흐르고 강 주위로 비옥한 들판이 발달하여 농사를 지으면 수확이 풍성했다.

    또 강을 통하여 바다 먼 곳으로 나가서 무역을 통하여 다른 나라와 교류하였는데 그곳 사람이 그곳 특산물을 배에 싣고 와서 이곳 생산품과 교환해 가기도 했다. 바다 진출은 멀리 왜와 중국 한나라까지 이어졌다. 왜와 한나라와 무역을 할 때는 철정(鐵鋌)(쇳덩이)을 가지고 나가 필요한 물품들을 바꾸어 왔는데, 철정은 특히 철 생산이 없는 왜와 무역하는 데 중요하게 사용되었다. 사람들은 풍성한 수확을 거두고 나면 이곳 사람이 만든 고유한 악기인 금(琴)을 연주하며 춤을 추고 노래를 불렀다.

사람들이 사는 나라는 작았다. 이들 나라 사이에서는 절대적 강자가 없었으므로 각 소국별로 자치적으로 운영되었다. 서로 간에 자유롭게 왕래하면서 평화로운 관계를 유지하며 지내왔다. 나라 이름은 미리미동국(밀양), 악로국(하동), 감로국(김천), 군미국(사천), 가락국(김해), 안라국(함안), 반파국(고령) 등으로 불렸는데 이들 외에도 해안과 연계된 지역에는 여러 소국들이 존재하였다.

변한에는 질 좋은 철이 많이 생산되었는데 사람들이 산속 광산에서 철광석을 캐내어 우마차에 실어서 날랐다. 철광석은 화로로 운반되어 쇳덩이가 되고 대장간으로 옮겨져서는 낫이나 괭이 같은 생활 도구로도 만들어지지만, 쇠 편이 되고 투구가 되고 갑옷이 되고 칼과 창 병장기로도 만들어졌다.

병사들은 갑옷과 병장기를 챙겨 들고 전쟁터로 나가서 싸움을 했다.

가락국에서 큰 강을 건너면 삽량 땅이고 삽량에서 큰 산을 하나 넘으면 사로국이다. 사로국(신라)은 가락국이 건국하기 약 100년 전에 계림지방(경주) 여섯 촌장이 모여서 박혁거세를 거서간(왕)으로 뽑아서 세운 나라다.

사로국은 주변의 여러 소국을 복속시키며 영토를 넓혀나갔는데 북쪽으로는 실직국, 동쪽으로는 음즙벌국을 정벌하고 서쪽으로 진출을 꾀하고 있었다. 서쪽 큰 강 너머는 가야의 가락국 땅이다.

가락국 수로왕은 사로의 팽창을 더 이상 묵과할 수 없었다. 사로의 군사가 북쪽 고령을 공격한다는 보고를 받고 긴장했다.

이보다 먼저 사로국은 탈해 이사금 시절에(거서간에 이은 또 다른 왕의 명칭, 신라에서는 이외에도 왕을 차차웅, 마립간으로 불렀다.) 가락국을 침범한 일이 있었다. 이때 가락은 군사 1,000명을 잃었다. 다행히 황산강(낙동강)이 방어막이 되어 사로는 더 이상 서쪽으로 진출하지 않았지만 가락의 수로왕은 안심할 수 없었다.

고령 땅이 사로의 속국이 되면 그곳이 가락의 머리 쪽이 되어서 결국 가락이 공격을 당하게 될 것이라며 수로왕은 위기감을 느끼고 선제공격했다.

사로국의 파사왕은 갑작스러운 가락의 공격을 받게 되자 적이 당황했다.

가락왕의 나이가 백 살이 넘었는데 어찌 젊은 나를 상대로 이길 수가 있다고…. 사로의 파사왕은 가락의 수로왕을 얕잡아 보고 있었다.

그런데 지금 선제공격을 해오는 것이 아닌가?

파사왕은 이 기회에 가락을 손에 넣고자 했다. 가락을 손에 넣게 되면 선대왕이 그렇게 바라던 황산강을 통한 남해안 진출의 길이 열리게 되는 것이다.

　가락이 남쪽 해안을 통하여 중국과 왜, 고구려와 교역을 하면서 부를 쌓고 있으니, 그것도 빼앗아 올 수 있고 가락 땅은 넓고 비옥하여 수확물이 풍성하고 그곳에서는 질 좋은 철이 많이 생산되니 그도 또한 탐이 나는 것이다.

　그러나 막상 싸움이 붙게 되니 가락의 군대는 그리 만만한 상대가 아니었다. 철갑옷과 투구로 감싼 병사들이 말을 타고 질풍처럼 달려오는 모습을 보고 사로의 병사들은 기가 죽어서 감히 맞서지를 못했다. 우선 그 괴이한 모습에서부터 겁을 먹었다. 병사들은 철갑옷, 투구뿐 아니라 철장갑, 철목도리, 다리와 팔에도 철갑판을 둘렀다. 말에게도 철갑옷을 입혔고 마두에도 철두건을 씌웠다. 먼지를 일으키며 달려오는 그 모습은 성난 황소의 기세였고 지옥에서 온 사자 같았다. 화살을 쏘아대도 무대뽀로 밀고 들어오고 칼로 내리쳐도 챙 소리만 날 뿐 병사들은 멀쩡했다. 말 탄 적들이 휘두른 칼과 창, 도끼에 이쪽 병사들은 베이고 찔리고 찍혀서 속수무책으로 나가떨어졌다.

　수로왕은 탈해왕에게 당했던 실패를 되풀이하지 않기 위하여 준비를 단단히 하였던 것이다.

　사로의 군사들은 몇 번 싸워보지 못하고 멀찌감치 도망을 쳤다. 도망을 하여서 가락의 기병들이 더 이상 쫓아오지 못하게 산등성이 위로 피신하고서 진을 쳤다. 사로의 병사들이 쫓겨난 너른 들판은 가락

군사들이 장악했다.

'과연 철의 나라라 하더니… 철로 저렇게 몸을 감싸고 덤비는 저놈들을 어떻게 당할 수 있을꼬…'

병사들이 싸우는 모습을 멀찍이서 지켜보고 있던 파사왕은 가락군의 승리를 인정했다.

파사왕은 수로왕에게 화친을 청했다. 파사왕은 가야와 전쟁을 일으킨 데 대해서 사죄를 하고 서라벌 6부 촌장과 함께 수로왕을 초청하여 잔치를 베풀었다. 그러나 잔치 자리에 6부 촌장이 모두 참석하여 수로왕에게 예를 갖추기로 하였는데 6부 촌장 중 한기부(漢祇部) 촌장만은 참석하지 않고 하급 관리를 보냈다. 이에 수로왕은 화를 벌컥 내고 시종을 시켜 관리를 죽이라 하였다.

"약속이 틀리지 않는가? 이는 과인을 속이기 위함이다." 잔치판이 한순간 얼어붙었다. "노여움을 푸소서. 한기부 장(長)을 붙잡아다가 추궁을 하겠나이다."

파사왕의 사과로 겨우 무마되긴 하였으나 노여움으로 봐서 화친이 유지될지 의문이었다. 파사왕은 수로왕의 노여움을 풀어주기 위하여 자신의 잘못을 알고 음즙벌국에 피신해 있는 한기부 장을 붙잡아다 처형을 해버렸다. 이로써 양국간에 평화가 유지되었지만, 파사왕은 안심할 수 없었다. 서라벌로 들어오는 길목에 가소와 마두 두성을 쌓아서 대비를 하였다.

두 나라는 파사왕이 죽은 이후 아들인 지마(祇摩) 이사금(尼師今)이 후계를 이어받고서 또 한 번 대규모 전쟁을 치르게 되는데 지마(祇摩)는 아버지 파사왕이 당했던 치욕을 복수하기 위하여 직접 1만의 병사를 이끌고 가락국을 공격하였다. 그러나 이 전쟁에서도 사로는 패하고 말았다. 가락국의 군사는 사로의 군사가 진격해 오는 길목에 매복을 하고 기다리고 있다가 때마침 태풍이 불고 큰비가 내려서 사로군이 혼란에 빠진 틈을 이용하여 공격 승리를 하였다.

이로써 가락국은 가야제국 내에서 맹주로서 자리가 우뚝 서게 되었다.

그러나 전쟁은 많은 것을 피폐하게 만들었다. 가락국이 비록 전쟁에서 승리하였다 하나 이로 인해서 국력 또한 만만치 않게 소진이 되었다. 가야 내의 여러 소국들 사이에서 전쟁에 대한 불만의 소리가 높았다. 그러한 불만은 급기야 내부적 저항까지 일으켰다.

가야국 내에는 강역이나 해안을 따라 여러 소국들이 산재해 있었는데 이들 소국들이 연합하여 반란을 일으킨 것이다. 이른바 포상팔국^{蒲上八國}의 난이었다.^亂

포상팔국이란 골포(마산 합포), 칠포(함안 칠원), 고사포(고성), 사물(사천) 등 강역이나 해안에 근거지를 둔 여덟 소국을 말하는데 이들이 연합하여 농경지 확보와 해상무역권 쟁탈을 위하여 가락국(금관가야)과 안라국(아라가야)에 대하여 전쟁을 일으킨 것이다. 이들 나라들은 해상을 통하여 왜국이나 마한의 침미다례^{忱彌多禮}(영산강과 전남 서남해안 일대를 생활권으로 하는 소규모 국가) 세력들과 교류를 가지면서 독자적으로 생활을 해왔는데 가락국이 커지면서 자신들의 근거지인 해상무역권을 통제하니 이에 대한 불만이 쌓였던 것이다. 마침 가락국이 전쟁에 몰두하느라 통제권이 느슨해져 있으니 이 틈을 이용하여 같은 해상 세

가야왕국

력인 마한의 지원을 받아 전쟁을 일으킨 것이었다.

이들은 바닷길에 익숙하여 내륙으로 침투하였다가 불리하면 해상으로 달아났다 기회를 봐서 다시 침투하고, 좀처럼 진압이 되지 않았다. 이들 나라들은 해안의 깊숙한 곳이나 바닷길 먼 곳에 떨어져 있어서 쉽게 근거지를 소탕할 수가 없었다. 팔국이 한꺼번에 사방에서 쳐들어오면 왕국이 위협받을 정도였다. 가락국은 어쩌는 수없이 왕자를 사로국에 보내어 지원을 요청하였다. 사로국의 입장에서는 비록 가락과 전쟁을 치르면서 사이가 좋은 관계는 아니지만 가락국이 내분으로 갈라지는 것은 원하는 바가 아니었다.

사로는 가락의 왕자를 볼모로 잡아놓고 태자와 물계자勿稽子 장군에게 군사를 주어서 난을 진압하게 했다. 포상팔국의 난은 사로군의 지원을 받았음에도 진압하는 데에 6년이나 걸렸다.

그러나 전쟁은 여기서 끝난 것이 아니었다. 사노국의 지원에 의해 패하여 물러났던 8개국 중 일부는 3년 뒤에 왜, 마한과 연합하여 해상을 통하여 이번에는 사노의 남쪽 지방인 갈화성(울산지역)을 공격하였다.

사노국에서는 이는 가락의 사주가 있어서 생긴 일이라 여겼다. 가락국이 위기에서 벗어나자 도움을 받은 은혜를 배신하고 뒤통수를 친 것이라 여겼다. 그래서 가락국를 침공하였는데, 가락국은 이렇게 여러 차례 전쟁을 치르고 내부적 혼란을 겪는 동안에 국력이 급격히 쇠약해져서 가야제국의 맹주국으로서 역할을 더 이상 감당하기가 어려워졌다. 가라국이 가야의 소국들을 이끌어갈 맹주 자리가 위태롭게 되자 그 자리를 반포국이 대신하고 나섰다. 반포국은 대가야국이라고 이름을 바꾸고서 서쪽으로 세력을 넓혀나갔다. 대가야는 영역을 다사강(섬진강) 건너 물혜(광양), 달아(여수), 사타(순천), 기문(남원)까지 넓혀서 그 영향력을 행사했다. 대가야의 남쪽은 안라국의 세력권이었다. 안라는 포상 8개국과 전쟁을 하였지만, 상대적으로 피해가 적었다. 오히려 안라국은 8개국과 전쟁을 치르면서 칠포국(칠원)을 복속시키고 골포(뒤에 탁순국, 창원, 마산)지역까지 영향권 아래에 두면서 국력을 키웠다. 골포국을 중심으로 이루어지던 해상 무역도 안라국 중심으로 옮겨왔다. 해상을 통하여 왜국, 백제와 직접 사신이 왕래 함으로써 교역의 폭을 넓혔고 상호간에 협력도 강화하였다.

  그리하여 상대적으로 가락은 소국으로 전락하고 말았다.

백제

한강 유역에는 일찍이 백제가 자리를 잡았다. 고구려 동명왕의 아들인 온조가 이복형 유리와 왕권 쟁탈에서 밀려나자 유민집단을 이끌고 고구려를 탈출하여 자리 잡은 곳이 한강 유역이었고 그 세력권은 북쪽으로는 임진강 유역에서 남쪽으로는 남한강 유역 충주 등지까지 미쳤다.

한강 유역은 토지가 비옥하여 일찍부터 농업이 발달하였고 강을 통하여 내륙과 해상의 연결이 쉬우므로 신라가 삼국을 통일하기 훨씬 이전부터 고구려 백제, 신라가 각축을 벌이고 있었다.

이곳은 백제가 자리를 잡기 이전부터 여러 소국이 자리를 잡고 있었는데 백제는 위례에 도읍을 정하고서 이 지역을 지배해 오던 목지국을 비롯한 소국들을 합병하고서 삼한의 남서쪽 지역으로 진출하여 마한 땅을 장악해 나갔다.

백제의 강력한 군주 근초고왕은 서남부 해안지역의 소국들로 이루어진 침미다례 세력을 제압하고 바닷길까지 장악하였다. 바닷길을 장악함으로써 바다 건너 왜와 중국의 동진까지 활발히 통교하게 되었는데, 중국으로부터는 관제와 복식 학문 등 여러 문화제도를 받아들여서 왜에 전수하기도 했다.

왜는 이전부터 반도의 해안 뱃길을 지나는 선박들에 해적질을 하고 내륙까지 침입하여 약탈을 자행하고 있었는데 근초고왕 대에 이르러서는 이들을 어르고 달래어서 군사적으로 이용하였다.

근초고왕은 고구려와는 한강 유역의 패권을 두고 다투면서 고구려의 평양성까지 진출하였고 그 아들 근구수왕은 고구려의 고국원왕을 죽이는 등 대승을 하기도 했다. 이로 인해서 고구려와는 견원지간이 되어 끊임없이 전쟁을 해나가게 된다.

진한이나 변한과도 전쟁을 벌이기는 하였지만 남하하는 고구려 세력에 대항하기 위하여 서로 협조하는 관계를 더 유지했다.

왜가 다사강(섬진강)을 타고 내륙으로 침투하여 강 상류에 있는 기문(남원)까지 진출하여 약탈을 감행했다. 기문은 반포국(후에 대가야로 불림)이 관할하는 지역이므로 왜국의 침입을 받자, 가야왕은 백제에 사신을 보내어 도움을 요청하였다.

"가야왕의 요구를 어떻게 해야 하는가?"
근초고왕은 신하들과 의론을 했다.

"가야의 요구를 들어주셔야 합니다. 우리는 지금 북쪽 고구려와 전쟁을 해야 하는 마당인데 남쪽을 안정시켜 놔야 합니다. 가야국과 자칫 전쟁이라도 치르게 된다면 군사력이 분산되어 고구려와 전쟁이 불리해집니다. 가야국의 요구를 들어주소서."

신하들의 좌장인 내신좌평이 건의하였다.

"왜가 우리 말을 순수히 듣겠는가? 가야의 요청을 들어주려면 기문에 침입한 왜를 돌아가게 만들어야 하는데 무슨 방법이 있겠는가?"

"왜가 침입한 것은 기문 땅이 탐이 나서가 아니고 약탈을 위해서 하는 짓입니다. 그들이 종래에 해왔던 행위를 보면 알 수가 있습니다. 왜는 종종 삼한의 해안지역을 침입하였지만, 약탈을 한 후 이내 철수를 하였습니다. 그들은 침입에 성공하였더라도 그들에게는 나라를 경영할 능력이 없습니다. 왜는 다만 재물을 약탈하기 위하여 침입한 것이니 목적만 이룬다면 물러날 것입니다. 그들은 도둑일 뿐입니다."

"그렇다고 왜가 물러날 때까지 기다릴 수는 없지 않은가? 그냥 있는다면 가야국이 가만있지 않을 것인데, 그들도 우리가 고구려의 침입에 대항해서 싸우는 것처럼 전쟁을 일으키려 할 것이 아닌가?"

"가만히 있으면서 침입한 왜가 물러날 때까지 기다린다면 가야의 불만을 사게 될 것이니 그도 좋은 계책이 아닌 줄로 아옵니다."

"그렇다면 어떤 방법이 있겠는가?"

"도둑이 제일 무서워하는 것이 힘이 아니오이까? 저들에게 군사를 보내어 물러가지 않으면 힘으로 제압하겠다는 의지를 보여주소서 그들이 물러가게 한 다음에 별도로 달래는 방법을 강구하소서?"

"물러가게 한 다음에 달래는 방법을 강구해 보라고? 어떻게 말인가?"

"왜국의 왕에게 적당한 선물을 주소서 그리고 도둑질을 일삼아 하는 자들이오니 인륜의 도를 가르쳐야 합니다. 우리가 익히고 있는 학문을 전수하소서."

"그래, 좋은 방법이구나. 그런데 우선은 적을 물리치려면 어떻게 해야 하겠는가? 그 방법을 말해보라."

"지금 다사강에 진출해 있는 목라 장군에게 명하여 가야를 돕게 하소서 다사강은 왜가 내륙으로 침략하는 길이지만 한편으로는 그들이 달아나는 도주로이기도 합니다. 우리가 다사강을 막고서 내륙에서 적을 공격하고, 그리고 침공한 왜에게 사자를 보내어 물러나도록 종용을 하시면 될 것이옵니다."

"왜가 순순히 말을 듣지 않으면 어찌해야 하는가?"

"저들은 물러날 것이옵니다. 저들은 지금 내륙으로 진출해 있습니다. 기문까지 저들의 보급이 닿지 않사옵니다. 또 저들은 우리 백제의 군사력을 잘 알고 있사옵니다. 지리적으로 익숙하지 못한 저들이 어찌 우리 백제 군사와 싸우자고 할 것입니까? 순순히 물러날 것이옵니다."

근초고왕은 좌평의 건의를 받아들였다.

곧 다사강에 진출해 있는 목라 장군에게 출병을 지시했다.

목라의 병사들은 다사강을 따라서 기문까지 진출했다. 내륙에서도 군사를 보냈다. 그러면서 적장에게 사자를 보내어 물러갈 것을 종용하였다.

왜군은 좌평의 말대로 순순히 철수에 응했다. 이는 백제 군사가 퇴로인 강을 막고 또 내륙에서 공격해 온다면 독 안의 쥐 신세로 꼼짝없이 당해야 하므로 어쩔 수 없이 순순히 철수 요구에 따른 것이었다.

목라 장군은 왕에게 파발을 띄웠다.

"적은 순순히 점령지역에서 철수를 하였습니다. 지금부터는 어라하

가야왕국

(왕)의 뜻대로 하소서."

백제왕은 왜군이 철수한 후 그에 대한 사례와 우의의 표시로 왜국 야마토 왕에게 선물을 보냈다. 어린아이 정도의 키에 양날에 7개의 나뭇가지 모양이 다듬어진 칼. 이른바 칠지도였다.

칼의 몸체에는 황금으로 글씨도 새겨넣었다.

선물을 받아 든 왜왕이 크게 기뻐하면서 물었다.

"칼인 것 같으면서도 칼로써 사용하는 것이 아닌 것 같기도 하고… 대체 용도가 무엇에 쓰는 것인고?"

"쇠를 백 번이나 두드려서 만든 강철을 재질로 만든 칼인데 전쟁에서 사용하는 것이 아니라 백성을 다스리는 용도이옵니다."

"호, 반도에는 쇠가 많이 난다고 하더니 쇠를 다루는 기술도 뛰어나구나. 귀한 선물을 받아서 기쁘다. 먼 길을 온 사신단에게 대접을 잘 해주거라."

왜왕은 백제에 본받을 점이 많다고 하여 학식 있는 사신을 더 보내주도록 추가로 요청했다. 백제 왕은 왜왕의 요청을 받아들여 학식과 말 다루는 기술이 능통한 아직기를 사신으로 선발하여 말 두 필을 선물로 주어 보냈다. 이후에도 나라에서 오경박사로 존경받는 왕인 박사와 도공, 철 다루는 기술자, 직물기술자 등 공장을 보냈다. 왕인 박사는 왜에 건너갈 때 왜국의 지도층에게 학문과 경서를 가르치기 위하여 논어 10권을 가지고 갔다.

고구려

낙랑, 진번, 임둔, 현도 4개 군은 중국 한^漢나라 무제가 고조선을 멸망시키고 이 땅을 직접 지배하기 위하여 한수 이북에 설치한 통치 기구였다. 이를 한사군이라 하여 4백여 년간 지속하여 이 땅을 지배해 오던 것을 고구려 미천왕 대에 이르러 무력을 동원하여 쫓아냈다. 미천왕은 중국에서 한^漢 왕조가 무너지고 5호 16국으로 난립하여 각축을 벌이는 틈을 이용하여 마지막 남아있는 낙랑의 남쪽에 위치한 대방군까지 몰아냈던 것이다.

한편 중국에서는 각각이 황제라 칭하며 난립해 있던 5호^胡 16국^國이 차츰 정리가 되어 황허를 사이에 두고 남북으로 갈렸는데, 화북 지방에는 선비족인 전연^{前燕}이 강자로 부상하였다.

전연은 중원을 차지하기 위하여 후방 지역인 요동의 안정이 필요했다.

전연의 이러한 정책은 요동으로 진출한 고구려와 필히 부딪치게 마련이어서 고구려는 이에 맞서 전쟁을 치를 수밖에 없었다. 그러나 이들을 맞아 싸운 고구려의 고국원왕은 아버지 미천왕이 이룩해 놓은

가야왕국

업적을 잃게 된다. 전연의 군사들은 미천왕의 묘를 파헤쳐서 시신을 탈취하고 왕비와 왕모를 포함한 백성 5만 명을 포로로 잡아갔다. 결국 고국원왕은 전연의 황제 모용황에게 신하의 예를 올릴 것을 맹약하고 아버지 미천왕의 시신과 왕비를 돌려받을 수 있었다.

이로써 고구려의 요동 경영은 실패로 돌아갔고 대신 고구려는 남쪽으로 눈을 돌렸다.

고구려가 미천왕 때 수복한 대방군은 백제와 경계가 맞닿아 있어서 자주 부딪쳐 오던 곳이었다.

고국원왕은 이곳에서 승기를 확실히 잡기 위해서 백제의 치양성(황해도 일대로 추측됨)을 공격하였다. 그러나 요동에서 전연과 전쟁에 패한 고구려의 전력으로는 백제군 역시 상대하기가 만만치 않았다.

백제의 근초고왕은 고구려와의 전쟁에 대비해서 남쪽의 가야, 신라와 동맹을 맺는 등 국교를 공고히 해 놓았던 것이다. 특히 골칫거리인 왜와의 관계에서 사신이 왕래하며 친교를 맺어놓았기에 고구려의 침공에 능히 대항할 수 있었다. 이 전쟁에서 고구려 군은 5천 명의 군사를 잃고 패주하고, 백제는 이어지는 전투에서도 승기를 잡아서 내친 김에 평양성까지 진출하였다. 평양성 전투에서 고국원왕은 고군분투하였으나 끝내 전쟁에 패하여 목숨까지 잃게 된다.

이로써 백제는 확실하게 승기를 잡게 되었으나 고구려에는 국왕을 죽인 원수가 되어 두 나라는 앙숙 사이가 되었다.

고구려의 복수는 고국원왕의 손자인 광개토왕과 그 아들 장수왕에 의해 이루어졌다. 광개토왕은 즉위하자마자 대규모 병사를 동원 패수(예성강)를 넘어 아리수(한강)까지 진출하였다.

고구려군은 한성 전투에서 백제 아신왕의 항복을 받아냈다.

백제는 이 전투에서 58개의 성과 700개의 촌을 잃었다.

이후 한강 유역은 100여 년간 고구려의 지배를 받게 되는데 광개토왕의 뒤를 이은 장수왕은 수도를 국내성(요동지역)에서 평양으로 옮겨 본격적으로 남쪽 지역 경영에 착수했다. 장수왕은 한성을 점령하면서 백제 개로왕의 목을 베었고 한강 지역에서 백제 세력을 완전히 몰아냈다.

한성에서 쫓겨난 백제는 웅진으로 수도를 옮기고 치욕을 갚기 위하여 절치부심하였는데 이후로 신라와 백제, 가야의 구도가 새롭게 재편되었다.

백제는 그때까지 전쟁을 하며 긴장관계에 있던 신라와 동맹을 맺고 (나제동맹) ^{羅 濟 同 盟} 고구려의 남하에 대비했다. 고구려의 남침을 받은 가야국의 여러 나라들도 이때부터 백제에 붙든가 신라편이 되어 각자도생하는 길을 모색하였다.

신라

진한(신라)의 이사금(마립간, 왕)은 종래에는 박씨, 석씨, 김씨로 번갈아 가면서 이어져 왔으나 내물 마립간 이후로는 김씨 단일성만으로 이어졌다.

명칭도 이사금에서 마립간으로 고쳐 부르게 되었다. 내물 마립간이 즉위하기 전에 신라는 내부적으로 마립간 자리를 두고 석씨들 간에 권력 다툼으로 혼란스러웠는데 이 틈에 내물이 마립간에 올랐던 것이다. 내물 마립간은 자신이 자리에 오르기 전에 왕권 다툼으로 많은 혼란이 있는 것을 봐왔기에 왕권을 강화하는 데 힘을 썼다. 그는 내부적으로 체제를 정비하고 대외적으로는 백제와 고구려, 왜와 중국 전진(前秦)에까지 사신을 보내어 안정을 도모했다. 신라와 백제와의 관계에서 고구려와 전쟁 중인 백제 근초고왕이 먼저 명마 두 필을 신라에 보내면서 동맹을 맺을 것을 제의하였는데 이에 내물왕도 옥과 비단 등 선물을 보내어 두 나라는 나제동맹(羅濟同盟)을 맺었다. 이는 두 나라가 고구려의 남침에 대항하고자 하는 공동목표를 가지고 있었기에 가능했다. 그러나 두 나라가 인접 국가인 가야국이나 왜에 대하는 정책에서는 사뭇 달랐다. 백제는 고구려와 전쟁을 하는 마당이어서 후방의 안정을 위하여 가야국과 왜를 우군으로 끌어들이는 것이 꼭 필요하였으나 팽창정책을 펴는 신라는 인접한 가야를 공격하는 서로 상반된 입장이었다.

신라의 침입을 받은 가야국은 백제에 지원을 요청하게 되는데 백제는 이를 뒤에서 도와주었다. 즉 백제는 직접 나서기보다는 왜를 시켜서 신라를 공격하도록 이중 플레이를 하는 것이었다.

왜는 그전에도 종종 삼한 각지에 침입하여 약탈을 해왔는데 이 시기에 유독 신라에 대해서는 그 빈도가 잦았고 규모도 컸다. 왜가 이렇게 심해진 것은 내물 마립간 이전의 일어난 한 사건 때문이었다.

내물왕 이전 첨해 이사금 시절, 차기 왕권 경쟁에 유력한 후보자인 석우로 왕자가 왜의 사신을 접대하게 되었는데 석우로는 이 자리에서 '내가 조만간 너희 왕을 소금 만드는 노예로 만들고 왕비는 밥 짓는 여자로 삼겠다'는 말로 왜 사신을 조롱하는 일이 있었고, 왜 사신은 이러한 사실을 왕에게 보고하였는데 이에 분노한 왜왕이 대규모 병력을 동원하여 쳐들어왔던 것이다. 이로 인해서 신라 왕은 우유촌(울진)_{于柚村}으로 피신해야 하는 일까지 벌어졌다.

이에 석우로는 일의 발단이 자신으로 인한 것이라 하고 왜 진영으로 찾아가서 말실수한 것이라고 사죄하였는데 왜장은 이를 받아들이지 않고 붙잡아다가 불에 태워 죽여버렸다. 이로 인하여 일이 커져 버렸던 것이다.

이번에는 석우로의 부인이 가만있지 않았다. 석우로의 일이 있고 나서 왜는 관계 회복을 위하여 사신을 보냈는데 석우로의 부인이 남편

가야왕국

의 복수를 한 것이었다. 왜 사신을 사사로이 대접을 하겠다고 집으로 데려와서 술을 잔뜩 먹여 취하게 한 후 붙잡아 놓고 남편이 당했던 것처럼 불에 태워 죽여버렸던 것이다. 이로 인해서 양국 관계는 걷잡을 수 없도록 악화가 되었다.

왜는 또다시 대규모 병력을 동원하여 신라를 침공하였고 수도 금성 가까이 진출하였다. 신라는 겨우 토함산까지 진출한 적을 물리쳤지만, 왜군은 결코 물러나지 않고 계속 공격을 해댔다.

여기에 더한 일은 백제와 관계에서도 틈이 벌어져 고구려와 전쟁에 대비하여 맺었던 나제동맹도 깨져버렸다. 왜국과 전쟁을 치르기 전에 백제 관할지역 독산성(禿山城) 성주가 백성 300명을 이끌고 신라에 귀부하는 일이 있었는데 이를 두고 신라와 백제 사이에 전쟁이 일어났던 것이었다. 이때 가야는 백제의 편을 들었다. 신라(이때까지 신라의 이름은 사노국이었음)는 백제와 가야군에 이어 왜국까지 합세하여 공격을 하므로 나라가 위태로울 지경에 이르렀는데, 백제, 가야, 왜로부터 사방에서 공격을 당하게 되니 신라는 어쩔 수 없이 고구려 광개토왕에게 신하의 예를 갖추어 구원을 요청하게 되었다.

이에 고구려 광개토왕은 내물왕의 조카 실성을 볼모로 잡고 신라를 구원하러 나섰다. 광개토왕은 한강 유역에 진을 치고 있는 5만 명의 군사를 보내서 신라를 지원하게 했다. 고구려군은 낙동강을 타고 내려오면서 주변국을 초토화시켰고 일로 종발성까지 정복하였다. 종발성(從拔城)(부산동래)은 가야의 지배지였는데 고구려군은 순식간에 이를 정벌하고 신라의 수도 금성으로 진출하였다. 신라군은 고구려의 지원을 받아 겨우 왜를 물리칠 수 있었던 것이다.

고구려군이 낙동강을 타고 진격해 내려오는 동안에 낙동강 연안의 소국들은 속수무책이었다. 고구려군은 수군 작전에 능했다. 고구려가 한성백제를 침공할 때도 수군이 패수(예성강)와 아리수(한강)를 통하여 들어왔다. 또 고구려군은 일찍부터 전쟁에 단련된 강한 군대였다. 소국들은 일찍이 이렇듯 강을 타고 온 대규모 군사를 상대해 본 적이 없었다. 고구려군은 철갑으로 무장한 기병을 앞세웠는데, 가야군에도 철갑 무장 병사들이 있었지만, 고구려군과는 달랐다. 가야군의 철갑옷은 철판으로 만들어 붙인 갑옷이었다. 이에 비하여 고구려군의 철갑옷은 철편 조각을 비늘처럼 이어 붙여서 활동하는 데에 상대가 되지 않았다. 가야 병사들은 움직임이 둔하니 몸을 마음대로 쓸 수가 없었다. 말에 입힌 갑옷도 가야군은 철판이었으나 고구려군은 철편 미늘로 만든 것이었다. 거기다가 고구려군은 긴 창을 사용하였다. 긴 창을 든 기병이 앞에 서서 쓸고 지나가면 가야군은 추풍낙엽이었다.

강의 수계에 위치해 있는 나라들. 가락과 비지국은 초토화되다시피 했다. 왕성 주변과 내륙에 위치해 있는 곳만 겨우 살아남을 수 있는 정도였다. 고구려는 굳이 이들 나라의 항복은 받아내려 하지 않았다. 그들의 목표는 신라를 구원해 주는 것이었기에 왜군을 상대로 진격해 나아갔다.

가락국의 백성들은 난을 피하여 이웃 대가야(반포국)로 아라가야(안라국)로 살길을 찾아 피난을 갔다. 심지어는 배를 타고 바다 건너 왜국으로도 갔다.

가야왕국

골포

이 땅에는 언제부터 사람들이 살게 되었을까? 변한 땅에 사람이 살게 된 것은 언제부터였을까? 그것은 확실하지는 않지만 지금 살고 있는 사람들은 어디선가 이 땅으로 이주해 왔고 그들이 이 땅에 들어오기 이전부터 사람이 살고 있었다.

햇볕이 따뜻하고 땅이 기름진 곳에는 농사를 짓는 사람들이 모여 살았다. 물길이 잔잔하여 배가 쉽게 드나들 수 있고, 큰물을 피하며 바람을 막아줄 수 있는 곳에는 바다를 삶의 터전으로 삼는 사람들이 자리 잡았다.

남쪽 해안가 골포(창원, 마산, 진해)에는 일찍부터 바다를 터전으로 생활하는 사람들이 자리 잡고 있었다.

골포 사람들은 큰물이 지지 않고 물이 들어도 물결이 닿지않는 곳에 마을을 이루어 살았는데 마을들은 모여있지 않고 떨어져 있었으므로 뱃길을 이용하여 왕래를 하였다. 육로는 산등성이를 넘고 깊은 골짜기를 건너야 했으므로 뱃길이 편했다. 사람들은 바다에 의지하여 살다 보니 뱃길에 익숙했다. 물길과 날씨에 따라서 배를 띄웠고 바다 먼 곳으로 나갈 때는 별자리를 보고 항해를 했다. 물이 깊은 곳에서는 큰 배를 띄우고 얕은 곳에서는 작은 배를 띄웠는데 큰 배는 연안을 벗어나 바다 먼 길, 왜국이나 중국까지도 왕래를 했다. 왜국으로 가는 길은 순풍을 만나면 새벽에 떠나서 하루고 이틀이면 대마도와 이키섬에 도착할 수 있었다. 이에 비하여 중국으로 갈 때는 여러 날이 걸렸는데 어떤 때는 한 달이 넘게 걸리는 때도 있었고 해를 넘기기도 했다. 먼 뱃길을 가는 사람들은 위험을 피하기 위하여 남해안의 여러 포구를 거쳐서 갔다.

골포의 뱃길은 왜국이나 중국의 강남, 이외에도 백제의 여러 해안 지역과도 통했다. 그래서 골포는 가야국의 중요한 무역항으로서 또는 왜국이나 중국으로 가는 사신이 내왕하는 국제항으로서 구실을 톡톡히 했다. 이곳은 일찍부터 가락국이 지배해 왔으나 포상팔국의 난을 거치면서 안라국의 지배를 받게 되었다.

왜국에서는 짐승 가죽이나 해산물 소금 등을 가져와서 토기나 옷감 등 생활물자를 바꾸어 갔는데 특히 그들은 가야국에서 나는 철을 많이 수입해 갔다. 가야국에서는 왜국에서 철의 나라라 부를 만큼 질 좋은 철이 많이 생산되었다. 철은 가야산 일대와 안라의 군북과 탁순(골포)의 불모산 일대에서 많이 생산되고 있었는데 왜국의 형편으로 보면 여러 무장 세력들이 영토 확장을 위하여 전쟁을 벌이고 있었으므로 철이 많이 필요했던 것이다. 그 필요한 수요를 가야국에서 수입함으로써 충당을 하려 한 것이다. 왜국은 원활한 물자 수급을 위하여 탁순에 자국의 관리를 상주시키기도 했다.

가야왕국

중국으로부터는 사람들이 왕래하면서 유리로 만든 그릇이나 비단과 목걸이등 장신구와 옥 제품을 들여왔는데 이들 물건들은 진귀한 물품으로 여겨져서 가야의 여러 나라로 전파되었다.

중국 강남에서 한 무리의 사람들이 탄 배가 한 척 들어왔다. 무리에는 어린아이와 여자들도 있었고 장정들도 있었는데 이들을 이끌고 온 수장의 가족이든가 시종하는 자들이었다. 포구에 도착한 이들을 병사들이 붙잡아서 간(王, 부락의 최고 지도자)에게 데려왔는데 간은 이들을 직접 심문하였다. 제대로 통역을 하는 자가 없으니, 손짓과 발짓을 섞어가며 어렵게 하는 심문이었다.

"무엇을 하다가 온 자들이라 하느냐? 행색이 잘 갖추어진 것으로 보아 귀하게 지내던 자들 같은데…?"

간의 물음에 붙잡혀 온 일행 중에 한 자가 나서서 뭐라고 주저리주저리 설명하였다. 심문하는 관리가 한참을 묻고 또 물어서 어렵게 확인한 내용을 아뢰었다.

"강남 일대에서 가문을 이루어 살던 자라 하옵니다. 모두는 가문의 식솔과 그들 집안 시중을 드는 자들이라 하옵니다."

"귀한 가문의 일족들이 어이하여 이곳까지 오게 된 것이냐?"

"강남은 지금 전쟁을 겪고 있고 나라 또한 황제 자리를 두고 여러 세력들이 서로 다투고 있어서 백성들이 살기가 매우 어렵다 하옵니다. 이들을 이끌고 온 우두머리는 제나라에서 벼슬을 지냈던 사람인데 황제가 바뀌어 가족이 몰살을 당할 지경에 이르자 식솔들을 이끌고 나라를 탈출하여 이곳까지 오게 된 것이라 하옵니다."

신하가 전해 올리는 보고에 의하면 강남은 지금 심각한 변란을 겪고 있었다. 황제를 암살하고 새롭게 황제 자리를 차지하는가 하면 신하가 황제를 몰아내고 새로운 나라를 세워서 황제에 앉기도 하고…

중국은 후한이 멸망한 후 수나라가 들어서기까지 400여 년간 극심한 혼란을 겪고 있었다. 화북(華北)지역은 선비족이 차지하였으나 권력이 안정되지 못하여 하루아침에 새로운 왕조가 생겨났다가 어느 날 갑자기 사라지기도 했다. 백성들이 나라 이름조차도 기억하기 어려울 정도로 여러 차례 바뀌었다.

이러한 사정은 강남이라 해서 별반 다르지 않았다. 북쪽에서 강남으로 쫓겨난 한족은 송나라를 세웠지만 곧 신하에게 멸하여 동진으로 바뀌었고 동진은 백 년도 못 되어 제나라에 멸망되고, 제나라는 양나라로 양나라는 진나라로 바뀌었다.

왕권이 안정되지 못하니 귀족 문벌이 득세하여 이들 간에 권력 다툼이 일어나 황제가 암살당하는 등 여러 차례 정변을 겪었던 것이다. 이곳에 도착한 일행은 이러한 난을 피하여 온 것이었다.

"그래 저들은 어찌할 요량으로 이곳까지 온 것이라 하느냐?"

심문을 하는 신하는 간(干)의 물음을 다시 중국 사람에게 묻고 그 답을 다시 간에게 아뢰었다.

"저들은 어디든 안전한 곳을 찾아서 살고 있던 나라를 떠났다고 하옵니다. 마침 이곳에 배가 닿았기에 간(干)께서 땅을 내려주신다면 이곳에 정착하고 싶다 하옵니다. 이곳에 살면서 자신들이 살던 곳과 무역을 할 수도 있고 또 이곳으로 오면서 보니 농사짓는 기술이 강남땅과 차이가 있어서 강남의 농사 기술로 농사를 짓는다면 수확도 많이 낼 수 있을 것이라고 하옵니다."

"무역을 하면 강남에서 얻을 수 있는 물건이 무엇이며, 또 농사를 짓는데 우리의 것과 강남의 것이 어떻게 차이가 나는지를 소상히 물어보라. 심문관은 내가 묻는 것에 대해서만 묻지 말고 궁금한 것 모두를 한꺼번에 다 물어서 보고를 하라."

간은 이들에 대해서 알고 싶은 것이 많았으나 직접 말이 통하지 않으니 답답했다. 신하가 제대로 답을 해 올리지 못하니 답답한 마음에서 짜증을 냈다.

심문관은 간의 하명에 움찔하여 궁금한 것들을 한꺼번에 죄다 물었다. 그런 뒤에 저들이 가져온 물건이라 하면서 큼지막한 상자를 받아서 왕 앞에서 풀어헤쳤다. 상자 속에는 금은보화, 귀금속과 함께 유리와 옥으로 만든 그릇과 구슬, 도자기 등 진귀한 물건들이 가득 들어있었다. 그중에서 유리 제품과 도자기는 여태껏 보지 못한 특이한 것이었다.

"그 반짝이는 그릇들은 못 보던 것들이구나."

간은 물건들을 보고 신기하여 물었다. 유리 제품들과 도자기는 가야에서 나는 잿빛 토기 그릇들과는 완전히 다른 것들이었다. 유리 제품들은 안과 밖이 투명하고 반짝반짝 빛을 띠고 있어서 누가 봐도 진귀한 물건이라는 것을 알 수 있었다. 도자기는 표면에 연꽃무늬를 그려 넣고 영롱한 푸른 빛을 띠는 처음 보는 것이었다. 자기 중에는 항아리와 술잔 모양으로 만들어진 것도 있고 어떤 것은 집이나 수레와 배, 짐승의 머리 등으로 형상화하여 무엇에 쓰려고 만든 것인지 의문이 들기도 했다.

"무엇에 쓰려고 이렇게 만든 것인고?"

신기한 듯 물건을 요리조리 살펴보던 간이 물었다.

"이것은 일상생활에 사용하는 것이 아니고 제기라 하옵니다."

"음, 제기라… 죽은 조상의 제사를 모실 때 사용하는 그릇들이란 말이지?"

"그러하옵니다. 잔 모양으로 만든 것은 술을 부어서 올리기 위하여 그리 만든 것이라 하옵니다."

"저기 연꽃 모양의 그릇은 무엇인고? 그릇과 같이 사용하는 것 같은데?"

"이것은 저들의 나라에서 청자라는 이름으로 불리는 것으로 부유층에서 사치품으로 만들어서 여러 용도로 사용하고 있다 합니다."

"모양만 보아도 예사 물건이 아닌 것 같구나. 그런데 저들이 살던 곳과 이곳의 농법이 다르다고 했는데 저들은 어떤 방법으로 농사를 짓기에 수확을 많이 거둘 수가 있다는 것이냐?"

강남은 장강이 자주 범람하고 땅이 습하여 버려진 땅으로 취급받는 곳이 많았다. 그런데 북에서 이주해 온 한족들이 나무를 심고 제방을 쌓고 물길을 새로 내는 등 치수를 하여 농사짓기에 적합하도록 만들었고 농사 기술에서도 들판에 직접 볍씨를 뿌려 수확하던 것을 모판에서 모를 길러 논으로 옮겨심는 새로운 농사법을 개발하고 논밭 갈이에 소를 이용하여 사람의 노동력도 줄이고 있다는 것이다.

강남 사람들은 이렇게 하여 얻은 부로 남방에서 나는 갖가지 열대

과일을 먹고 유리 제품이나 옥 비단이나 양탄자 같은 물품을 수입하여 사치한 생활을 즐긴다는 것이다.

"제방을 쌓아 물길을 새로 내어 습한 땅에 농사를 짓고, 논밭갈이에 소를 이용한다고… 그래서 사람이 하는 수고를 덜 수 있다고?"

강남에서 온 사람들이 전하는 것은 획기적인 농사법이었다. 그렇지 않아도 가야 땅의 들판은 넓게 펼쳐져 있긴 하여도 해안과 강을 끼고 있어서 해마다 지는 큰물에 막대한 피해를 입고 있었는데 나무를 심고 제방을 쌓는다면 그러한 피해를 줄일 수 있고 더군다나 농사를 짓는 데 소를 이용하여 사람의 힘이 덜 수 있다니…
신하에게서 보고를 다 듣고서 간은 지시하였다.

"저들에게 안주할 땅을 마련해주어 그곳에서 농사를 짓도록 해주어라. 그리하여 우리 백성에게도 그 농사법을 배우게 하여라. 그리고 저들에게 자신들이 살던 나라와 무역을 할 수 있도록 편리를 도모해 주도록 하라."

우록

왕궁에서 내려다본 들판은 온통 황금빛으로 물들어 있었다. 누렇게 익은 벼 이삭들이 고개를 숙였고, 아침저녁으로 불어오는 산들바람에 흔들리며 곧 다가올 수확의 때를 알리고 있었다.

백성들이 배불리 먹을 수 있으니 벼 이삭처럼 모두가 임금에게 고개를 숙여 감사를 표하는구나…

왕은 성루에 서서 궁 앞 들판을 보고 흐뭇한 미소를 지었다.

가야의 들판에서는 골포의 간이 왕에게 건의해 올린 대로 농사를 지었다. 봄에 논밭 갈이를 할 때 소를 이용하여 객토를 하고 고랑을 내었다. 소는 달구지를 끌면서 무거운 짐을 나르는 데만 써왔는데 농사짓는 데도 이용할 수 있으니 여간 요긴한 짐승이 아니었다. 한 뙈기 논밭을 가는 데 사람의 힘만으로 열흘이나 걸리던 것을 이틀이면 해치웠다. 논의 한구석 물길이 잘 드는 곳에 모판을 설치하고 모가 어느 정도 자란 후에 논으로 옮겨 심으니 쓰러지지 않고 잘 자랐다. 비슷한 시기에 파종을 하고 한꺼번에 모심기를 하다 보니 마을 사람들이 서로 품앗이를 하여 일에 능률도 올랐다.

모심기 철에 논에서 들려오는 꾼들의 노래소리가 어여~ 어여~ 들판에 가득했다. 그 소리는 궁중에서도 들렸다. 농요 소리에 이어서 개구리 소리가 들판을 차지하더니 어느새 수확의 시기가 온 것이다.

황금 들판을 바라보던 왕은 신하를 불러 지시하였다.

"농사를 짓는데 소가 저렇듯 유용하게 쓰일 줄은 몰랐다."

"예 소가 할 일이 하나 더 늘어난 것 같사옵니다."

"그래서 하는 말인데 소가 쓰일 데가 많으니, 여염집에서는 소 잡는 일을 금하도록 하라, 잡을 때에는 반드시 허락을 받도록 하라."

임금은 소가 힘쓸 일이 많아지니 소 두수가 적어질까 염려하여 민가에서 함부로 소 잡는 것을 금하라는 지시를 내렸다.

"풍년이 드는 것은 농사꾼이 소를 열심히 부려서 일한 것도 있지만 모두가 전하의 정성이 하늘에 닿았기 때문입니다."

"그렇게 생각하느냐 허허 듣기 좋은 말이로구나. 지금 백성들이 전쟁으로 여러모로 어려움을 당하고 있는데 오랜만에 풍년이 들어 백성들의 마음에 위로가 되겠구나. 벼 수확할 때 열심히 일한 백성들을 위하여 잔치를 베풀 터이니 날을 잡도록 하여라 잔칫날에는 음식이 풍성하여야 하고 풍악과 가무가 있어야 할 것이다."

입추가 지났는데도 한낮에는 여전히 더웠다. 우륵은 방문을 열어젖히고 무엇인가에 골똘하고 있었다. 콧등에는 땀이 송곳이 맺혔다. 우륵이 하는 것은 울림통 작업이었다. 오동나무 속을 파내고 여러 가

닥 명주실을 팽팽하게 조여서 만든 울림통. 금[쪽]이라 불리는 악기다. 금은 4줄 혹은 6줄로 연주하였는데 우륵은 이것을 12줄짜리로 고쳐서 연주하고자 했다. 4줄, 6줄로 연주하기에는 줄 간격이 너무 넓어서 소리가 거칠고 투박했다. 소리의 간격을 줄이고 원하는 소리를 얻기 위하여 여러 차례 시행착오를 거쳤다. 12줄로 늘려서 소리의 간격을 좁히니 훨씬 미세하면서 떨림이 오래갔다. 끊어지고 바꾸어 사용한 명주실이 방바닥에 너절했다. 울림통도 소나무로 했다가 밤나무로 했다가… 드디어 오동나무 속을 파고 12줄 명주실로 조인 금[쪽]을 완성했다. 봄부터 여름 내내 오동나무를 베어다가 그늘에 말려서 울림통을 만들고, 거실에 쪼그려 앉아서 만들어 낸 것이다. 띵디딩~ 딩 우륵은 완성한 금[쪽]을 튕겨 보고는 흐뭇한 미소를 지었다.

"스승님, 점심도 걸렀사옵니다." 제자 이문[尼文]이 행여 스승이 하는 일을 그르칠까, 조심스레 말했다.

우륵은 이문의 말하는 소리를 듣지 못했다. 눈을 감은 채 금이 울리는 소리에 심취해 있었다. 우륵의 귀는 멀리 퍼져나가는 금의 소리를 따라갔다.

"스승님!" 이문은 조금 큰 소리로 불렀다.
"으응?"
"점심도 거르시고… 저녁을 조금 일찍 했사옵니다."
"어~ 벌써 그렇게 되었느냐?"

밖을 내다보니 어느새 앞산에 뉘엿뉘엿 해가 넘어가고 있었다. 금을

가야왕국

만드느라 시간 가는 줄을 몰랐다. 쪼르륵 그제서야 우륵은 시장기를 느꼈다.

우륵은 어렸을 때부터 소리에 한번 빠지면 때를 거르면서 몰두할 때가 많았다. 그의 귀는 세상 무슨 소리도 음악으로 듣는 재주를 가졌다. 바람 소리, 물소리, 산울림이나, 나뭇가지에서 짹짹거리는 새소리, 멀리 가을하늘을 나는 기러기의 날갯짓 소리까지 어느 것 하나 놓치지 않고 음률로 만들었다.

우륵은 귀로 들은 소리를 마음에 담아서 악으로 만들어 내었다. 우륵의 손을 거치면 모든 도구는 악기가 되었다. 풀잎을 뜯어서 입에 물면 풀피리가 되었고 보릿대를 꺾어 불면 보리피리가 되었다. 나뭇가지에 실을 매달아 튕기면 그 나름으로 악기가 되었다.

그런 재주를 가진 우륵이 금^琴을 처음 접하게 되었을 때는 천상의 소리를 듣는 듯했다. 금의 소리로 학을 타고 하늘을 날았고 비구름을 몰고 와서 번개를 쳤다. 사람의 가슴 속을 파고들어 눈물을 자아냈고 네발짐승을 두 발로 서게 하고 두 발 가진 짐승을 춤을 추게 만들었다. 그러함에도 우륵은 재주를 부릴수록 부족함을 느꼈다. 소리가 부족했다. 넉 줄짜리 금으로서는 우륵의 마음이 채워지지 않았다. 우륵은 금의 줄을 여섯 줄로 고쳤다. 그래도 여전히 부족했다. 우륵은 일 년 열두 달 늘 같은 날이면서도 봄, 여름, 가을, 겨울, 계절이 바뀌면 색이 바뀌는 것처럼 소리도 계절마다 맛이 달라야 한다고 생각했다. 금에서 그런 소리를 만들어 내고 싶었다. 봄에는 만물이 움트고 여름에는 푸르름이 짙고 가을에는 풍성하고 겨울에는 고요해지는 소리, 우륵은 지금 12줄 금에서 원하는 소리를 만들어 냈다. 일 년 열두 달의 소리, 한결같으면서도 계절마다 다른 소리를 금의 12줄로 만들어낸 것이었다.

"어떠냐?"

"소리의 깊이가 있사옵니다."

"깊이뿐만이 아니다. 울림이 다르지 않으냐? 소리의 울림에는 일 년
사계가 달라야 하고 곳에 따라 다르게 들려야 한다."

"…?" 스승의 말은 알아들을 것 같은데도 모르는 소리다.

"소리가 귀에 익으면 그렇게 들리는 법이다. 소리꾼의 귀는 그것을
구별하여 들을 줄 알아야 하느니."

"쉰네가 미처 깨닫지 못하였사옵니다."

"춤꾼은 소리를 구별할 줄 아는 귀를 가져야 하느니라."

"알겠사옵니다."

"새로운 악기에 맞추어 춤을 한번 추어보겠느냐?"

"일을 하다 나온 중이라 복장이 갖추어지질 않아서…"

"관계가 없다. 좋은 날 좋은 곳에서 옷을 갖추어 입도록 하고 오늘
은 그대로 추어보거라."

우륵은 새로 만든 12줄 가야금을 뜯었다. 제자 이문은 음악에 맞추
어 움씰움씰 어깨를 씰룩거리다가 발걸음을 가뿐거리며 내디뎠다. 양
팔을 벌려서 하늘하늘 마치 학이 나는 듯이 춤을 추었다.

이문은 본래 춤꾼이었다. 우륵이 대갓집 연회에 불려 갔을 때 이문
도 같이 불려 온 동기(童妓)였다. 이문은 나이도 어리고 춤도 서툴러서 같
이 불려 온 창기들에 비해서 이목을 받지 못했다. 연회석에서는 우륵
도 이문에 대해서 관심을 두지 않았으나 연회를 마치고 돌아오는 길

가야왕국

에 그녀가 따라나서는 것이었다.

"쇤네가 스승님으로 모시고 악기를 배우고자 합니다." 소녀는 작정을 하고 나섰는지 짐보따리를 들고 있었다.

우륵은 거절하지 않았다. 악에는 춤이 있어야 구색이 맞는 법인데…

우륵은 아직 자신의 악에 흥을 불어넣어 줄 춤꾼을 데리지 못했다. 소녀를 데려다가 악을 가르치면서 춤도 배우게 하여 악의 깊이를 더하고자 했다. 악에 소녀의 춤이 더해지니 우륵의 악은 훨씬 격이 더 높아졌다.

저녁나절에 궁중에서 전령이 말을 타고 왔다.

"누군가?"
문간에서 들리는 시끄러운 말굽 소리에 우륵은 하던 일을 멈췄다.
"소녀 나가보겠사옵니다."
궁중에서 나온 전령이었다.
전령은 궁중에서 전하는 명을 전했다.
모일에 임금님이 주관하는 행사에 와서 금을 연주하라는 전갈이었다.

"모일이면 이틀 남지 않았느냐?"
"급히 오시라고 말까지 한 필 준비했다고 하옵니다."
"새 금을 탈 수 있는 좋은 기회로구나. 너도 그때 금에 맞추어 춤을 추어야 할 것이다. 서둘러야겠구나."

왕이 베푸는 행사는 선대 왕들의 제사를 모시는 소도^{蘇塗}에서 진행하였다. 제사를 주관하는 천군^{天君}이 하늘에다 감사의 축문을 고하고 왕이 조상에게 절을 하는 것으로 시작하였다. 소도에서 보면 봉우리 같은 선대 왕들의 능이 맨 위 조상을 정점으로 산등성이를 따라 줄을 이루듯이 이어져 있었다. 추수가 끝난 들판에는 많은 백성들이 함께 모여서 임금과 같이 절을 하였다. 왕은 제를 고하고 난 뒤 수고한 백성들을 위하여 맛난 음식을 베풀었다. 소를 잡는 대신 돼지를 여러 마리 잡았다. 또 백성들이 마음껏 먹고 즐길 수 있도록 머루주를 독채로 내놓았다. 궁중의 악사들은 이들을 위하여 풍악을 울렸다.

우륵은 임금과 궁중의 여러 신하와 각 소국의 간^干들이 모인 자리에서 12줄 금을 연주했다. 이문은 우륵의 소리에 맞추어 춤을 추었다. 이문의 춤은 하늘을 나는 새도 반하여 그냥 지나치지 않았다. 들판에 내려앉아 널린 곡식을 쪼아 먹으며 군무를 이루어 이문과 같이 춤을 추었다. 우륵의 소리는 청명한 가을 하늘을 뚫고 멀리멀리 퍼졌다. 산등성이 너머 선대 왕들의 능 뒤켠 대밭에까지 퍼져나갔다. 대밭에서 우수수 소리가 들렸다.

임금은 우륵이 연주가 끝나자 가까이 불렀다.

"내 악사의 연주를 들어보니 여태껏 들어보지 못한 천상의 소리더구나 지금 연주한 악기가 무엇인고?" 임금은 감탄하여 물었다.

"금이라 부르옵니다."

"금이라 하면?"

"쟁을 닮은 악기이옵니다. 통에다 줄을 매어 퉁기는…"

곁에서 수발하는 신하가 고했다.

"음, 쟁은 내가 알지, 그런데 쟁과 닮은 것 같기는 한데, 다르구나"

"예, 쟁과는 다른 악기이옵니다. 여염에서 악사들이 연주하는 금에다 줄의 수를 늘리고 통을 좀 더 크게 만들었사옵니다."

"소리가 아름답구나. 들어보지 못한 소리다."

"악사의 재능일 것이옵니다." 신하가 우륵을 칭찬했다.

"맞는 말이다. 아무리 훌륭한 악기라도 재능이 없다 하면 한낱 쓸모없는 도구에 지나지 않을 것이다. 참으로 훌륭한 재능을 가졌구나."

"작은 재주이옵니다. 칭찬을 해주시니 부끄럽사옵니다."

"아니다. 칭찬을 들어 마땅하다… 그런데 현이 12줄이라, 어쩌면 과인이 거느리고 있는 나라의 수와 같구나. 12줄은 무얼 뜻하는 것이냐?"

"12줄은 일 년 열두 달 봄, 여름, 가을, 겨울을 뜻하옵니다. 하나의 악기로 연주하되 그 속에 계절이 바뀜을 모두 담아내고자 하였사옵니다."

"…한 곡의 노래에 사계절 변화를 모두 담아 노래한다는 뜻인가? 계절마다 다른 특징이 있을 텐데, 하나의 악기에 어찌 다 담을 수 있다는 말인가 참으로 재주가 용하구나."

"각기 다른 계절의 특징을 따서 음을 만들어 내면 되는 것이옵니다. 봄에는 만물이 생성하고 여름에는 무성히 자라고 가을에는 수확을 거두고 겨울에는 조용히 움츠리는 각 계절의 특성을 노래로 지었사옵니다."

"그렇다면 오늘 연주하고 노래한 것은 무엇을 형상한 것이더냐?"

"이곳 지방 농사를 짓는 사계절을 연주하였사옵니다. 봄에 논밭에 나가 물꼬를 트고 여름에 잡초를 뽑고 가을에 수확을 거두는 노래이 옵니다. 큰물과 가뭄이 들지 않게 도와주시어 풍년이 들게 해주신 하늘에도 감사함을 전하는 노래로서 제목을 '하가라도[下加羅都]'라 지어 부르고 있습니다."

"그러하냐? 그렇다면 과인이 다스리는 열두 나라에 대하여 모두 노래를 짓고 연주를 할 수 있겠느냐? 각기 고을마다 특색이 있을 것이 아니냐? 나는 그대가 연주하는 악기로 내가 다스리는 나라 모두의 노래를 듣고 싶구나."

"어찌 마다하오리까, 각기의 고장마다 특색이 있고 살고 있는 백성이 다르다 하나 풍습이 같고 변화하는 계절을 같이 겪고 있기에 가능한 일이옵니다."

"지금 나라가 어려우니 살고 있는 백성들의 마음이 몹시 어지럽다. 비록 그들이 사는 곳이 산이 막히고 물길이 막아서 풍습을 달리하여 살고 있지만 악사가 만든 노래로서 통일을 이루어 모두가 과인의 백성임을 알려주고 싶구나. 이리 가까이 와서 나의 잔을 받으라."

임금은 신하에게 우륵이 돌아갈 때 갓 찧은 햅쌀을 선물로 주라고 일렀다. 우륵은 임금이 하사한 식량을 한 바리 가득 소달구지에 싣고서 귀가하는데 해는 뉘엿뉘엿 서산으로 기울어가고 있었다.

"스승님 길을 재촉하지 않으면 오늘 중으로 집에 닿지 못할 것이 옵니다."

"내가 길을 재촉한다고 빨리 집에 갈 수 있겠느냐? 소가 느린데 어찌할 것이냐?"

"밤새 길을 갈 것이 옵니까?"

"그러면 네가 피곤하지 않겠느냐? 소도 힘이 들 것이고… 식량을 한 바리 가득 싣고 가는데 무엇이 아쉬우냐. 가다가 적당한 민가를 찾아서 쉬었다 가자꾸나."

"오늘 스승님의 연주를 들으니 참으로 감탄이 절로 나왔습니다."

"내가 보니 너의 춤도 경지에 올랐더구나. 아마 임금님도 나의 연주에도 감명을 받으셨겠지만, 거기에는 너의 춤사위도 한몫하였을 것이다."

"부끄럽사옵니다. 소녀는 아직도 스승님께 더 배워야 할 점이 많사옵니다."

"그래, 배움에 어디 끝이 있겠느냐? 춤을 추고 노래를 하고 악기를 연주하는 데는 완성이 없고 끝이 없는 것이니 끊임없이 새로운 기법을 창조해 나가야 할 것이다."

"명심하겠습니다."

"그런데 너는 오늘 나의 음악을 들으면서 이상한 것을 느끼지 못하였느냐?"

"무슨 말씀이시온지…?"

"나는 오늘의 풍요에 대하여 임금님의 치세와 백성의 노고를 치하하고 하늘과 선대 임금님들의 보살핌에 감사하며 악기를 연주하였다."

"그래서 스승님의 음악을 모두가 즐겁게 감상하지 않으셨습니까? 그래서 임금님께서 이렇게 쌀도 내려주신 것이 아니옵니까?"

"아니다, 모두가 그렇지 않았다. 나는 연주 도중에 선대 임금의 능 뒤편 대나무밭에서 울리는 통곡의 울음소리를 들었느니라. 으스스 으

스스 대나무밭의 울림소리가 예사롭지 않았느니라."

"어인 말씀이옵니까? 모두는 스승님의 소리에 심취하여 있었사옵니다."

"아니다. 나는 분명 봉분 너머에서 울리는 울음소리, 아주 한이 서린 울음소리를 들었다."

"…?"

스승님이 나이가 들어서 헛소리를 들은 것인가? 아직은 그럴 나이가 아닌데…

이문은 우륵이 문득 이상하다는 생각을 했다.

"내가 연주에 열중하고 있을 때, 소리가 멀리 능선 위쪽 선대왕 능에 도달했을 때 나의 소리가 되돌아왔다. 그런데 그것은 나의 소리가 아니었다. 악마구리 끓듯 한 고통의 소리였고 한이 서린 울음이었다."

"어인 말씀을 하시는지요? 저는 그저 스승님의 아름다운 음악 소리밖에 듣지 못하였사옵니다. 저뿐만 아니라 거기 모인 모든 사람, 임금님까지도 모두 스승님의 음악을 아름다운 음률로 들으며 감명을 받았습니다. 혹시 스승님께서 너무 과민하신 탓이 아니시온지요?"

"아니다 그렇지 않다. 나는 분명 나의 소리가 되돌아오는 것을 들었다. 그리고 그 소리는 땅속에서 나는 울부짖음이었다… 이문아." 우륵은 나직이 불렀다.

"예." 이문은 영문을 모르고 대답했다.

"너는 저 능을 올릴 때 일을 기억하느냐?"

"모르겠사옵니다. 임금님이 돌아가시면 저곳에 묻힌다는 것 외에는.”

“네 말이 맞는 말이다. 저곳은 임금님이 돌아가시면 묻히는 묘지다. 그런데 임금님이 죽으면 혼자 묻히지 않는다는 사실은 모르는 모양이구나.”

“예? 임금님이 죽으면 혼자 땅속에 묻히지 않는다구요?”

“그래, 임금님이 살았을 적에 시종하던 많은 사람들이 있는데 그들도 임금과 함께 죽어서 저세상에서도 임금을 보필하여야 하는데, 가까이서 보필하던 시종뿐 아니라 일반 백성 중에도 농사꾼 일꾼 어부 대장장이 목수 할 것 없이 선택하여 같이 묻어 저세상으로 떠나보낸다. 사람뿐 아니라 평소 애지중지하던 말이나 개도 같이 묻히는 것이다.”

“산채로 땅속에 묻는다는 말씀이옵니까? 아구, 끔찍해라. 소녀 아직 나이가 어려서 임금님의 죽음을 겪지 못하여 그런 슬픈 사실을 모르옵니다.”

“그래 너는 그럴 것이다. 내가 금을 연주할 때 들은 소리는 임금님이 죽을 때 같이 죽은 이들의 한이 서린 울음소리인 것이다. 나는 금을 켜면서 귀신의 울음소리를 떨치려고 하였지만 떨치지 못하였다. 그 소리를 넘어서 연주를 하여야 하는데 나의 경지가 그렇지 못하여 금을 연주하는 중에 집중하지 못하고 그런 소리를 들은 것 같구나.”

“아니옵니다. 스승님은 경지에 이르렀기에 다른 사람 그 누구도 듣지 못한 소리까지 들었던 것이고 또 경지에 이른 스승님의 연주 소리를 듣고 죽은 사람들의 원혼이 깨어나서 스승님의 가락에 맞추어 한을 푼 것이 아니겠습니까? 멀쩡히 산 사람이 죽은 임금을 위하여 따라 죽어야 하는 현실이 너무 가슴 아프옵니다.”

"그래야 하늘나라로 간 임금이 편하고 죽은 임금이 편해야 임금이 다스리던 이승이 편하다 하니 어쩔 수 없는 노릇 아니겠느냐…."

우륵은 말을 하면서 씁쓰레한 표정을 감추지 못했다.

어느덧 주위로 석양이 짙게 깔리면서 스승의 얼굴도 알아볼 수 없을 만큼 어둠이 드리워졌다. 더 늦는다면 민가 찾기도 어려웠다. 이문은 터덕터덕 걷는 소의 엉덩이를 손바닥으로 철썩 때렸다.

"이랴, 걸음이 왜 이리 느리느냐!"

가야왕국

토기장

가을걷이가 끝난 들판은 황량했다. 추수를 마친 농꾼들은 다 어디 가고 날아가던 철새들이 떨어진 낱알을 쪼아 먹기 위하여 잠시 쉬어 가는 모습만 보였다. 사람의 기색이라고는 철부지 꼬맹이 몇 명이 새 들을 쫓아서 들판 가운데를 이리 뛰고 저리 뛰고 하고 있을 뿐이다. 힘을 쓸만한 남정네는 눈을 씻고 보아도 띄지 않았다. 텅 빈 들판 가 운데를 삿갓으로 얼굴을 가린 걸인 풍의 사내 한 명이 고단한 걸음을 재촉하고 있었다.

토기장 할배는 이때쯤에는 다가오는 겨울을 대비하여 토기 빚을 재 료 준비하기에 바빴다. 큰 산에서 흙을 채취해서 채에 걸러 창고에 쟁 여놓아야 하고 땔감도 충분히 준비해야 했다. 땅이 얼거나 눈이 쌓이 기 전에 한겨울에 작업할 양을 대비해 놓아야 했다. 가마 작업은 열 기가 펄펄 나는 여름에 하는 것보다 겨울에 하는 것이 좋다. 한겨울 에 바깥은 꽁꽁 얼어붙어도 토기 굽는 가마 곁은 언제나 열기로 뜨겁 다. 한겨울에는 겹겹이 옷을 껴입어도 살 속으로 파고드는 추위를 감 내하기 어려운데 가마 곁은 흐르는 땀을 주체하지 못하여 앞섶까지 풀어 헤치고 일을 할 수 있다는 것이 가마쟁이만이 누릴 수 있는 호사다.

겨울이 지나고 강이 풀리면 물 건너 왜국에서 사신이 들어온다. 그때 주문하는 물건 양에 맞추어 납품하려면 겨우내 부지런히 토기를 구워내야 했다.

할배는 땔나무를 한 짐 해다 놓고 산 아래 나루터 주막으로 내려왔다.

가마는 이제 물이와 아라(勿而 阿羅)에게 잠시 맡겨놓고 자리를 비워도 될 만큼 녀석들은 자랐다. 물이에게 흙 빚는 법도 가르쳐 주고 불 때는 법도 가르쳐 주고. 녀석은 눈썰미가 있어서 가르쳐주는 대로 곧 잘 따라 했다. 아라도 설거지, 청소, 살림살이를 거들 정도로 자랐다. 물이가 가마에 불을 지피고 있으면 아라가 곁에 붙어서 소곤소곤 둘이 무슨 이야기를 하는지, 오누이같이 정다웠다.

"내, 산 아래 나루터 주막에 가서 막걸리 한 사발 하고 올끼니까 가마 불 꺼주지 말고 집 잘 보고 있거레이."

"걱정하지 말고 다녀오이소, 할배요."

두 아이는 삽작까지 따라 나와 인사를 했다.

할배는 하루 일을 마치고 나면 컬컬해진 목젖을 축이기 위하여 나루터 주막을 찾곤 했다.

추수가 끝나면 사내들이 삼삼오오 주막에 모여들어서 막걸리 사발을 기울이며 살아가는 이야기를 주고받든가 주모를 희롱하면서 시답 잖은 농담들을 나누는 모습을 볼 수 있는데 요즘 형편은 그렇지가 않

가야왕국

았다. 사내들이 다 어디 갔는지 보이지 않았다. 주모는 웬 남루한 남자와 이야기를 나누다가 할배가 들어서는 것을 보고 반겼다.

"아이고, 어서 오이소. 요새 와 그리 발길이 뜸하십니꺼?" 주모는 다소 호들갑을 떨면서 토기장 할배를 맞았다.

"이맘때면 바빠서 그런 기제. 한데 와 이리 손님이 없노?"

"나라에서 일 시킨다꼬 다 붙잡아 가서 그렇다 아인교. 농번기가 끝이 났으몬 좀 쉬구로 하든가 집안일도 쪼메 하구로 해야 할낀데 씨받을 여가도 없이 성 쌓는데 동원하고 제방 쌓는다고 데불고 가고 이라다가는 언제 아 만들어 보겠노?"

"그란기가? 허허 참, 씨는 받아야제. 아 낳는 것도 나라 재산인데 너무하기는 하다."

성 쌓기 제방 쌓기 등 나라의 큰 공사는 급하지 않으면 농번기에는 미루어 두었다가 가을걷이가 끝난 때부터 다시 시작한다. 남자들은 열일곱부터 서른까지 기운 팔팔할 때는 군역에 동원이 된다. 군역이 끝이 나도 쉰이 될 때까지는 집으로 돌아가서 농사를 짓다가도 나라에 전쟁이 일어나든가 변고가 생기면 다시 동원된다. 농사짓던 농기구를 팽개치고 들일은 아녀자에게 맡기고 병장기를 들고 싸움터로 가야 하는 것이다. 평소에도 남자들에게는 안일한 때가 없다. 농번기 때 미루어 두었던 나라의 큰 공사를 위해서 장정을 동원해 버리니, 주모는 그에 대해서 불평을 하는 것이다.

"그라모 저 아는 언제 만든기제?" 토기장은 삽짝문에 서서 마당에서 무슨 일이 있는가 동정을 살피는 예닐곱 살 되는 두 아이를 보고 웃으면서 말을 했다.

"다섯 살짜리 하고 일곱 살짜리 둘이라예, 둘 갖고 되겠십니꺼? 살아가면서 무신 일이 있을지 모르는데, 지명까지 사는 사람이 몇이나 있십니꺼? 능력 될 때 많이 낳아 놔야지예.”

토기장이는 실없는 농담을 주고받다가 들어올 때 주모가 낯선 사내와 같이 있던 것이 궁금했다.

“누고? 낯선 사람이데, 타지에서 온 사람인가?”

“스님이라 캅디다. 북쪽에서 내리왔다고…”

“스님…? 좋은 일 하고 죽으면 극락 가고 나쁜 일 하다 죽으면 지옥에 떨어진다고… 부처님을 믿으라고 요상한 말을 하고 다니는 사람 말이제?”

“예 맞십니더. 나라는 임금님이 다스리는 것이 아니라 부처님이 다스리는 것이라고 하고 죽으면 이승에서 했던 업보에 따라 다음 세상에는 잘살고 귀한 곳에 태어나든가 축생으로 태어난다고 하데예.”

“그런 스님이 여기에 와?”

“가야산을 가는 길이라 캅니더. 가야산에 들어가 절을 짓겠다고 합디더. 그란데 날이 어둑하니까 하룻밤 재워 달라꼬 하는데 우짜몬 좋습니꺼? 아 아부지는 성 쌓는데 불리 가서 집을 비워놓고 있는데 아무리 스님이라 카지마는 외간 남자인데 우째 한집에 재울 수가 있습니꺼?”

“그렇기는 하네. 아 아부지라도 있으면 몰라도…”

“그래서 대답을 몬하고 있습니더. 날은 저물고…”

“…이라모 어떡꼬? 우리 토기 가마에 가몬 사람이 잘 수 있는 공간이 있으이 거기라도 하룻밤 묵을 수 있으모 내 자리를 내주꾸마.”

“물어보까예?” 주모는 답이 나오자 낯이 환하게 변했다.

“얼런 물어보고 오소. 그리고 여 빨리 한상 차리고 오소. 목말라 죽겠다."

주모는 답을 못하여 끙끙거리고 있던 차에 숙제가 풀려 걸음이 가벼웠다. 짚신을 질질 끌면서 승려에게로 갔다.

토기 굽는 가마에는 언제나 불이 활활 타오른다. 토기장은 승려를 데려다 재우는 김에 물을 데워서 목욕까지 할 수 있도록 선심을 베풀었다. 남루한 그 차림으로 보아 당초 가마 옆에 거적을 깔아서 잠자리를 마련해주려 했으나 사람의 인심이 그렇지 않았다. 토기장은 자신이 자는 방 한켠을 내주었다.

"오늘 내가 생각지도 않게 길에서 보살님을 만나서 호사를 누리게 되었습니다. 나무 관세음."

승려는 두 손을 모아서 감사했다. 오랜만에 풀어보는 피로였다.

목욕만 했을 뿐인데 승려의 모습은 확 달라져 보였다. 봉두난발 머리카락은 말끔히 정리가 되고 꾀죄죄하던 얼굴에서 땟국을 닦아내니 빛이 났다.

토기장은 손수 밥상을 차려서 손님과 겸상했다.

"변변치 않지만, 많이 드이소."

콩을 섞은 보리밥에 김치와 나물무침 된장국의 초라한 밥상이지만 승려에게는 진수성찬이었다.

"부인은 어디에?" 승려는 밥숟갈을 뜨다 말고 물었다. 그제서야 집 안에 여인이 없다는 것을 알아차렸던 것이다. 남자가 손수 밥상을 차리는데 어린 나이의 아이 둘만 보이고 여인의 모습은 볼 수 없었다.

"… 돌아간 지가 몇 년이 됐심더." 남자는 투박한 소리로 던지듯 말했다.

"나무 관세음 소승이 괜한 것을 물었나 봅니다."

"괘않십니더, 남자 혼자 사는기 궁상맞아 보이지예?"

"아, 아닙니다. 저런 아들딸이 있지 않습니까?" 승려는 밖에서 방안의 사정을 기웃거리는 아이들을 가리키며 말했다.

"아이라예, 저 아~들은 내 아가 아이고… 내가 배질 나갔다가…"

남자는 몇 해 전 토기를 팔러 배를 몰고 대처로 돌아다니다가 부모 잃고 떠돌아다니던 아이 물이와 아라를 데려다 키우고 있는 사연을 이야기했다.

"참 인연이라 묘한 것이군요. 부인이 돌아가시고 난 뒤 아이가 나타나서 기르게 되고…" 승려는 남자의 사연을 듣고 안됐다는 표정을 짓더니 "인연이란 참으로 먼 곳에서부터 시작이 됩니다. 아마 아이들과 보살님과의 인연은 저승 아득히 먼 곳에서부터 시작이 된 듯합니다. 생판 모르는 남인데 보모 잃고 떠돌아다니던 아이들을 거두어 부모 자식처럼 지내고 있으니…"

"그렇지예, 참으로 기이한 인연이지예? 아내가 죽자 저 아~들이 나타나고… 내하고 여자하고는 인연이 없는 거 같고, 아내가 아하고 같이 죽고 나서 보이까 안됐던 모양이지예 아~들을 저리 둘씩이나 보내주고… 그란데 스님 저승이란 데가 있습니꺼 참말로 사람이 죽어서 가는 데가 있습니꺼? 그곳에서는 사람들이 우째 삽니꺼?"

남자는 승려가 인연이니 저승이니 하는 말이 이해가 되지 않아서 물었다.

"예 있지요. 사람이 죽으면 그것이 끝이 아니라 또 다른 세상으로

가야왕국

가게 되는데 그곳을 저승이라 하지요. 이승과 저승을 구분 짓는 것은 죽음이라 할 수 있지만 죽음으로 끝이 나는 것이 아니라 죽음으로 이승과 저승은 서로 이어지는 것입니다. 인연이라는 것은 저승에서부터 이어져 오는데 그 인연은 이승의 업보(業報)로부터 비롯되는 것입니다. 이승에서 죄를 지으면 저승에서 죄 갚음을 하고 새로이 인연을 맺고 태어나서 부모 자식이 되든가 또는 이승에서 지은 악행이 짐승과 같아서 사람으로 태어나지 못할 정도가 되면 다음 세상에는 축생으로 태어나는 것이지요. 이것을 윤회라 하지요."

남자는 승려의 말이 무슨 말인지 알아듣기가 어려워서 그저 고개만 갸웃거렸다. 승려는 자신의 말을 알아듣는 듯 모르는 듯한 모호한 표정을 짓고 있는 남자의 얼굴을 보면서 말을 계속 이어 나갔다. 가볍게 시작한 이야기였지만 이제는 장황한 설교가 되었다. 차려온 국, 밥에서 모락모락 올라오던 김이 멈추었다. 남자는 밥상이 식어가는 것도 잊고 승려의 설교에 몰두했다.

"윤회라꼬예? 사람이 한번 죽었는데 다음 세상에 또 태어난다꼬요? 이승에서 하던 그대로 하늘나라에서 사는 것이 아입니꺼?"

"사람으로 태어나고 말고는 지금 살고 있는 세상에서 어떻게 살았느냐에 따랐지요. 또 다음 세상에 어떻게 태어나는가, 귀하게 태어나는가, 천하게 태어나는가도 지은 업보에 따라 달라지는 것이랍니다."

"그라몬 이 세상에서 귀하게 지내던 사람, 왕으로 지내던 사람은 죽어서는 왕 노릇을 몬한다는 말입니꺼?"

"하하 죽어서도 왕으로 산다든가 귀하게 살기는 어렵겠지요. 아니 불가한 것이지요. 죽음으로서 이 세상과의 모든 인연은 끝이 나고 저승에서는 이 세상에서 살던 업보를 치른 후에 다음 세상에서 태어날 인연이 다시 시작되는 것인데 사람들은 그것을 모르는 것입니다." 승려는 남자의 질문이 어리석다는 듯이 웃으며 말했다.

"그라몬 임금이나 귀한 사람이 죽을 때 어째서 가까이서 시중들던 사람들을 데리고 갑니꺼? 와 죽이가꼬 같이 땅에 묻습니꺼? 하늘나라에 가서도 임금은 자신이 살던 세상을 돌보기 위해서 애를 쓰고 그래서 임금이 편하게 이승을 돌볼 수 있도록 살아있을 때맨치로 가까이하던 사람들을 데리고 가서 시중을 들게 한다 카던데… 예?"
"순장을 말하는 모양인데, 참으로 못 할 짓을 저지르는 것입니다. 사람이 죽게되면 이 세상과의 인연이 모두 끊어지게 되는 것입니다. 부모 자식, 형제간의 관계도 그렇고 임금과 신하의 관계, 백성과의 관계로 맺어졌던 인연도 모두 끊어지게 마련인데 하늘나라에 가서도 나라를 다스리고 또 이 세상에서처럼 편하게 귀하게 지내겠다고 가까이 시중들던 사람들을 데리고 간다고 하는 것은 참으로 어리석은 생각입니다."

승려의 설교는 토기장이 여태껏 들어서 알고 있는 사실과는 전혀 다른 것이었다. 사람이 죽으면 이 세상에서 있었던 모든 인연은 없어지고 저승에서 새롭게 시작된다고 말한다. 왕이나 귀한 신분으로 살던 사람도 마찬가지라 했다. 그런데 순장은 왜 하는 것인가? 스스로 죽기를 원하는 사람이 어디 있다는 말인가? 어쩔 수 없이 죽은 주인을 위하여 따라 죽게 된다면 그 죽은 자가 저승에 가서 살아생전에 주인을 모시던 마음으로, 또 임금을 섬기던 그 마음 그대로 변치 않

가야왕국

으리라고 어찌 장담을 할 수 있겠는가…

그래도 순장제도는 아주 오랫동안 이어져 오고 있었다. 그렇게 죽은 억울한 목숨들이 원귀가 되어 구천을 떠돌고 있다고… 누군가가 이야기하는 것을 들었다.

왕가의 능 뒤편 대나무 숲에서 우수수 들리는 소리는 순장할 때 죽은 원귀들이 내는 울음소리라고…

승려는 고구려에서부터 왔다고 했다. 남한강을 거쳐 낙동강으로 발길이 닿는 곳으로 가고자 하였다. 신라가 부처님의 법을 왕가에서 받아들였다 하니 그곳 형편을 살펴보고서 가야산으로 가는 길이라 했다.

승려가 거쳐온 곳은 고구려 백제 신라 가야가 군사를 동원하여 치열하게 싸움을 벌이던 곳이다. 거치는 산야와 강줄기 어느 한 곳 병사의 피가 튀지 않은 곳이 없고 내딛는 한 뼘의 땅이 모두 피로써 얻은 것이라는 생각이 들어서 그들의 원혼을 달래면서 왔다는 것이다.
"나무 관세음보살."

그런데 이 땅에 들어와서 보니 부처님의 가르침을 받은 다른 나라에서는 이미 악습이라고 인간으로서 못 할 짓이라고 없애버린 제도가 아직도 남아있더라는 것이다. 왕이라 해서, 이 세상에서 귀하게 살았다고 해서 죽음 이후에도 이승에서 누리던 부귀영화를 저승까지 가서 누릴 수는 없는 일인데도 이승에서의 미련을 버리지 못하고 시종하던 사람을 죽여서 데려간다고 하니 부처님의 불법으로서는 도저히 용납이 되지 않는 일이었다.

신라에서는 이미 그런 악습이 없어진 지 오래되었다고 했다. 오래전 이차돈이라는 승려가 나타나서 부처님의 말씀을 전하다가 죽임을 당하였는데 그는 죽을 때 흰 피를 토하며 죽음으로써 신라를 부처님의 말씀으로 다스리는 불토의 나라로 만들었다는 것이다. 그로써 아랫사람이라도 함부로 죽이는 악습을 막게 되었다는 것이다. 신라에서는 오래전 지증왕 때에 왕실에서 불교를 받아들이면서 순장제도를 악습이라 규정하고 이를 법으로 폐지하였다. 지증왕 3년(502)에 순장제 폐지를 법으로 공표하였다.

승려는 가야산으로 들어가서 절을 지어서 억울하게 죽은 원귀들을 위로하겠다고 했다. 토기장은 밤을 꼬박 새우면서 승려의 설교를 들었다.

순장

———— • • • ❁ • • • ————

신라는 내물 마립간 이후 고구려의 지배를 받은 지 70년에 가까운 세월이 흘렀다. 내물 마립간은 백제 가야 왜국의 연합군에 의해 수도 금성이 공격을 당하자 어쩔 수 없이 한때 창검을 겨누었던 고구려 광개토왕에게 도움을 청하게 되었는데, 그러나 한때 적국이었던 고구려로부터 도움받기가 쉽지 않았다.

공짜 밥은 없는 법이다. 고구려는 그 대가를 요구했다. 마립간의 아들을 고구려에 데려와야 도움을 줄 수 있다고 조건을 내걸었다. 아들을 볼모로 잡아놓으면 상대는 핏줄에 발목이 잡혀서 확실한 내 편이 될 수밖에 없다.

내물은 다급한 지경에 내몰린 형편인데 어쩌겠는가, 눈물을 머금고 요구를 들어주어야지… 그러나 자신의 핏줄을 볼모로 보내야 하는 데는 주저하지 않을 수 없었다. 고심 끝에 꾀를 낸 것이 형제뻘인 이찬 대서간의 아들 실성^{實聖}을 왕의 아들이라고 속이고 대신 보냈던 것이다.

고구려 광개토왕은 왕자를 볼모로 잡아두고서야 5만의 지원군을 보냈다. 그러나 내물이 자신의 아들이 아닌 조카를 고구려로 보낸 것은 나중에 왕권 다툼으로 이어지는 큰 실수라는 것을 그때는 몰랐었다.

고구려군은 신라에 침입한 백제, 왜, 가야의 연합군을 물리쳤음에
도 돌아가지 않았다. 고구려군은 수도 금성에 계속 주둔했다. 그들은
궁성을 무시로 드나들면서 조정 일에 감 나라 배 나라! 간섭을 했다.
해마다 조공으로 뜯어가는 공물도 상당했다. 술을 먹고 수도 거리를
다니면서 부녀자를 희롱하고 주먹질을 하는 등 행패를 부린다는 보고
가 들어와도 마립간은 그들을 제지하거나 벌을 주지 못했다. 장수라
는 자는 왕 앞에서, 신하들이 있건 없건 무례하기 짝이 없었다. 이를
본 신하가 꾸짖을라치면 오히려 왕이 나서서 말려야 했다.

'똥이 무서워서 피하나? 더러워서 피하지.'
왕은 무례한 장수를 나무라는 대신 오히려 자신의 신하를 나무라고
달랬다. 신하를 그렇게 달랬지만 왕의 마음은 똥이 더러운 것만 아니
라 무섭기도 했다. 주둔군의 장수를 벌주거나 나무란다면 뒤에 오는
보복이 두려웠던 것이다. 왕은 무력했다. 내물은 자신에게 닥친 위기
를 타국의 힘을 빌려서 해결하려 한 지난 일에 대해서 후회를 거듭하
다가 결국은 화병으로 죽고 말았다.

마립간의 장례식은 성대히 치러졌다.
만장기를 높이 든 군사들이 살아생전 왕에게 했듯이 상여의 앞과
양옆으로 줄을 지어 호위했다. 상여 행렬은 왕궁에서부터 왕이 영면
할 능까지 길게 이어졌다. 상여의 뒤를 상복 입은 왕의 아들과 비빈들
그리고 왕족, 귀족, 고관들이 순서를 지어서 따랐다.

요령잡이의 앞소리에 따라 뒷소리꾼이 만가를 받았다.

가야왕국

북망산천이~ 머다더니~ 내집 앞이~ 북망일세~

너~ 너~ 너화 너~ 너이 가지 넘자 너화 너~

이제 가면 언제 오나 오실 날이나 일러주오~

에헤 에헤에~ 너화 넘자 너화 너~

소리는 구성지게 하늘에 울려 퍼졌다. 뒤따르는 상주들은 상여꾼의 소리에 맞추어 울음소리를 높였다. 곡소리에 맞추어 크게 슬퍼하는 것이 죽은 왕에 대한 지극한 충성이라고 알리기라도 하듯 엉엉 울음 소리를 높였다. 백성들도 왕이 가는 연도에 나와 땅을 치면서 애도를 했다.

왕의 능은 해가 뜨는 동쪽 구릉으로 정해졌다. 능 공사는 왕이 임종하기 전부터 시작되어서 왕은 살아생전에 자신이 누울 곳을 알고 있었다. 공사장에는 제관과 왕궁에서 나온 신하와 군졸, 인부 등 여러 사람이 왕이 묻힐 구덩이를 파놓고서 상여를 기다렸다.

왕이 들어갈 구덩이는 흙이 무너지지 않도록 돌을 덧대어 받쳐놓았는데, 좌우 양옆으로 작은 구덩이 한 개씩을 더 팠고 아래쪽에도 여러 개의 구덩이를 파놓았다. 이들 작은 구덩이는 왕과 함께 따라서 죽을 순장조가 묻힐 곳이다. 왕이 누울 구덩이 좌우의 구덩이는 왕을 수발하던 시녀와 시종하던 호위무사가 묻힐 곳이다. 아래의 구덩이에는 백성들 중에서 붙잡혀 온 자들이 묻힐 곳이다. 왕이 살아생전 왕과 함께 국사를 논하고 일상을 같이 하며 영화를 누렸던 신하와 처첩 등이 묻힐 구덩이는 파지 않았다. 그들 중에서는 순장을 자원하고 나서는 자가 없었다. 그들은 살아남아서 죽은 왕의 뒤치다꺼리를 해야

한다는 것이다. 그들은 다만 소리 높여 우는 것으로 왕에 대한 의리
를 다하고자 했다.

  순장자는 손이 뒤로 묶인 채로 자신이 묻힐 구덩이 옆에 꿇어앉아
서 울고 있었다. 그들의 목에는 올가미가 채워져 있었고 군졸 두 명이
좌우에서 끈을 잡고 있었다. 왕의 시신을 하관할 때 좌우의 군사가
끈을 잡아당기면 그들은 목숨이 끊어져서 왕과 함께 묻히는 것이다.
  순장자의 목숨은 도살장에 끌려온 가축과 다름이 없었다. 몸부림
을 쳐 보지만 곁에 있는 군졸이 목덜미를 누르고 끈을 잡아당기니 꼼
짝할 수가 없었다.
  울음소리가 높아지자 "소리가 밖으로 새 나가지 않도록 재갈을 물려
라."
  군졸을 이끄는 군장이 엄하게 명령을 했다. 순장자의 입에 수건으
로 재갈이 물렸다. 순장자가 발버둥을 치자 군장의 지시가 또 떨어졌
다.
  "눈을 가려 버려라."
  순장자는 이제 옴짝달싹할 수가 없었다. 캄캄한 어둠 속에서 울음
조차도 속으로 새기면서 목숨이 끊어지기만을 기다려야 했다.

  구릉 위에서 제관이 이마에 손을 올리고 왕의 상여가 오는 쪽을 바
라봤다.
  어~여 어~여, 상엿소리가 먼저 들리더니 곧 상여가 나타났다.
  "준비를 하라." 제관이 아래에다 지시했다. 순장자의 목숨을 끊으라
는 명령이었다. 제관의 명은 군장에게 전달되었고 군장의 명령에 따

가야왕국

라 군졸은 순장자의 양옆에서 끈을 잡아당겼다. 순장자는 윽 소리도 지르지 못하고 앉은 자리에서 그대로 고꾸라졌다. 왕의 시신이 하관되고 그 위로 흙이 덮일 때 순장자의 시신 위에도 같이 흙이 덮였다. 순장자의 원혼이 울음이 되어 산등성이 너머 대나무 숲으로 숨어들었다.

눌지 마립간

내물이 죽자, 고구려에 볼모로 잡혀있던 실성(實聖)이 돌아왔다. 고구려
는 실성을 귀국시켜서 내물의 뒤를 이어 마립간을 세우는 데 결정적
역할을 하는 6부 촌장에게 압력을 행사하였다. 당초 실성은 내물 마
립간의 직계가 아니어서 마립간이 되기가 어려웠다. 내물 마립간에게
는 왕위를 계승할 세 아들이 있었는데도 고구려는 압력을 행사하여
실성이 다음 마립간이 되도록 만들었던 것이다.

실성은 마립간이 되자마자 왕위 계승의 경쟁자였던 내물의 자식들
을 내쳤다. 먼저 내물의 둘째 아들을 고구려에 볼모로 보냈다. 그리
고 셋째는 왜국으로 보냈다. 첫째 눌지(訥祗)에 대해서는 전왕의 자식들을
핍박한다는 민심이 두려워 잠시 궁중에 머물게 하였으나 그런 눈치도
잠시 보았을 뿐이고 어느 정도 왕권이 안정되자 첫째도 고구려로 보내
기로 하였다. 그러나 눌지는 가만히 있지 않았다. 눌지는 영리했다. 두
동생을 고구려와 왜국에 볼모로 보낼 때부터 자신에게도 위험이 닥칠
것이라고 예상을 하고 있었다. 눌지는 자신에게 닥쳐오는 위기의 낌새
를 알아차리고 은밀히 고구려에 손을 대고 있었던 것이다. 그리하여

가야왕국

금성에 주둔해 있는 고구려군의 힘을 빌려서 정변을 일으켰다.

고구려로서는 손해나는 장사가 아니었다. 현재의 실성 마립간보다 눌지를 세운다면 오히려 이용 가치가 더 있을 것이라는 판단에서 눌지를 도왔다.

고구려의 군사들은 어둠이 짙은 그믐밤에 은밀히 궁 안에 침투하여 잠자고 있는 실성을 시해해 버렸다.

실성 마립간을 죽이고 눌지가 마립간이 되는 것은 그리 어려운 일이 아니었다. 아버지 내물 마립간 대의 신하들이 아직 조정에 남아있었고 무엇보다 마립간을 결정하는 6부의 촌장들이 고구려의 말을 잘 듣는 친고구려 파들이었다. 또 전왕(내물 마립간)이 죽은 이후 실성이 마립간이 될 때 정통성에 대하여 논란도 있었으므로 이를 바로 잡는다는 명분도 충분했다.

눌지는 비록 고구려의 힘을 빌려 왕 위에 오르긴 하였지만 호시탐탐 고구려의 예속에서 벗어나기 위하여 기회를 엿보고 있었다.

눌지가 행동에 나서지 못하는 데에는 고구려에 볼모로 잡혀있는 동생 복호의 안전이 문제였다. 눌지는 은밀히 측근을 불러 자신의 고민을 토로했다.

"박제상을 불러서 일을 맡겨 보소서."

측근은 인재를 한 사람 추천했다.

"박제상은 충성심이 강하고 능력이 출중하여 마립간께서 명을 내리시면 목숨을 바쳐서라도 일을 성사시킬 것이옵니다."

박제상은 삽라군^(挿羅郡) 태수로서 충성심이 강하고 언변과 학식이 뛰어나다고 소문이 나 있는 인물이었다. 눌지는 박제상을 추천받고 은밀히 그에게 고구려로 가서 동생을 데려오도록 임무를 맡겼다.

장수왕은 한강 유역을 두고 백제와 전투를 하느라 여념이 없는 중에 박제상의 예방을 받았다. 박제상은 장수왕을 알현하고 신라의 여러 사정을 고했다.

"신라는 지난날 백제와 가야 왜국 연합군의 침략을 받아 금성이 함락되는 등 위기에 빠졌을 때 선대 대왕께서 구원을 해주시어 대를 거쳐서 그 은혜에 감사하고 있사옵니다. 지금의 눌지 마립간도 또한 상국의 도움으로 마립간에 올랐습니다. 그러한데도 어찌 상국은 의심을 거두지 않으시고 왕자님을 계속 볼모로 잡아두고 계시는지요? 저희 마립간께서는 이국에 떨어져 있는 동생분을 생각하시어 밤마다 잠을 이루지 못하고 있사옵니다. 부디 볼모를 풀어주시옵소서."

장수왕은 박제상의 말을 듣고 감동을 받았다. 형제간의 의리를 저토록 생각한다면 나라 간의 의리 또한 저버리지 않으리⋯ 또 지금 백제와 전쟁 중인데 굳이 신라와 감정을 상할 필요가 없다는 생각도 들었다.

장수왕은 볼모로 풀어주라고 지시를 내렸다. 그런데 볼모를 풀어주고 나니 신하들이 반대를 하고 나섰다.

"어찌 신라를 믿으시나이까? 명을 거두어 주소서. 신라는 지난날 백제와 동맹을 맺고서 고구려의 남쪽 변방을 여러 차례 침범하였던 족속이옵니다. 그로 인해서 고국원왕께서 돌아가신 일을 어찌 잊으셨는지요. 지금 저들이 차지하고 있는 실직 땅(지금의 삼척, 동해지역)은 한 때 고구려의 땅이온데 저들은 아직도 자신들의 땅인 양 반환을 하지 않고 있습니다. 부디 명을 다시 내리시어 볼모를 잡아들이소서."

"내가 저들을 풀어주라 하였다. 저들은 이미 이 땅을 벗어났을 수도 있지 않았겠느냐?"

"지금이라도 늦지 않았사옵니다. 추격하면 잡을 수 있을 것이 옵니다."

장수왕은 신하의 건의에 일리가 있다고 생각했다.

"… 그렇다면 내 명을 거두마, 저들을 다시 잡아들여라. 붙잡아서 과인을 속이려 한 죄를 물어 신라 사신으로 온 자의 목을 베라."

고구려 군은 즉시 박제상의 일행을 추격하였으나 이때 박제상 일행은 이미 달홀(강원도 고성군, 고구려의 지명)의 포구에 도착해 있었다. 박제상은 추격해 오는 고구려군을 보고 배를 바다 한가운데로 몰았다. 고구려군은 바다 가운데로 달아나는 배를 향하여 화살을 날렸으나 결국은 놓치고 말았다.

눌지는 동생을 맞는 자리에서 눈물을 흘리며 말했다.

"내가 충성스러운 신하를 두어서 너를 다시 볼 수 있어서 기쁘기는 하나 왜국으로 간 막내는 10살 때 가서 30년이 지나도록 못 보고 있으니 가슴이 찢어지는 듯하구나, 몸 하나에 팔이 하나이고 얼굴에 눈이 하나만 달려 있는 듯하니 이를 어찌하면 좋으냐?"

눌지 마립간

이 말을 들은 충성심 강한 박제상이 가만있을 리가 없었다. 이번에도 왜국에 가서 막내 미사흔^{未斯欣}을 데려오겠다고 나섰다.

박제상은 즉시 왜국으로 건너가서 '신라 왕이 자신의 부모 형제를 죽여서 피해 왔노라'고 왜왕을 속이고 머물다가 눌지왕의 동생 미사흔을 본국으로 탈출시켰다.

왜왕은 박제상이 자신을 속였다는 사실을 알고 붙잡아다가 모진 고문을 하였지만 그는 고국에 대한 충성심을 저버리지 않았는데 결국 왜왕이 분노하여 그를 불태워 죽여버렸다.

박제상의 부인 또한 일편단심 지아비를 기다리다가 망부석이 되어 죽으니 눌지 마립간은 그 뜻을 높이 기려서 부인이 지아비를 기다리던 곳 치술령에서 제를 지내 혼을 달래주었다.

한성백제

신라의 거짓에 속아서 볼모를 풀어준 장수왕은 신라에 대해서 본때를 보여주어야 한다고 생각했으나 당장은 백제와 전투를 벌이는 것이 걸림돌이었다.

장수왕은 그 아버지 광개토왕이 요동 땅을 경략하는 북진정책을 펼친 데 비해 남진정책을 폈다. 장수왕이 남쪽으로 세력을 넓히고자 한 것은 한강 유역이 비옥하여 탐이 나는 것도 있지만 이곳을 차지하게 되면 삼한을 압박하여 지배하에 둘 수 있는 전략적 요충지이기 때문이었다. 그러한 이유로 고구려는 그 전부터 그곳을 선점하고 있던 백제와 전쟁을 치러 왔다.

고구려는 남쪽으로 진출하기 위하여 정략적으로 수도를 압록강 유역 국내성에서 대동강 유역 평양으로 옮겼다.
이때 백제는 개로왕이 집권하고 있었는데 개로는 왕위에 오르기 전부터 많은 우여곡절을 겪었다.
개로왕의 아버지 비유왕은 해씨와 진씨 간의 권력다툼에서 해씨가 승리함으로써 왕위에 오르게 되었는데, 따라서 왕권은 해씨에 의해서 휘둘릴 수밖에 없었다. 비유는 어정쩡하게 왕 노릇을 하다가 끝내는 정변에 휘말려서 죽게 되는데 뒤를 이어 왕이 된 개로도 또한 왕권을 제대로 행사하지 못했다. 그는 선대왕 시절부터 고구려의 침공을 여러 차례 받아왔으나 이에 대비하지 못하고 해씨 가문의 눈치를 보며 지내야 했다. 성곽이 무너졌어도 왕궁이 헐었어도 방치해 두었고, 큰 물이 져서 선대왕의 무덤과 백성들의 논밭과 집이 물에 잠겨도 손을 놓고 있었다. 개로는 국사에는 손을 놓고 바둑과 여색에 빠져 지냈다.

도미라는 백성의 아내가 미색이라는 소리를 듣고 개로는 남편 도미를 바둑을 두자고 궁으로 불러들이고 부인을 겁탈하려다 미수에 그친 일도 있었다. 개로가 바둑에 빠져서 지낸다는 것은 고구려에도 소문이 나 있어서 장수왕은 이를 정략적으로 이용하고자 했다. 장수왕은 바둑을 잘 두는 도림이라는 승려를 개로에게 보내서 고구려가 곧 쳐내려올 것이라고 알려주고 정세를 염탐하라고 시켰다.

개로는 도림의 이야기를 듣고서 그제서야 정신을 차리고 서둘러서 성곽을 보수하고 제방을 쌓는 등 공사를 벌였지만 무능한 탓에 오히려 백성의 원성만 샀다. 장수왕은 이런 기회를 손꼽아 기다려 왔던 것이다. 그에게 백제를 정벌해야 하는 또 하나의 이유는 100년 전 자신의 할아버지 고국원왕이 평양성 전투에서 백제 왕에게 죽임을 당한 데 대한 복수를 하는 것이었다.

장수왕은 직접 3만 병사를 이끌고 백제의 수도 한성 정벌에 나섰다.

가야왕국

장수왕은 한성을 정벌하는데 백제에서 귀화하여 넘어온 군사를 선봉에 세웠다. 백제의 군사 중에 재증걸루(再曾桀婁)와 고이만년(古尒萬年)이라는 장수가 있었는데 장수왕은 이들에게 군사를 주어 선봉에서 공격을 하게 했다. 재증(再曾)과 고이(古尒) 두 장수는 해씨(海) 가문과 진씨(眞) 가문이 왕위 계승을 놓고 싸움을 벌일 때 한쪽 편을 들었다가 가족을 잃고 고구려로 도망을 쳤던 자들이다. 백제의 성내에는 자신들과 내통할 수 있는 사람들이 아직 남아 있었다. 또 한성은 그들이 살던 곳이어서 성내 사정도 잘 알고 있었다.

이들의 공으로 성은 공격을 받은 지 7일 만에 함락이 되었다. 성이 함락되자 개로는 왕자와 비빈, 측근 신하들과 함께 궁을 빠져나와 남쪽으로 도망을 쳤는데 적은 간발의 차이로 뒤를 쫓았다. 왕은 백성들 속에 섞여서 평복 차림으로 도주하고 있었으나 재증의 눈을 피할 수는 없었다. "저 자들이다. 붙잡아라." 재증의 명령에 왕과 비빈, 신하들이 한꺼번에 붙잡혔다.

개로는 바로 장수왕에게 끌려갔다. 개로는 장수왕 앞에서 무릎을 꿇고 애원했다.

"신하가 되어서 견마지로의 예를 다하고 지내겠사오니 부디 목숨을 살려주십시오. 전하"

장수왕은 엎드려 목숨을 구걸하는 개로에게 흥, 가소로운 코웃음을 쳤다.

"백성들 보기에 부끄럽지 않으냐? 너희 나라 아신(亞身)도 지난날 한때 붙잡혀서 신하가 되겠다고 사정을 하고 목숨을 구걸한 적이 있었다. 그때 가련하여 인정을 베풀었는데 이내 배신을 하고 또다시 전쟁을 하자고 덤비더구나, 믿을 수가 없다."

장수왕은 자신의 아버지 광개토왕이 백제와 전쟁에서 아신왕을 사로잡았던 일을 말했다.

그때 아신왕은 영원히 백제의 노객(奴客)(신하)이 되겠다고 맹세하고 노비 1,000명과 베 1,000필을 바치고 풀려났다. 광개토왕은 점령지 58개 성과 7,000개의 고을을 지배지로 할양받고서 물러났다. 그러나 아신왕은 풀려난 후 태도가 변하여 계속 고구려를 공격하다가 결국은 전쟁터에서 죽고 말았다. 장수왕은 엎드려 목숨을 구걸하는 개로에게 그때의 일을 상기시키며 믿을 수 없다고, 개로를 붙잡아 온 재증에게 바로 죽일 것을 명하였다.

재증은 아차성 밑으로 개로를 끌고 가서 목을 베 죽였다.

이로써 장수왕은 100년 전 할아버지의 죽음에 대한 복수를 한 것이다.

한성백제는 개로왕이 죽게 됨으로써 막을 내렸으나 다행인 것은 성이 함락되기 전에 왕자 문주가 신라에 도움을 청하기 위하여 먼저 성을 비울 수 있었던 것이다.

신라의 자비 마립간(눌지 마립간이 죽고 그 아들이 즉위)은 백제의 급박한 사정을 듣고 병사 1만을 지원했다. 그러나 문주가 한성에 도착했을 때는 이미 성은 함락되고 왕이 고구려군에게 피살된 뒤였다. 성루에는 고구려군의 삼족오(三足烏) 기가 펄럭이고 백성들은 피폐해진 몰골들을 하고 갈피를 잡지 못하여 우왕좌왕하고 있었다. 문주는 한성으로 진격하지 못하고 한강 이남 위례성에 머물면서 그곳에서 선왕의 뒤를 잇는 즉위식을 가졌다.

그러나 위례성은 위치적으로 볼 때 너무 취약한 점이 많았다. 위례성이 위치해 있는 남한강은 한강의 줄기로서 한성에 주둔해 있는 고구려가 언제 강을 타고 공격해 올지 몰랐다. 또한 신라의 군사를 빌려 있는 마당인데 신라군이 철수해 버린다면 어떻게 손을 쓸 수도 없었다. 중국과 교류를 가져야 하는데 내륙에 위치해 있으니 이도 쉽지 않았다. 주변이 산악지로 둘러싸여 식량을 마련할 들판도 없었다.

문주왕은 수도를 더 남쪽 웅진으로 옮겼다. 웅진은 넓은 평야를 끼고 있어서 경제적인 이점도 있으려니와 금강을 통하여 중국과 교류를 할 수도 있었다. 무엇보다도 접경지역과 떨어져 있고 금강을 방어막으로 삼을 수 있으니 안심하고 군사를 훈련하여 훗날을 도모할 수가 있었다.

말갈족

한성백제를 정복한 장수왕의 다음 목표는 신라였다. 신라가 백제를 구하겠다고 군사를 지원한 것은 고구려로서는 심히 배은망덕한 일이었다. 신라는 불과 70년 전 백제 연합군의 공격을 받았을 때 고구려가 도와주어 겨우 위기에서 벗어날 수 있었다. 그런데도 그 은혜를 저버리고 오히려 백제를 돕겠다고 군사를 보내다니… 그로 인해 고구려군이 신라에 주둔하게 되었는데 이도 쫓아내 버렸고 또 그전에 볼모로 잡아놨던 신라 왕의 동생 복호를 탈취해 간 일하며, 장수왕의 심기를 건드린 일이 한둘이 아니었다.

"내 이런 일을 꾸미고 있는 신라왕을 반드시 응징할 것이다."

장수왕은 1만의 군사를 내어 신라에 쳐들어갔다.

장수왕의 이번 침공에는 고구려군뿐 아니라 말갈족도 참전했다. 고구려군은 아직은 백제군과 전쟁의 끝을 본 것이 아니었다. 웅진으로 쫓겨가 있는 백제군을 계속 추격하여 전쟁을 벌였다. 그런데 신라와도 전쟁을 벌였으니 병력이 문제였다. 고구려는 그 필요한 지원을 신라 북쪽에 근거지를 두고 있는 말갈족으로부터 받았다.

가야왕국

말갈은 예맥족^{濊貊} 계통으로 부락 단위로 만주 일대 쑹화강, 흑룡강과 한반도 북부에 흩어져서 살았다. 그 한 계통이 한반도 북쪽과 강원도 이북에 집단을 이루며 지냈는데 이들을 만주 일대에 사는 숙신이나 읍루와 구별하여 동예, 옥저라 하였다. 이들은 내륙의 종족과는 멀리 떨어져서 살았고 또 바닷가를 생활 터전으로 삼아서 지내왔으므로 다른 족속과는 습속을 달리하며 지냈다. 이들의 습속 중에 특히 다른 것은 죽은 사람에 대한 제사의 방식이다. 가족 중에 누가 죽으면 가매장하였다가 나중에 뼈를 추려서 가족의 공동 무덤인 목곽에 안치하는 일종의 가족 공동장 풍습이다.

말갈족은 옛날부터 고구려를 모국으로 삼아서 조공을 바치며 보호를 받고 있었는데 신라와 접경을 이루고 있었으므로 신라와는 자주 분쟁을 일으켰다. 고구려는 이들을 동원하여 신라의 북쪽 실직주^{悉直州}(강원도 삼척지역)를 공격했다.

신라군은 아직까지는 막강한 고구려를 상대할 힘을 갖추지 못했다. 고구려군은 백제와 전투에서 승리한 군사들이고 말갈 또한 험준한 산악과 바다를 상대로 생활하는 자들이므로 거칠고 용맹했다.

신라군은 상대가 되지 않았다. 급보를 접한 소지 마립간은 겁에 질려서 신하들과 대책을 의론했다. 할아버지 눌지 마립간 대부터 아버지 자비 마립간을 거치는 동안 가까스로 마련한 자립의 기반이 한꺼번에 무너지는 느낌이었다.

고구려의 지배를 받아온 지난날은 치욕의 세월이었다. 할아버지 눌지 마립간은 볼모로 잡혀있던 두 동생을 고구려와 왜국에서 빼내고 홀가분해진 마음으로 국정을 수행해 왔다. 고구려군의 수탈로 피폐해진 백성들을 위로하고 저수지를 축조하고 우거(牛車) 사용법을 보급하여 농업 생산성을 높였다.

아버지 자비 마립간은 금성에 주둔해 있는 고구려군을 공격하여 국경 밖으로 쫓아내고 변방에 성을 쌓아서 고구려의 침입에 대비하여 군사를 길렀다. 그러한 자신감에서 백제가 고구려의 공격을 받아 한성이 정복당할 위기에 처하여 도와주기를 간청했을 때 병사 1만을 흔쾌히 내주었다. 그리함으로써 한때 백제와 서로 전쟁을 하였던 묵은 감정도 해소하고 함께 손을 잡고 남하하는 고구려의 세력과 상대하고자 한 것이었다. 그런데 갑자기 말갈과 연합한 고구려군이 대규모로 실직주에 침입을 하였다 하니 적이 당황할 수밖에 없었다.

"어찌해야 하겠소?"

"고구려군은 지난날 선대왕께서 자국에 볼모로 붙잡혀 있던 동생분을 빼내온데 대한 앙심을 품고 있습니다."

"그때가 언제인데 아직도 그 일에 대하여 앙심을 품고 있다는 말이오?"

"벌써 70년 전의 일이옵니다. 우리의 선대왕께서는 이미 돌아가신 지 2대가 지나고 전하의 대에까지 이르렀는데 고구려의 왕은 아직도 그때의 왕 그대로입니다."

"고구려왕은 올해 나이가 몇이나 되는가?"

"80세가 넘었다고 들었사옵니다. 그런데도 전장에서는 펄펄 난다고 하옵니다."

"쯧쯧, 노망할 나이인데도 전쟁을 좋아하다니, 전쟁은 산 사람의 욕심 때문에 일어나는 것인데 그 영감탱이는 죽음을 목전에 두고서도

가야왕국

욕심을 버리지 않는구나."

"우리의 힘만으로 중과부적이니 백제에 지원을 요청하소서. 지난날
그들이 위급할 때 우리가 병사 1만을 지원해 주었는데 우리가 이번에
도움을 청하면 거절을 못할 것이옵니다. 백제 또한 고구려의 침략을
받아 곤경에 처해있긴 하나 자신들을 위해서도 우리와 힘을 합쳐 고
구려와 싸움에 나서려 할 것이옵니다."

"그럼 속히 사신을 보내시오. 궁중에서 제일 잘 달리는 말을 타고
몸을 최대한 가볍게 하여 빨리 가라고 이르시오."

말갈과 연합한 고구려군은 질풍노도의 기세로 신라 땅으로 진격해
들어갔다. 내륙은 고구려군이 우수한 기동력을 앞세워 백두대간의 등
허리를 타고 내려왔고 해안 쪽으로는 바닷길에 익숙한 말갈이 공격해
왔다. 신라군은 산야에서 해안에서 한꺼번에 공격해 들어오는 데에
속수무책이었다. 고구려군이 지나간 자리에는 사람을 찾아볼 수가 없
었다. 계곡물은 피로 물들고 산야 곳곳에는 미처 거두지 못한 신라군
의 시체들이 널브러져서 까마귀밥이 되었다.

백제의 지원군이 도착하기만을 눈이 빠지게 기다렸으나 백제에서
소식은 감감무소식이었다. 백제로서는 자기 코가 석 자이니, 신라의
사정을 들어줄 수가 없었다.

백제는 웅진으로 천도한 후 아직 자리도 제대로 잡기 전에 왕권을
둘러싸고 심각한 내분을 겪고 있었다. 문주왕은 웅진으로 도읍지를
정하여 피난을 왔으나 뒷수습이 감당이 되지 않았다. 왕을 따라 피난
온 한성 백성들의 거처도 마련해주어야 하고 언제 또다시 고구려가 쳐

들어올지 모르니 성벽도 새로 쌓고 보수도 해야 했다. 군사도 훈련을 시켜 재정비해야 했다. 그런데 이러한 비상시국을 해쳐나갈 힘이 문주왕에게는 없었다. 왕권은 신하들에게 휘둘리고 있었고 신하들은 왕권을 둘러싸고 다툼을 벌이고 있었으니 문주왕은 이들 사이에서 눈치만 보며 어정쩡하게 지내다가 결국은 암살을 당하고 말았다.

이때 백제에서는 해씨 가문과 진씨 가문이 왕권을 둘러싸고 서로 으르렁거리고 있었다. 해씨 가문은 시조 온조의 친가로써 백제가 한강 변에 안착하여 나라를 세울 때부터 공이 있는 원조 공신이었다. 이에 비하여 진씨 가문은 백제가 정착하기 이전부터 한강변을 지배하고 있던 마한의 지배 세력으로서 왕가의 외척이 되어 권력에 접근한 세력이었다. 해씨와 진씨의 권력 싸움은 한성백제 시절부터 있었다. 한성이 함락되기 이전 개로왕의 아버지 비유가 왕이 되는 때부터 권력 투쟁을 벌였던 것이다. 권력투쟁으로 비유왕이 죽고 개로가 왕이 된 것인데 암투는 개로왕이 죽고 나서 문주가 왕이 되어 웅진으로 천도한 이후에도 계속되고 있었다. 이번에는 웅진지역의 토착 세력인 연씨, 사(사택)씨까지 끼어들어서 권력 다툼이 더욱 치열했는데 이 와중에서 문주왕이 암살을 당한 것이었다. 문주왕이 죽은 이후 아들인 삼근왕을 거치고 동성왕이 왕위에 오른 이후에도 귀족들의 싸움은 계속되었다.

동성왕은 일본 태생이었는데 삼근왕과는 사촌이었다. 동성왕이 즉위한 데에는 왜국의 영향력이 크게 작용했다. 동성왕이 귀국할 때 왜국은 병사 500명을 보내서 왕을 호종하도록 하였다.

가야왕국

이런 와중에 고구려군의 공격이 계속되고 있었으니, 신라를 돕는다는 것은 엄두도 낼 수 없었다.

동성왕은 즉위할 때 지원을 받았던 왜국에 도움을 요청하여 겨우 위기를 버텨내고 있었다.

동성왕은 왜국의 야마다 왕조의 지원을 받아서 즉위할 수 있었는데 이 시절 왜국의 규슈 지역에는 반도에서 도래한 백제 가야의 유민들이 집단으로 거주하여서 야마다 왕조는 백제와 가야인의 지지를 받고 있었다.

동성왕은 즉위 후 왕권에 큰 걸림돌이 되고 있는 귀족 세력들을 정리했다. 한성백제 시절부터 암투를 벌여온 해씨, 진씨 세력을 배척하고 금강 유역 지방의 유력 세력인 백씨 등 세력을 중용했다.

그러면서도 동성왕은 특정 귀족 가문의 권력 독점을 방지하기 위하여 상좌평을 연씨, 사택씨, 백씨 등으로 돌아가면 임명하여 이들에게 권력이 집중되는 것을 막았다. 이리하여 이들 지방 문벌들이 새롭게 귀족 가문으로 등장하게 되는데 이들이 백제를 쥐고 흔든 권문세가 연씨, 목씨, 백씨, 사택씨, 해씨, 진씨 등 소위 대성팔족^{大姓八族}인 것이다.

결혼동맹

동성왕은 왕권이 안정되자 어떠한 방법으로 위기에 처한 신라를 도와줄 것인가를 고민했다. 신라가 도움을 청하였는데 지난날 도움을 받았던 의리로 보아 '내가 처한 사정이 어렵다고 모른 척하고 지나가는 것은 도리가 아니라'고 생각했다.

"신라를 도와야 하는데 어떤 방법이 좋겠는가?" 동성왕은 상좌평 이하 신료들을 모아놓고 어전회의를 열었다.

"병사들이 가야를 지나야 하는데 가야가 동의를 하지 않을 것입니다."

병관좌평이 말했다.

"가야와의 관계가 예전과 같지 않습니다. 우리의 대군이 가야로 들어가겠다고 길을 내주라 하면 그들은 우리가 자신들을 침략하는 것이라고 의심을 할 것이옵니다."

병관좌평에 이어서 위사좌평이 말했다.

"그렇다면 어떤 방법이 있겠는가?"

"남한강을 따라서 소백산을 넘어야 하는데 고구려군이 막고 있으니

가야왕국

이도 어렵습니다.”

“다른 좋은 방법을 찾아보라. 과거로 보면 우리와 신라는 고구려의 공격을 받았을 때 동맹을 맺고 도와주곤 했다. 또 지난번 한성백제가 공격당할 때 신라는 1만의 병사를 내어 우리를 도와주지 않았는가?”

동성왕이 신라를 도울 의지는 강력했다. 신하들은 밤을 새워 의론한 끝에 건의를 올렸다.

“성동격서의 방법이 있습니다.”

“성동격서?”

“남제에 도움을 요청하면 어떠할런지요?”

“남제는 현재 북위와 전쟁을 치르는 중이 아니냐?”

신하의 건의는 중국에서 벌어지고 있는 정세를 이용하자는 것이었다. 중국에서는 남제와 북위 간에 전쟁을 치르고 있었다. 이때 남제를 도운다면 남제가 고구려에 압력을 넣어 달라는 백제의 청을 거절하지 않을 것이라고… 동성왕은 즉위 후 남제에 사신을 보내서 관계를 다져놓았기에 그 점을 이용하자는 것이었다.

“남제가 우리 말을 듣겠느냐?”

“남제는 지금 북위의 위협을 받고 있습니다. 우리가 북위를 공격하겠다 하면 적극 지지할 것이옵니다.”

“빨리 시행하라. 좋은 일일수록 빨리 서두르는 것이 좋다.”

동성왕은 내법좌평 사약사(沙若思)를 사신으로 보냈다. 이때 남제는 북위군 수십만의 공격을 받아서 어렵게 전투를 치르고 있었다. 남제로 건너간 백제 군사들은 북위군을 상대로 용감하게 싸워서 이들을 물리치는 큰 공을 세웠다. 남제의 황제는 전쟁에서 공을 세운 장수 사법명을 정로장군에 제수하는 등 백제 병사의 공을 치하했다.

신라에 침공한 고구려군의 기세가 갑자기 약해졌다. 호명성 등 여러 개의 성을 점령하고(경북 청송, 영덕 일대) 미질부(포항)까지 진출한 고구려군의 공세는 파죽지세였다. 곧 수도 금성으로 진격해 올 기세였다. 그런데 갑자기 공격을 멈추는 것이었다. 뿐만 아니라 점령하였던 성에서 물러나고 있는 것이 아닌가?

소지왕은 그 원인이 궁금했다.

"어찌 된 일인가? 갑자기 고구려군에 무슨 일이 생겼는가?"

신하들은 왕의 물음에 분주히 상황을 알아보고 보고를 올렸다.

"백제 병사들이 남제로 건너가서 북위와 전쟁 중인 남제를 돕고 남제가 고구려에 압력을 가하여 철수를 하는 것이라 하옵니다. 여기서뿐 아니라 금강 유역에서 전투를 벌이던 고구려군도 철수를 하였다 하옵니다."

"그것 잘된 일이다. 백제 군사가 빨리 도착하지 않아서 불안했는데 그런 일이 있었구나. 백제가 우리를 도왔구나."

왕은 가슴을 쓸어내리며 숨을 길게 내쉬었다. 하~

"어서 고구려군을 뒤쫓아서 이 땅에서 쫓아내라" 왕은 신하들을 재촉했다.

고구려군은 마치 도주하듯이 퇴각을 했는데 이는 그동안 고구려군

가야왕국

의 기세로 봐서는 누가 봐도 이상한 일이었다. 아무리 남제의 압력이 있었다고 하지만, 하루아침에 이렇듯 전세가 변할 수가 있을까…?

고구려에 더 무슨 사정이 있는 것이 분명했다.

그것은 바로 백제, 신라와의 전쟁을 주도했던 장수왕이 병을 앓아 자리보전에 들어갔다는 것이다.

신라 소지왕은 고구려에 보냈던 세작으로부터 보고를 받았다.

장수왕의 나이 이미 95세를 넘겼다. 재위 기간만 해도 75년이 넘었다. 역대 고구려 백제 신라 가야에서 그 정도 살았고 오랫동안 재위한 왕이 없었다. 가야의 수로왕이 158년 동안 살면서 나라를 다스렸다는 이야기가 있으나 이는 수로왕이 하늘에 내려온 황금알에서 깨어나 태어났다느니 하는 황당한 이야기와 함께 전해지고 있어서 믿을 바가 되지 못했다.

"저 정도 나이가 되어 자리보전하게 되면 다시 일어나기는 힘이 들 것입니다. 장례치를 준비를 해야 할 겁니다." 고구려의 사정을 보고하던 신하가 말했다.

"그렇지, 그렇겠지" 소지왕은 얼굴에 웃음까지도 지었다.

"당분간은 고구려가 공격할 엄두를 못 내겠군, 우리는 이것을 기회로 무너졌던 성을 보수하고 목책을 쌓고 군사를 재정비하여 적이 다시 공격해 올 것에 대비해야 할 것이다. 그리고 전화를 입은 백성들을 위로할 여러 방책들을 강구하라."

얼마 뒤 장수왕이 죽었다는 소식이 신라에 전해졌다.

"손자 나운羅雲(문자명왕)이 왕을 이어받았다 하옵니다."

"아들은 어찌 되고?"

"장수왕이 너무 오래 살아서 아들 고조다高助多가 먼저 죽었다 하옵니다."

"저런 저런 그 아비가 너무 오래 사는 바람에 왕의 자리에 앉아보지도 못하고, 쯧쯧 안됐다."

"그래서 사람들은 제 몫을 못 찾아 먹는 모자라는 사람을 일러 쪼다라고 부르며 놀린답니다."

쪼다라는 놀림은 고구려의 침략으로 피해를 많이 본 충청도 충주 지방에서 백성들 사이에서 회자되고 있었는데 신하는 그 말을 전하는 것이었다.

"쪼다? 고조다가 왕 노릇도 못 하고 죽었다고 쪼다라고 부른다고?"

"예, 쪼다 쪼다, 고쪼다. 재미있지 않습니까?"

"참 민심이란… 백성들이 그런 식으로 고구려에 당했던 분풀이를 하는구나."

그날의 어전회의는 고조다가 일찍 죽어 그 아들이 왕의 자리를 잇게 된 것을 화제로 한바탕 웃음보가 터졌다. 오랜만에 왕궁에서 터져 나온 웃음이었다.

그러나 고구려의 남쪽에 대한 야욕은 장수왕이 죽었다고 그친 것이 아니었다. 손자 문자명왕은 할아버지의 위업을 잇기 위하여 잠시 주춤했던 백제와 신라와의 전쟁을 또다시 재개했다. 한강 유역은 할아버지 대부터 아니 할아버지의 할아버지 대부터 공을 들여온 곳인데 포기를 할 수 없었다. 한강 유역은 고구려의 근거지인 북쪽 요동과 요서 지역과는 기후 조건 면에서나 비옥한 토질 그리고 중국 남쪽 지방과의 교류 등 여러 면에서 비교가 되지 않았다. 그 땅을 차지하기 위하여 할아버지의 할아버지 고국원왕은 백제에 목숨을 잃기도 했다.

신라의 소지왕이 전쟁에서 한숨을 돌리고 있을 때 백제의 사신이 내방하였다. 사신은 말 두 필과 흰 꿩 1마리를 가져와 신라왕에게 진상했다.

"우리나라 임금께서 전하의 나라와 화친을 맺고자 하옵니다."
"지난 전쟁 때 우리는 고구려에 함께 고충을 당하지 않았소. 두 나라는 동병상련의 처지요. 어려움이 있을 때는 서로 도와야지."
"지난 시절 두 나라는 그렇게 해 오지 않았나이까…"
"동맹을 맺고 지낸 때에는 고구려군이 꼼짝을 못 했지."
왕은 그 시절을 회상하는 듯 잠시 먼 곳으로 시선을 돌렸다. 궁궐 담 너머로 멀리 울긋불긋 단풍이 한창인 남산이 시야에 들어왔다. 그곳은 한때 왜군이 쳐들어와 머물던 곳이다. 고구려군의 도움을 받아 왜군을 물리치긴 하였지만 고구려군이 다시 그곳을 점령하고 놀이터로 삼던 곳이다.

백제의 사신과 소지왕은 지난날 있었던 양국 간 화친을 맺고 지냈던 이야기를 했다.
100년 전 백제의 근초고왕과 신라의 내물왕은 고구려의 한강 유역 진출을 저지하고자 동맹을 맺었었다. 동맹에는 백제 신라뿐 아니라 가야도 참여하였다. 그리하여 백제는 남하하는 고구려군을 물리치고 평양까지 진격하여 고구려군에 큰 피해를 주었던 것이다. 고구려군은 백제군과 전투를 벌이다가 왕이 죽기도 했다. 고구려 고국원왕 때의 일이었다. 그 결과 백제는 한강 유역뿐 아니라 패수(浿水) 이남 황해도 땅까지 지배할 수 있었다.

그러나 그때의 동맹은 오래가지 못했다. 백제와 신라의 경계지인 독산성(경기도 오산지역, 군사적으로 요충지) 성주가 주민 300명을 이끌고 신라에 귀부(歸附)하는 일이 벌어졌는데 백제가 이를 돌려주라고 요구하는 것을 신라가 거부하는 바람에 동맹이 깨져버렸다. 이후 백제는 신라를 적으로 여겨 백제, 가야, 왜 삼국이 연합하여 공격하였고 위기에 몰린 신라는 어쩔 수 없이 고구려에 접근하여 굴신(屈身)하고서 구원을 받았던 것이다.

백제와 신라의 동맹이 깨지고 서로 싸움을 벌이니 고구려군이 다시 한강 유역을 침범하였고 두 나라는 또다시 서로에게 군사를 지원하며 고구려군에 대항하는 것이다.

"저희 어라하(왕)께서는 지난날 한성이 고구려의 침략을 받았을 때 신라에서 병사 1만을 지원해 주신 데 대하여 그 은혜를 잊지 않고 있다고 말씀을 전하라 하셨습니다."

"우리가 그때 늦게 지원을 해주어 성이 함락되고 말았지, 백제왕도 시해를 당하고… 미안하게 생각하오."

지난날을 이야기하면서 소지왕은 백제 사신이 내방한 진짜 이유가 궁금했다.

백제 사신이 한가하게 인사나 하러 일부로 먼 길을 온 것이 아닐 테고… 선물까지 들려서 온 것을 보면 다른 이유가 있을 것이다…

"우리 어라하께서 신라 왕실과 혼인을 맺고자 하옵니다."

백제 동성왕이 신라 왕실의 사위가 되겠다고 청을 넣는 것이었다.

"정말로 백제왕이 우리 왕실의 사람이 되겠다는 것인가?"

소지왕은 뜻밖의 제안을 받고 확인하려는 듯 물었다.

"두 나라 왕가가 혼인으로 가족 관계가 되면 사이가 더욱 돈독해지지 않겠사옵니까?"

사신은 과거의 일을 상기시키면서 가족 관계라는 말을 강조했다.

"… 두 왕가가 결혼을 한다고…."

소지왕은 선뜻 답을 주지 못했다. 이런 중대사라면 당장 답을 줄 수 없는 일이었다. 왕실의 사람들과 의론을 해보아야 하고 무엇보다도 화백 6촌장과 신하들의 의견도 들어야 했다.

소지왕은 백제 사신에게 돌아가 있으라 하고 왕실과 원로 신하들의 의견을 구하였는데 왕실의 경사이니 누구도 반대하는 인사가 없었다. 더군다나 지금 전쟁으로 고통을 당하고 있는 나라 간에 서로 동맹을 전제로 결혼을 하자고 하는데 누구라서 이견을 내겠는가? 그것도 백제가 먼저 청혼을 넣으니 말이다.

그러나 문제가 있었다. 소지왕과 선혜부인 사이에 딸아이가 하나 있긴 하였지만 결혼까지 시키기에는 너무 어렸다. 그래서 의론한 결과 왕족인 이벌찬 비지의 딸을 보내기로 했다. 소지왕은 백제 사신이 돌아가는 편에 화답의 뜻으로 금으로 만든 귀고리, 목걸이 등 귀금속 장신구와 유리그릇, 비단 등 선물을 잔뜩 꾸러미로 싸서 보냈다.

얼마 뒤, 문자명왕이 지휘하는 고구려군이 백제에 쳐들어왔다. 두 나라 군사는 살수(평안도 지역이 아님, 백제 어느 곳 지명) 벌판에서 맞붙었는데 이번에는 고구려군이 승리했다. 백제군은 견아성으로 쫓겨 들어가고 고구려군은 성을 포위했다. 그때 신라군이 지원하러 달려왔다. 결국 고구려군은 신라군에 쫓겨서 포위를 풀고 퇴각했다. 백제의 동성왕 또한 신라군이 치양성에 갇혀서 고전을 한다는 전갈을 받았을 때에 6천의 군사를 선뜻 내어서 고구려군을 물리쳤다.

가야왕국

기문 땅

백제의 혼란스러운 사정이 가야에도 알려졌다.

　가야는 황산강(낙동강)을 통해서 해양으로 진출, 이웃한 섬나라와 왜국, 중국과 교역을 하고 있었는데 고구려 광개토왕이 신라를 돕기 위하여 황산강(낙동강) 유역을 제압해 버리니 해상 진출로를 잃어버리게 된 것이다.

　반포국(대가야)은 해양으로 진출하기 위하여 또 다른 길을 모색했다. 다른 길은 다사강을 통하는 길이다. 다사강 유역의 물혜(여수) 대사(하동) 기문(남원) 등 소국들은 옛부터 변한(반포국)의 지배를 받던 곳이다. 반포국은 서쪽 다라국(합천)을 통하여 다사강으로 진출하였고 다사강 뱃길을 따라 바다로 나가서 왜와 중국에 사신을 보내서 교역을 하였다. 그런데 왜가 다사강을 통하여 기문에 쳐들어와서 약탈을 자행하니 길이 막히고 만 것이다.

　반포는 백제 근초고왕에게 왜군을 물리쳐 주도록 요청을 하게 되었는데 근초고왕은 반포국의 요청을 들어주는 체하면서 그 땅을 차지하여 버렸다.

반포국은 몇 차례 백제가 차지한 땅을 돌려달라고 요청하였지만 백제는 못 들은 척하며 넘어갔다. 반포국으로서는 억울하였지만 북쪽의 고구려 대군과 맞상대할 정도로 강성한 백제를 당할 재간이 없으니 어쩔 수가 없었다. 또 다사강을 이용하는데 그다지 제한을 받지 않았으므로 그냥 지내왔던 것이다.

그런데 지금은 사정이 달라졌다. 백제는 고구려의 공격을 받아서 한성을 뺏기고 웅진으로 피난을 내려온 처지로 고구려군에 대항도 제대로 못하고 있었다. 그런 상황에서 고구려군이 언제 다사강까지 진출하여 뱃길을 빼앗을지 알 수가 없었다. 나라가 위기에 처해있는데도 귀족들 간에 왕권 다툼을 벌이고 있는 꼴을 보노라니 백제가 곧 망할 것이라는 예측도 들었다.

지금 기문 땅을 친다면… 반포국의 조정에서는 그 일로 논의가 한창이었다.

"지금이 기문 땅을 돌려받을 수 있는 절호의 기회입니다. 백제는 지금 고구려의 침공을 받아 왕이 죽고 웅진으로 도망 와서 항복 직전인데도 내부적으로 반란이 일어나서 왕이 살해되는 등 극도로 혼란에 빠져 있다 하옵니다."

"문주왕이 죽고 13세 어린 아들이 즉위하였는데 그 어린 왕도 2년 만에 죽었다 하옵니다."

"어린 왕도 살해되었다는 말인가?"

"살해되었는지는 알려지지 않고 있으나, 아무튼 왕권 다툼 중에 사망한 것으로 보아 살해의 의심이 되옵니다."

가야왕국

"어린 왕을 돌봐주는 이가 없었던가?"

"왜국에서 귀국한 삼촌이 있었는데 그도 어린 왕이 죽기 전에 살해되었다고 하옵니다."

신하가 말하는 백제의 사정은 혼란 그 자체였다. 엉망진창이었다. 문주는 아버지 개로가 고구려군에 피살이 되는 전쟁의 와중에 왕으로 즉위하고서 곧바로 웅진으로 피난을 왔는데, 문주는 왕의 자리에 앉았으나 왕권은 빈껍데기 허수아비에 불과했다. 왕권은 병관좌평으로 있는 해구^{解仇}에 의해 겨우 유지되었으나 실권은 해구가 다 가지고 휘둘렀다.

왕은 해구의 전횡을 견제하려고 일본에 망명을 가 있는 동생 부여^{夫餘}곤지^{昆支}를 귀국시켜 내신좌평의 자리에 앉혔다.

곤지는 아버지 개로왕 시절에 왜국으로 건너갔다. 왜국으로 갈 때 곤지는 아버지의 후궁을 함께 데려갔다. 그때 후궁은 아버지의 아이를 임신하고 있었는데 무슨 일이 있었는지 아무도 말하는 이는 없어서 내막은 알 수 없지만, 아버지가 자신의 아이(이에 따르면 아이는 곤지와는 배다른 동생이 됨. 후에 백제 무령왕으로 등극)를 임신한 후궁을 장성한 아들에게 딸려서 바다 건너로 보냈던 것인데 그에 대하여 왕실에서 공개하지 못하는 무슨 사연이 있었을 것이라고…

사람들은 그에 대해서 핑크빛 막장 사연을 덧붙여서 수군댔다.

여인이 왜국에 도착하기 전에 아이를 낳을 정도였으니 백제에 출발할 때부터 배가 많이 불러 있었을 테고 그것이 탄로가 나자 아버지는 남사스러워서 둘을 일본으로 쫓아 보내버린 것이 아닌가 하는… 은밀한 소문이 회자되고 있었던 것이다.

어찌 됐든 곤지는 아버지의 아이를 임신한(?) 여인을 데리고 일본으로 건너간 것인데, 가는 도중에 여인이 산고가 있어 본섬으로 가는 중간 섬에서 아이를 낳게 되었고, 곤지는 아이와 여인을 섬에 남겨둔 채 왜에 도착하여 왕실 유력 가문의 여인을 맞아 다시 결혼을 하여 아이를 낳았던 것인데 그 아이가 바로 동성왕이 되었다.

"허허, 그것 참 백제 왕 계보는 세상이 다 웃을 일이로다. 어찌 그런 일이 일어날 수 있다는 말인가? 애비의 후궁과 아들놈이 사통을 하고 여인이 아이를 가졌다면 그러면 그 아이는 도대체 누구의 아이란 말인가?"

왕은 신하의 이야기를 들으니 기가 막혀서 헛웃음이 다 나왔다."

"백제 왕실에서는 아비의 아들이라고도 하고 또 아들의 아이라고도 하는데 어느 말을 믿어야 할지 헷갈립니다."

"아들을 왜국으로 보낼 때 아들이 후궁을 데리고 가가겠다고 하여 개로왕이 이를 허락하였다 하니… 애비가 마음이 약한 것인지 아들놈이 죽일 놈인지 그것 참, 그래 죽은 삼근왕은 후사가 없었다 하든가 어찌 왜국에서 데려온 아이로 후사를 잇게 하였다는 말인가?"

"삼근왕은 어린 나이에 보위에 올랐는데, 보위에 오른 지 얼마 있지 않아서 죽게 되어 후사를 두지 못했다 하옵니다. 그래서 왜국에 가 있는 삼촌의 아이를 데려다 왕위를 잇게 하였다 하옵니다."

"그럼 설마 곤지가 아버지의 후궁과 사통하여 낳은 아이를…? 곤지에게 다른 아들이 있었던가?"

"왕이 된 아이는 임신하여 데려간 아이가 아니고 배다른 아들이라 합니다. 곤지는 왜에 건너가서 왕실 가문의 딸과 혼인하여 아이를 낳

앉는데 그 아이를 데려와 죽은 왕의 뒤를 잇게 하였다 하옵니다."

"그렇다면 새 왕은 왜인의 피가 섞여 있다는 말이 아니오?"

신하 중에 한 사람이 말참견을 했다.

"일테면 그런 셈이지요."

"그러면 곤지가 데리고 간 여인의 자식은 어찌하고요?"

"그냥 왜국에서 돌보아 주고 있다 합니다. 백제 왕의 이복형제이니 험하게야 기르겠습니까?"

가야왕이 듣기에 백제 왕실에서 일어나고 있는 일은 들을수록 가관이었다. 모두가 신하들의 권력 다툼으로 이루어지고 있는 일이었다.

아들의 아들인지 아비의 아들인지 촌수는 분명하지 않지만, 그래도 큰아들이 있는데 왜인의 피가 섞여 있는 아이를 데려다가 왕통을 잇게 했다면⋯ 분명 그 뒤에는 왜국 왕실이 영향력을 행사했다는 생각이 들었다.

"자, 이 이야기는 그만들 하시오."

왕은 백제에서 일어난 일이라 하나 왕실의 체면에 관한 일이라 더 듣고 싶지가 않았다.

"그건 그렇고 고구려군은 어떻게 하고 있는가?" 왕은 다른 이야기를 더 듣고자 했다.

"고구려의 군대는 금강 유역까지 진출하였는데 강에 막혀서 고구려군의 남하가 더뎌지고 있다 합니다."

"흠— 강이 중요한 역할을 하는구나. 그 밖에 기문 땅을 되찾으려고 하는데 다른 문제는 없겠는가?"

"남쪽에 있는 옛 마한의 유력 가문들도 지금의 백제 중앙정부가 신뢰를 잃고 있으니 순종하기를 거부하고 있다 하옵니다."

여러 신하들이 지금이 기문을 돌려받을 때라고 건의를 하고 있었지만 백제와 전쟁을 하여서는 안 된다는 신하들도 적지 않았다.

"백제가 지금은 어려운 형편에 놓여 있지만 우리와 한때 동맹을 맺고 고구려에 대항하여 싸웠던 나라입니다. 그런데 도와주지는 못할망정 뒤통수를 쳐서야 되겠습니까?"

"그런 한가한 소리 마시오. 백제가 먼저 우리 땅을 차지했어요. 그 땅을 지금 되찾고자 하는 것이오."

기문 땅을 공격하자는 신하가 저지하고 나섰다.

"뒷날도 생각해야 할 것이오. 백제가 지금은 수세에 몰려있지만 언젠가 왕권이 안정되면 그냥 있지 않을 것이오."

"백제는 우리가 상대하기는 큰 나라입니다. 신중히 생각해야 할 것입니다."

기문 땅을 되찾고자 하는데 매파와 비둘기파간에 의견 다툼이 있었지만 왕은 백제와 한판 전쟁을 치르는 길을 택했다.

왕은 병관령에게 즉각 전쟁 준비를 지시했다. 연맹 내의 다른 소국들에게도 연락을 하여 지원하라고 했다.

외눈박이 대장장이

앞서 고구려의 남침을 받은 가락국에서는 전화(戰禍)를 피하여 많은 백성들이 생업을 포기하고 고향을 떠났다. 그러나 어디로 떠나야 하는지 방향을 정하여 떠나는 것은 아니었다. 일부의 백성들은 바다 건너 왜국으로 건너가고 어떤 사람들은 서쪽 나라 반포나 안라는 아직은 안전하니 그쪽으로 피난지를 정하여 길을 떠났다. 나머지 백성들은 왕이 아직도 궁궐을 떠나지 않고 있으니 살던 땅을 버리고 떠나야 하는지 망설였다.

불모산 아래 야철지 대장장이 야로도 그런 고민에 빠져있는데 철광에서 일하는 쇠돌이가 찾아왔다.

"형님, 이것이 내가 실어 온 마지막 광석이오." 쇠돌이는 달구지에 실어 온 철광석을 내려놓고 말했다.

"왜 자네도 이곳을 떠나려나?" 대장장이는 한쪽 눈을 껌뻑이면서 말했다.

대장장이는 성한 눈이 오른쪽 한쪽뿐이었다. 왼쪽 눈은 풀무질을 하다가 불티가 튀어 눈 속으로 들어가 멀어버렸다. 그는 한쪽 눈으로 상대를 보면서 말하게 되니 얼굴을 일그러뜨려야 했다. 괴이한 모습이었다.

"고구려군이 신라의 남쪽까지 들어와 있다 하니 여기도 어디 안전하겠소?"

"나도 그런 소리를 듣고 있네."

"형님, 먼젓번 신라군이 쳐들어왔을 때 당한 것이 생각나지 않소? 그때 신라군이 우리 백성들을 얼마나 잡아갔소?"

신라군은 가야의 변방을 자주 침공해 왔는데 쇠돌이는 그때의 일을 말하는 것이었다.

"그랬지. 그때 변방의 사람들은 미처 피난 가지 못하여 신라군에게 붙잡혀서 끌려들 갔지."

"그때 우리 같이 철을 만드는 자들은 특히 소용이 된다고 집집마다 뒤져서 끌고 갔지요."

"그렇지 그때 우리는 불모산 깊숙이 숨어들어서 요행히 목숨을 부지하고 지금 이렇게 고향을 지키고 있지 않은가?"

"그때하고 지금은 다르오. 그때는 형님이나 나나 젊었을 때니까 산을 타고 골짜기로 숨어들어도 힘이 든 것을 참을 수가 있지만 지금은 산을 한번 오르내리려면 다리가 후들거려서 산속으로 숨어들기는 어려운 일이오."

"그렇기는 하네. 나도 쇠 두드리는 힘이 예전만 못하이."

"그래서 나는 떠나려고 하오. 이미 집사람에게 떠날 준비를 하라고 일러두었소. 형님도 같이 갑시다."

대장장이는 쇠돌이의 말을 들으면서 먼 산을 바라보았다. 껌뻑껌뻑 한쪽 눈으로 봐도 하늘은 두 눈으로 볼 때와 다름없이 푸르렀다. 저

가야왕국

맑디맑은 하늘 아래 인간들은 어찌하여 서로 죽고 죽이는 추악한 짓만 하는가… 대장장이의 눈에서 눈물이 주르르 흘렀다. 눈물은 두 줄로 뺨을 타고 흘러내렸다. 눈이 먼 오른쪽 눈에서도 같은 눈물이 흘렀다.

"그래, 어느 쪽으로 갈 것인가? 갈 곳은 정해놓았는가?"

"피난 가는 놈이 갈 곳이 어디 정해져 있겠소? 목숨 구할 데만 있으면 그곳으로 가는 것이지요. 후~" 쇠돌이는 길게 한숨을 내쉬었다. 둘은 같은 방향을 바라보았다. 파란 하늘 저편으로 구름 한 조각이 흐르고 있었다.

"형님 저 구름 보이시오? 저 구름을 따라갑시다. 구름이 저쪽으로 오라는 것 같구려."

"저쪽은 반포국 쪽이 아닌가?"

"예, 맞습니다. 왜국으로 건너가기는 고향 땅에서 너무 먼 곳이고 또 바다를 건너야 하니 위험하기도 하고… 반포국은 아직은 안전하다 하니 그쪽으로 가는 것이 좋을 것 같네요."

"… 나도 자네와 같이 가겠네. 아직은 임금이 궐을 지키고 있으니 머무르고 싶은 마음도 없지 않지만, 철광석을 대주는 자네가 떠나겠다는데 대장장이인 나는 자네를 쫓아가야 하지 않겠는가?"

"그렇지요. 형님과 나는 밥줄이 서로 얽혀 있으니 피난도 같이 가야 하지 않겠소? 서두릅시다. 그 물이나 한 그릇 주시오."

쇠돌이는 계곡물을 한 바가지 떠서 목을 축이고 소달구지를 몰고 돌아갔다.

대장장이도 집사람을 불러서 짐을 꾸리게 했다.

대장장이와 쇠돌이는 북쪽으로 가는 사람들에 섞여서 반포국의 국경에 다다랐다. 국경에서는 변경을 넘어오는 사람들에 대해서 경계가 엄했다. 무엇 하러 오는 것인지, 나라의 사정을 정탐하러 오는 것은 아닌지, 혹시 고구려의 군사들이 섞여 있는 것은 아닌지? 평소에는 개방되어 왕래가 쉬웠으나 검문이 철저했다.

"이것은 무엇에 쓰는 물건이지?" 검문하던 병사가 대장장이의 봇짐에서 망치와 쇠집게 그리고 칼과 창을 만들다가 가져온 쇳조각을 찾아냈다. 날카로운 화살촉도 여러 개 나왔다. 쇠돌이의 짐 속에서도 쇠뭉치들이 여럿 나왔다.
"우리는 쇠쟁이들이오. 이 형님은 쇠 벼리는 대장장이고 나는 철광석을 대주는 일을 하는 사람인데 고구려군이 쳐들어온다고 하니 난을 피해서 이곳으로 온 것이요."
검문을 받는 사람들 중에는 신라에서 바로 이곳으로 오는 사람들도 있었다.
"다른 사람들의 짐에서는 이러한 것이 없었다."

검문하던 병사는 곧장 군장에게 보고를 하고 군장은 대장장이와 그들이 수상하다고 생각한 신라 사람 몇을 따로 불러서 조사를 하더니 한곳으로 끌고 가서 가둬두었다.
군장은 조사하던 대장장이 일행들을 데리고 궁으로 가서 책임 관리에게 보고했다.
"모두 몇 놈이나 되느냐?" 보고를 받은 책임 관리가 물었다.
"예, 여섯 놈을 붙잡아다 놨습니다. 가지고 다니던 물건도 압수했습

가야왕국

니다."

관리는 가져온 물건들을 이리저리 살펴보았다. 그러더니 고개를 갸우뚱하고 물었다.

"무엇을 하는 놈들이라 하더냐?"

"쇠쟁이라 합니다. 한 놈은 대장장이이고 한 놈은 철광에서 돌을 깨는 자이옵니다."

"쇠쟁이라면 망치나 쇠집게 같은 것은 그들이 일상으로 쓰는 도구가 아니더냐?"

"만들다 만 칼과 창날, 화살촉도 여러 개 갖고 있었습니다. 신라에서 넘어온다는 몇 놈도 함께 잡아 왔는데 같은 편이 아닌가 의심스럽습니다. 무슨 일을 저지를까 염려하여 같이 데리고 왔습니다."

"알겠다. 내 좀 더 조사를 해보겠다."

관리는 붙잡아 온 일행에 대해서 의심스러운 점을 더 추궁하여 왕에게 보고하였다. 왕이 이들을 대면하여 직접 심문했다.

"피난을 다닌다는 놈이 이런 물건을 다 무엇에 쓰려고 갖고 다니느냐?"

"저희들은 쇠쟁이라고 몇 번을 말씀드렸습니다. 쇠쟁이가 어디 가든지 쇠를 만드는 일을 해야지 무슨 일을 하겠습니까?"

"쇠로 무기를 만들었다는 말이구나."

"무기뿐이 아닙니다. 쇠는 만드는 사람의 마음에 따라 여러 가지를 만들 수 있습니다. 저희들은 처음에는 호미나 낫 괭이 등 농기구를 만들었습니다. 그런데 세상을 잘못 만나서 그런지 무기를 만들게 되었습니다. 지금은 생활에 쓰이는 용구를 만드는 일보다 무기를 만드는 일에 더 익숙합니다."

"그래…? 그렇다면 이곳에서도 무기를 만들 수 있겠느냐?"

"장소를 가리겠습니까? 저희들은 어차피 피난을 다니는 처지이고 받아만 주신다면 솜씨를 보이겠습니다."

왕은 몇 마디를 더 묻고,

"이자들은 요긴하게 쓰일 자이다. 철이 나는 야로마을로 보내서 대장간 일을 하게 하고 한 놈은 그곳 철광에서 일을 하게 하라. 그리고 나머지 놈들은 관계가 없다고 생각되니 말썽 피우지 말고 조용히 지내라 이르고 풀어주라" 명했다.

붙잡혀 온 자들은 왕의 명에 따라 야로마을로 보내졌다. 야로는 가야산 밑에 있는 철을 제련하는 마을이다. 신라인으로 잡혀 왔던 자들도 함께 그곳에서 일을 하게 하였다.

목가

목가는 오래전에 백제에서 왜국으로 건너간 목라의 아들이다.

목라는 백제가 마한을 평정할 때에 다사강 일대의 소국들을 복속 시키는 데 공을 세운 인물이다. 그는 왜군이 기문을 침략하자 가야의 요청에 의하여 왜군을 물리치고 기문을 수복하는 데도 공을 세웠다. 왜군을 물리친 후 백제는 왜왕을 달래기 위하여 그를 사신으로 보냈 는데, 그는 백제와 왜국을 오가며 가교역할을 하면서 양국 간의 여러 현안 문제를 해결했다. 당시 백제는 신라와 전쟁 상태에 있었는데 그 는 왜국이 신라를 공격하도록 사주하였고 그로 인해서 여러 차례 왜 군의 침략을 받은 신라는 결국 고구려군을 끌어들여 곤경에 빠지게 됐다. 왜국의 기나이 지역(오사카, 와카야마 지방)에는 백제에서 건너간 유민들이 집단을 이루며 살았는데 목라는 이들의 지도자로서 야마다 왕조에서도 영향력을 발휘한 인물이었다.

목가는 그런 아버지의 후광으로 가야의 상관에 머무르면서 교역 일 을 보았는데 왜인들은 강을 따라 가야로 와서 가져온 물건과 필요한 물품들을 교환해 갔다. 왜인들이 가져온 물건에는 소금과 해산물 짐승 가죽 등이 있었고 그들이 필요로 하는 것은 쇳덩이와 곡물 옷감 토기 등이었다. 특히 베와 견직물은 옷감이 부드러워 황실에서 애용하는 귀한 물품이었다. 가야는 왜인들을 위하여 왕궁 옆에다 고당(高堂)을 지어주었다.

한 떼의 왜인들이 배를 타고 왕궁 옆 도항리 포구에 도착했다. 도항리 포구는 토기쟁이 노인의 작업장에서 멀지 않은 곳이다.

포구가 왁자지껄 시끄러웠다. 사람들이 먼 곳에서 온 왜인들을 구경하기 위하여 나루터로 모여들었다. 토기쟁이와 물이도 산속 가마에서 토기를 만들다 말고 밖으로 나와서 이들을 구경했다.

"할배요. 저 사람들 이번에도 머를 억시기 많이 가져갈 모양이지예?"

"그래 저 사람들이 일 년에 몇 번 오가며는 그때마다 이곳 백성들이 그만큼 풍요로워진다 아이가, 소금이 얼매나 남았는지 봤나?"

"얼마 남아 있지 않았심더. 작년 가을에 저 사람들이 왔을 때 받아논 깁니다."

"잘 됐다. 이번에는 또 뭐를 가져왔을꼬?"

"양슥하고 김, 전복, 마른 생선, 이런 거 아이겠십니꺼?"

"토기 항아리 잘 챙겨놓거라 겨울내 굽어놓은 거 저 사람들이 가져온 물건하고 다 바꿔 갈끼다."

왜인들이 가야에 들어오면 목가가 하는 일이 바빠진다.

목가는 왕궁을 들락거리다가 왕궁에서 벌어지고 있는 수상한 분위

가야왕국

기를 눈치챘다. 병사들이 분주히 움직이고 군마들을 이동시키고 병사들에게 지급할 창과 방패 갑옷 등 군수품을 어디론가 옮기는 것을 보니 곧 전쟁을 벌일 모양이었다. 이번에 배에 싣고 온 조와 콩 등 곡식은 조정에서 나온 관리가 다 받아 갔다. 군량미로 쓸 것인가?

목가는 상무를 담당하는 관리에게 물었다.

"무슨 일이 일어날 것 같은데 말해 줄 수 없겠소?"

"나는 모르오, 하급 관리인 주제에 나라에서 하는 일을 어찌 알겠소?"

"분위기로 보아 무슨 일이 일어날 것 같은데… 우리가 가져온 곡식을 나라에서 전량 수매하고 병사들이 훈련을 받고 하는 것이 수상쩍기 이를 데 없어…"

목가는 자신과 손이 닿는 조정의 신하들을 찾아다니며 의문을 캐고 다녔다. 목가가 조정의 이곳저곳을 염탐하고 다닌다는 보고가 조정회의에 올라가고 왕이 임석한 회의에서 논해졌다.

"우리가 기문 땅을 공격할 것이라고 목가가 눈치를 채고 여러 곳을 다니며 염탐하는 눈치인데 이를 그냥 놔 두어서야 되겠소이까?"

"아니되지요. 군사 기밀에 속하는 문제인데 기밀이 왜국으로 새어 나가기 전에 그를 붙잡아 놓아야 할 것이오."

"목가만 붙잡아 놓는다고 될 일은 아니고 이번에 같이 들어온 왜인들 모두를 붙잡아 놓아야 할 것이 아니오. 그들 중 누구라도 왜국으로 돌아간다면 우리가 벌이고 있는 일이 탄로가 날 것인데…"

그리하여 목가와 왜인들이 가야 군사들에게 체포가 되었다.

목가는 자신을 심문하는 관리에게 항의를 하였다.

"우리를 붙잡아 가두고서 앞으로의 일은 어떻게 할 것이오? 지금껏 백제와 가야, 우리 야마다 왕조가 잘 지내왔는데, 나는 야마다 천황의 명을 받아서 가야에 머무르면서 교역 일도 보고 또 두 나라 사이에 무슨 일이 있으면 해결을 해왔소. 그런데 나를 이유 없이 붙잡아 가둔다면 뒷일을 어찌 감당할 것이요?"

"그대의 일은 양국 간의 교역을 맡아 하는 것인데 어찌하여 조정에서 일어나는 일을 이것저것 알아보고 다니는 것이요. 이는 우리나라에 해를 끼치기 위한 일이라 생각되어 그대를 붙잡아 놓으려는 것이오."

"나는 가야가 군사를 동원하는 것으로 보아 혹시 우리 왜국에 대하여 전쟁을 일으킬 것이 아닌가 염려를 해서 알아보려 한 것뿐이오. 그러니 나를 놓아주시오."

"그대의 말은 믿을 수가 없소."

"믿지 못하겠다고 하는 것은 우리 왜국과도 관계되는 일일 터, 내가 이곳에 붙잡혀 있다면 우리 왜국 군사가 교역하는 사람들을 보호하기 위하여 아웃 안라에 주둔하고 있는데 그들이 가만히 있지 않을 것이요. 또 본국에서 이 사실이 알게 된다면 우리 천황께서 가만히 있지 않을 것인즉 그리되면 양국이 먼저 전쟁을 해야 되는데 이 일을 귀국에서 감당을 할 수 있겠소이까?"

목가는 붙잡혀 있는 처지인데도 기가 죽지 않고 오히려 가야 조정을 설득하려 들었다. 목가의 말은 전혀 허세가 아니었다. 가야는 지금 기문 땅을 되찾기 위하여 백제와 전쟁을 하여야 하는데 목가를 붙잡

가야왕국

아 놓으면 왜국과도 문제가 얽혀서 자칫 두 나라와 전쟁을 벌여야 할 판이다. 가야는 백제와 왜국 두 나라를 상대로 전쟁을 벌일 형편이 되지 못한다.

"목가를 붙잡아 놓는 것은 옳은 일이 아닙니다."

"풀어주면 왜국으로 돌아가서 그간에 염탐한 일들을 모두 자신의 왕에게 고해바칠 것인데 이도 위험한 일이요."

"목가를 잘 설득해서 보내야지요. 우리가 군사를 일으키는 일은 왜국과는 관계가 없는 일이라고 다만 기문 땅을 되찾기 위하여 백제와 싸움을 벌이는 일이라고."

"그리되면 우리 계획이 탄로 나는 것이 되어 전쟁에 어려워지지 않겠소?"

"왜인들을 붙잡아 놓는다면 자칫 왜국과 전쟁을 치러야 하니 이는 또 어떻게 할 것이오."

조정에서는 결론을 내리지 못하고 설왕설래 논의를 거듭했다.

목가는 가야 조정에서 자신의 일을 두고 고민하고 있다는 것을 알고 제안을 했다.

"우리를 붙잡아 두면 우리 야마다 천황께서는 분명 가만있지 않을 것이오. 그렇게 되면 가야와 우리 왜국은 전쟁이 불가피하게 될 것이고, 이것은 가야가 원하는 바가 아닐 것이오."

"불가피한 일이오. 우리도 왜국과는 전쟁을 원하는 것이 아니오."

"그렇다면 이렇게 하는 것이 어떻겠소?"

"…?"

"이웃 탁순에는 우리의 병사들이 주둔하고 있소."

"있지. 그들은 당신들을 보호하기 위하여 온 병사들이 아니오."

"그 병사들이 가야를 돕도록 하겠소. 그리고 나는 본국에다 이 사실을 알리겠소. 가야가 기문 땅을 되찾으려고 백제와 전쟁을 일으키려 하는데 내가 가야와 관계를 고려하여 전쟁에 참여를 하겠다, 본국에서는 이를 모른 척해달라고 건의를 하겠소."

"왜국 왕이 그 건의를 받아들이겠소? 왕의 명도 없이 다른 나라의 전쟁에 자국의 군사가 동원되는데 이를 묵인한다는 말인가요?"

"그것은 그렇게 걱정하지 않아도 될 것이오. 내게 생각이 다 있으니 말이오."

"어떤 생각?"

"이런 생각… 가까이 와보시오."

목가는 작은 목소리로 관리의 귀에다 대고 말했다.

"내가 가야의 도움을 받아서 우리 천황의 묵인하에 반란을 일으키는 것이오."

"뭐라고 그대들 왕의 묵인하에 반란을 일으킨다고? 그런 일이 가능하오?"

"이를테면 천황을 위한 친위 반란인 셈이요."

목가는 자신의 이야기에 깜짝 놀라는 신하의 말을 듣고 히죽이 웃으면서 이야기를 이어갔다.

목가가 전하는 말은 가야 신하가 생각하기에 기발한 제안이었다.

야마토 왕조는 반도 진출을 위하여 꾸준히 공을 들여왔다. 그래서 신라와 자주 전쟁을 일으켰는데 다행히 백제와는 왕족이나 중요한 직에 있는 신하가 사신으로 오가는 등 긴밀한 관계를 맺어 왔다는 것이

가야왕국

다. 목가의 아버지도 그러한 친선 정책으로 백제 왕의 명으로 왜국에 사신으로 갔다가 그곳에 눌러앉게 되었다고 했다.

그러면서,

"지금의 백제 왕도 그 아버지가 자국에서 일어난 난을 피하여 왜국에 왔다가 야마도 왕실의 여인과 결혼하여 탄생한 것이 아닙니까?" 하였다.

"나도 그런 이야기를 들은 바가 있소."

그러한 소문이 있다는 것은 가야 신하도 알고 있었다.

"백제왕이 즉위할 때 왜국에서 군사를 딸려서 보냈다는 이야기도 알고 있지요? 그렇게 하여 죽고 죽이는 일이 반복되며 불안하던 왕의 자리가 안정이 되었던 것이 아니오?"

"계속해 보시오."

"그래서 하는 말인데, 우리 왜국은 여전히 반도 땅을 탐내고 있어요. 지금도 섭라 지역에 대해서 우리 왜국은 여전히 영향력을 행사하고 있소."

섭라^{涉 羅} 지역은 탐라국을 포함하여 물혜(광양) 달아(여수) 사타(순천) 등 침미다례의 소국(전라도 남부지역)을 말하는 것이다.

이곳은 원래 마한 지방에 속해서 예부터 왜국의 서쪽 해안 소국과 바닷길을 통하여 자연스레 왕래했는데 백제가 한강 이남으로 진출하면서 백제의 지배를 받게 되었다. 그러나 지역에 사는 사람들의 정서는 그와는 달랐다. 여전히 북쪽에서 내려온 백제에 복종하기보다는 예전부터 관계를 맺어 온 왜에 대해서 더 애정이 깊었다.

지금 이곳 사람들은 백제의 중앙정부가 불안정해지자 지역 세력가를 중심으로 중앙정부에 반발하며 독자적인 세력을 구축하려 하고 있었다. 탐라국에서는 백제 정부에 바치던 세공을 거부하고 해안가 몇몇 곳에서도 그러한 경향이 나타나고 있었다. 왜국은 그러한 조짐을 눈치채고 세력을 뻗치는 중이었다.

그러나 왜국은 그러한 야욕이 있음에도 이를 드러내 놓고 실행에 옮기지는 못했다. 백제와의 관계 때문이었다. 동성왕은 야마다 왕조의 지원으로 왕위에 올랐는데 백제가 고구려와 전쟁으로 어려움에 빠져있는 시기에 도움을 주지는 못할망정 남부지역에서 반기를 들고 있는 기회를 이용하여 뒤통수를 친다면 백제와 그간에 맺고 있던 우의를 상하게 하는 일이어서 눈치만 보고 있었다.

이때 가야가 백제를 친다고 하니 이 기회를 이용하겠다는 것이다. 왜국은 병사를 직접 보내지 않고서 가야에 주둔한 병사만 가야의 전쟁에 동원한다면 자신들은 모르는 일이라고… 백제가 항의한다면 가야에 주둔한 자들이 왕의 승인 없이 마음대로 병사를 움직인 것이라고 변명할 수가 있다는 것이다.

"어떻소, 내 계획이? 본국에서는 군사를 동원하지 않고도 백제 남부지역을 얻을 수 있으니 이는 손 안 대고 코 푸는 격이어서 우리 천황께서도 반대하지 않을 것이요."

"그것이 가능한 일이오?"

"염려하지 마시오." 목가는 큰소리를 쳤다.

목가는 실제로 왜국 내에서 지방 세력들이 야마다 왕조에 대해서 반기를 드는 일이 종종 있으므로 가능하다고 했다.

"… 나쁘지 않은 생각이긴 한데 이곳에 주둔하고 있는 병사들만으

가야왕국

로는 너무 적지 않소? 기껏해야 몇백 명 정도로⋯" 가야의 관리는 목가의 설득에 넘어가는 눈치를 보였다.

"그것은 걱정하지 않아도 되오. 우리가 다사강 너머를 공격하게 되면 마한 지역 사람들이 우리를 도울 것이오. 그곳 사람들은 백제에 불만을 갖고 있는 사람들이니 충분히 우리에게 호응할 것이요. 내가 본국에다 마한 지역 유지들에게 우리를 돕도록 내통을 해놓으라고 해놓겠소."

"음~," 신하는 깊게 생각했다. 목가의 말이, 말이 안 되는 것도 아니었다. 유불리를 따져보니 손해날 일은 아닌 것 같았다. 어차피 전쟁은 벌어질 일이다. 신하는 목가와 나누었던 이야기를 그대로 어전회의에 보고하였다.

야로마을
冶 爐

야로마을이 갑자기 분주해졌다. 몇 군데 철을 캐는 광산이 있을 뿐 산속이라 광부들 외에 사람들의 출입이 없던 조용한 마을이었다. 그런데 광산이 늘어나고 제련하는 곳이 새로이 생겨났다. 마을에 무장한 군사들이 출입하고 그들이 올 때마다 대처 사람들을 데려오곤 하더니 마을에 갑자기 사람이 불어난 것이다. 데려온 사람들은 광산에서 일을 하든가 제련소에서 일할 사람이었다.

대장장이에게 매일 같이 일거리가 떨어졌다. 관리가 매일 찾아와서 당일의 책임량이 다 만들어졌는지 확인하고 내일 책임량을 지우고 갔다.

"형님, 이번에는 또 얼마나 만들어야 하는 거요?"

"글쎄다. 나는 시키는 대로 만들어 내기만 하면 되지 얼마를 만들지 내가 어떻게 알겠느냐?" 외눈박이는 한쪽 눈을 껌뻑이면서 가쁜 숨을 내쉬었다. 얼굴에는 땀이 비 오듯 흘러내렸다.

화덕에서 벌겋게 달군 쇳덩이를 꺼내어 꽝꽝 망치로 두드렸다. 쇠는

얇게 늘어나면서 모양이 잡혀갔다. 덩이쇠는 조각 쇠가 되고 조각 쇠는 칼이 되고 창날이 되었다. 쇳물을 담는 거푸집 모양에 따라 철판 갑옷이 되고 투구가 되었다.

대장장이의 손끝에서 못 만드는 무기가 없었다. 대장간의 한쪽에는 며칠 전부터 만든 칼, 창날, 철갑판과 갑옷에 다는 미늘 조각이 쌓여 있었다.

"형님이 바쁜 만큼 나도 많이 바쁘오." 쇠돌이는 한 달구지 싣고 온 철광석을 마당에 부려놓았다.

"몇 번을 왔다 갔다 했더니 이놈의 소도 이제 꾀를 부리는지 언덕배기 올라오는데 얼마나 낑낑대는지 끌고 오느라 혼이 났소이다."

"그렇지 않겠나. 사람도 이렇게 힘이 드는데 소라고 어찌 힘이 들지 않겠나?"

늦은 여름인데도 한낮에는 여전히 날이 푹푹 쪘다. 대장장이는 하던 일을 멈추고 밖으로 나왔다. 화덕불 앞은 더운 정도가 아니라 살이 익는 것 같았다.

"어허, 좀 살 것 같다."

산등성이를 타고 불어오는 바람이 몸을 감싸고 돌아 더위를 잠시 식혀주었다.

"형님, 좀 쉬어가면서 하시오."

"나도 쉬었다 하면 좋겠는데 워낙 독촉이 심하니 쉴 새가 어디 있어야지."

"우리 팔자가 쇠를 피할 팔자가 못 되는 것 같네요."

"그러게 말이야. 전쟁을 피해서 여기로 왔는데 여기서도 전쟁을 피할 수 없게 되었으니 팔자는 팔자야."

"그런데 형님, 지금 나라에서 독촉을 하는 것을 보니 전쟁을 크게 벌리는 모양이지요?"

"그런 생각이 드네, 내가 만든 칼 창이 사람의 목숨을 빼앗는다는 생각을 하니 끔찍한 생각이 들 때가 한두 번이 아니네."

"그러게요. 우리가 쇠를 다루는 일이 사람의 목숨을 거두게 될 줄을 처음에야 어찌 알았겠소."

"처음에야 논밭 가는 호미나 괭이 쇠스랑을 만들었지 않았나, 그런데 어느 날부터 칼 창을 만들게 되었으니… 사람의 목숨을 거두는 일을 하게 될 줄이야… 나는 지금처럼 쇠 만지는 일을 후회한 적이 없다네. 내가 만든 창칼에 얼마나 많은 사람이 죽어났는지… 생각하면 가슴이 아프네."

"어디 사람이 죽는 것이 형님이 저지르는 일이오? 마음 편하게 가지시오. 만들어진 도구를 어떻게 쓰느냐에 따라서 사람을 살리기도 하고 죽이기도 하는 것이지요. 절대로 형님의 잘못이 아니니 그에 마음 쓸 일은 아닌 것 같소."

"이 일을 하면서 바람이 있다면 어서 빨리 전쟁이 끝나서 예전에 하던 대로 호미나 쟁기 만드는 일을 하고 싶네, 저놈의 칼창을 보면 몸서리가 쳐진다네."

"그런 좋은 날이 올 것이오. 칼이나 창을 만든다 해도 그것이 꼭 다른 사람의 목숨을 해하는 일에 쓰인다기보다 적의 공격에 나를 보호하기 위하여 쓰는 것이라 생각하면 마음이 편할 것이오. 마찬가지로 상대를 죽이는 것도 또한 내가 살기 위하여 하는 일이니 어쩌겠소…"

"내가 살기 위하여 무기를 만들고, 내가 살기 위하여 상대를 죽여

가야왕국

야 한다고… 말은 되네만 꼭 그래야만 하는 것인지….”

“깊이 생각지 마시오, 형님. 내 오면서 보니 들판에 곡식이 누렇게 익었던데 남정네는 보이지 않고 여자들만 일을 하고 있더이다.”

쇠돌이는 우울해져 있는 형님의 기분을 전환해 줄 요량으로 말머리를 돌렸다.

“나라에서 동원을 해가서 남정네의 씨가 말라서 그런 것 아니겠나, 젊은 놈은 군사로 징발해가 버리고 남아 있는 것은 중늙은이뿐이니… 거기서 힘 좀 쓴다는 축은 따로 모아서 광산으로 보내든가 성 쌓는 일에 동원하던가, 보급대를 해야지 광산에도 나이 많은 자들이 많지 않든가?”

“그래요 광산에도 온통 늙은이뿐이더라고요. 형님이나 나나 이 일이 아니면 광산으로 끌려갔겠지요.”

“그래 그렇지 않으면 창칼받이가 될 테고…” 대장장이의 얼굴에 씁쓸한 웃음이 번졌다.

산등성에서 내려다보니 벌판 너머 먼 곳에서 한 떼의 사람들의 움직임이 보였다. 먼지바람을 일으키며 이쪽으로 행군을 해오고 있었다.

“형님, 저기.” 쇠돌이가 발견하고 그쪽을 가리켰다.

“깃발이 날리는 것을 보니 전선으로 가는 병사들이네.”

병사들이 가까이 오면서 뚜~뚜~ 대라 소리가 우렁차게 들렸다.

“기문 쪽으로 가는 병사들이네, 며칠 전에도 한 떼의 군마들이 갔는데 오늘 또 그쪽으로 가는 모양이네.”

“그쪽에서 한판 전쟁을 붙을 모양이네요.”

군마들이 지나간 뒤쪽으로 석양의 그림자가 길게 비쳤다.

"밤인데 쉬지 않고 가는 것을 보니 전쟁의 상황이 급한 모양이요. 우리 일도 오늘 그만 접읍시다. 막걸리나 한잔하고 오늘은 쉽시다."

쇠돌이는 몸을 탈탈 털었다. 하루 종일 산길을 오르내리면서 쌓였던 먼지가 연기처럼 흩날려서 두 사람의 얼굴을 푸석하게 덮었다.

가야왕국

반란

"감히…?" 기문 태수의 보고를 받고 동성왕은 처음에 가볍게 생각했다.

기문을 비롯한 옛 마한 지역, 특히 해남, 강진 등 남해안과 영산강 수계 침미다례 지역에는 왜국에서 건너와서 터를 잡고 사는 사람들이 많았다. 그들은 백제 왕의 명을 받기보다는 본국과 더 긴밀한 관계를 가졌다. 그들의 입장에서 계속된 고구려의 침공으로 언제 나라가 없어질지 모르고 또 귀족들 간에 권력 다툼으로 왕이 살해되는 등 불안한 정국이 이어지고 있으니 백제에 따르느니 차라리 고향 땅 왜국에 의지하고자 했다. 이전에도 그런 반감에서 조공 바치기를 거부했고 중앙에서 동원령을 내려도 이 핑계 저 핑계를 대면서 군사도 보내지 않는 등 왕명을 거부한 적이 있었다. 그때마다 백제의 중앙정부에서는 병사를 보내서 주동자를 붙잡아 처벌하든가 지역의 유력 가문을 회유 설득하여 복종하게 만들어 반발을 무마해 왔다.

동성왕은 이번에 일어난 일도 그런 정도의 가벼운 상황으로 생각했다. 그런데 시간이 지날수록 예상이 빗나갔다 단순한 반란이 아니었다. 병사를 보냈는데 침략군이 중간에서 강을 차지하여 보급로를 막아버린 것이다. 진압군이 고립되어서 진퇴양난의 어려움을 겪고 있다는 보고를 받았다. 침입군의 규모도 단순히 지방의 반란군이 아니라 가야군과 왜군이 합동한 조직적인 군대였다. 여기에 대사 등 이웃 지방의 불만 세력들이 가세하여 규모가 커졌다. 반란군을 지휘하는 자의 이름이 키노 오이와네스쿠네라 하는 목씨 성을 가진 자라 하였다. 다른 보고에 의하면 그의 아버지가 백제 출신이라는 것이다. 목가는 자신을 카미(神聖)라 지칭하고서 천황을 대신하여 이 땅을 지배하러 왔다고 소문을 퍼뜨리고 다녔다.

이는 단순한 반란이 아니라 전쟁이었다.

동성왕은 사태가 심상치 않음을 간파하고 왜국과 신라에 도움을 요청하였다.

왜국의 야마다 왕조는 동성왕이 즉위 시부터 든든한 지원 세력이었고 신라와는 동맹을 맺어놓고 있었으니 지원을 받는 데에 크게 어렵지 않았다. 왜군은 다사강을 타고 기문으로 들어왔고 신라군은 동쪽에서 반포국을 공격했다.

기문을 점령하고 영산강 강역으로 나아가던 키노(木家)는 소식을 듣고 사태가 어려워지고 있음을 느꼈다. 처음 예상했던 것보다 지방 세력들의 호응이 시원치 않았다. 진압군이 무진주(광주)에 들어왔다는 보고가 들어왔다. 무진주를 확보하면 남부 해안을 쉽게 손에 넣을 수 있다고 생각했는데 계획에 차질이 온 것이다.

진압군이 남쪽으로 진출하려는 것을 막기 위하여 영산강으로 진격하였는데 진압군이 우회하여 먼저 무진주를 장악해 버렸으니… 일이 난감해졌다.

진압군이 무진주에 진출하니 당초 지방에서 호응해 오기로 했던 세력들이 주춤했다. 중무장한 중앙군에 비하면 지방 군사력은 초라했다. 지방군은 제대로 장비도 갖추지 못했다. 갑옷도 입지 않았고 말도 없고 보졸이 주력인데 동원되는 군사 수도 얼마 되지 않았다. 주동 세력 몇몇을 처단하니 이내 진압이 되었다.

본국 왜국에서 보낸 군사는 아군인 줄 알았는데 알아보니 진압군을 돕기 위해서 온 것이라는 한다. 목가는 본국을 믿고 난을 일으킨 것인데 이제 비빌 언덕이 없어진 것이다.

본국의 왜군이 진압군을 편드는 것은 키노의 잘못 때문이었다.

키노는 기문을 점령하면서 자신을 카미(신성)라고 높여서 말하였는데 이 말이 야마다 왕의 비위를 상하게 하였다. 카미는 왜국의 왕을 칭하는 것으로써 신하는 사용할 수 없는 금기어인데도 키노는 마치 자신이 왕인 양 행세를 한 것이었다.

야마다 왕은 키노가 반란을 일으켰다고 생각했다. 때마침 백제에서 온 사신도 그러한 사실을 알렸다. 야마다 왕은 대로하여 키노를 붙잡아 오라고 명을 내렸다.

키노는 사면초가를 맞았다. 더 이상 내륙으로 진출할 수가 없었다. 키노는 급하게 군사를 돌렸다. 기문으로 들어가서 성을 지키면서 사태의 추이를 살펴보기로 했다. 키노가 기문으로 돌아가자 곧바로 진압군이 뒤쫓아왔다. 키노와 가야의 연합군은 성안에서 꼼짝을 못 하고 갇히는 신세가 되어버렸다.

그렇게 가을 한 계절을 지냈다. 성 앞 들판에 누렇게 익은 벼가 추수도 못 한 채 서리를 맞고서 들판에 누웠다. 성안의 군사들은 농성을 대비해서 군량을 구비해 놓지 못했다. 코앞에 풍성한 곡식을 눈으로 보고서도 배를 쫄쫄 곯아야 했다. 성안의 민가를 뒤져서 양식이 될 만한 것은 다 찾아 먹었다. 성내에서는 닭 울음이나 소 울음소리를 들을 수가 없었다. 개소리조차도 나지 않았다. 병사들은 그렇게 굶어가면서 겨울을 맞았다. 성안의 긴박함에 비하여 성 밖의 진압군은 느긋했다. 성을 공격하지 않고 밖에서 지키고 있었다. 진압군은 기문의 성내 사정을 잘 알고 있었다. 기문성은 작았다. 진압군 정도의 군사가 들어가서 견디기에는 턱없이 부족하다는 것을 알고 있었다. 진압군은 반란군을 성안에 가둬놓고 굶겨 죽이는 작전을 구사한 것이었다.

겨울이 되자 산 위로부터 혹한의 바람이 성내로 휘몰아쳤다. 배고픔의 고통도 고통이지만 살을 도려내는 추위를 감내하기가 더 어려웠다. 얼어버리고 퉁퉁 부은 발은 고통조차도 느껴지지 않았다. 창검을 쥔 손은 굽힐 수가 없었다. 밤새 근무서다가 보니 옆에 있는 동료가 죽어있는 것이 아닌가! 죽은 동료의 속옷을 벗겨 발을 싸고 손에 감고 얼굴에 둘러보았지만 아무런 도움도 되지 못했다. 여름에 전쟁을 시작하였으니 입고 있는 옷은 홑껍데기였다. 옷을 벗겨 입었지만, 바람막이도 되지 않았다. 여름옷에다 갑옷을 걸쳤으니 얼음장을 몸에 댄 것과 같았다.

매일 죽어 나가는 병사의 수가 전투에서 죽는 숫자보다 많았다.

병사들은 추위에 얼어 죽으나 굶주려서 죽으나 적의 창칼에 찔려죽

가야왕국

으나 죽기는 마찬가지라는 심정으로 성을 빠져나가기 시작했다.

더러는 적병에게 살해되기도 했지만 탈출에 성공하는 경우도 있었다. 매일매일 이탈하는 숫자가 늘어났다.

그러던 어느 날 밤 성문이 열렸다. 칠흑 같은 밤이었다. 성안에서 몇 명의 군사들이 말을 타고 달려 나왔다. 그들은 어디론가 달려갔다. 키노와 그를 호위하는 병사들이었다. 키노가 더 승산이 없음을 알고 성을 버리고 병사들 몰래 탈출을 해버린 것이다.

다음 날 키노가 탈출한 것을 알아챈 가야의 병사들이 줄줄이 백기를 들고 성 밖으로 걸어 나왔다. 가야군의 기문 정벌은 그렇게 처참하게 패배를 했다.

동성왕은 점령지를 회복하고 국정운영에 큰 자신감을 가졌다. 우선은 왜국과 신라가 자신의 든든한 지원세력이라는 것을 확인할 수 있었고 때마침 고구려군의 기세도 꺾였다. 고구려군의 내부에 무슨 문제가 일어나고 있는 것이 분명했다.

전쟁은 가을에 시작해서 해를 넘긴 겨울에 끝이 났다.

며칠째 눈이 내리다가 오랜만에 날이 맑았다. 광산을 오르내리는 언덕배기가 미끄러워서 일을 쉬어야겠다며 쇠돌이가 대장장이를 찾아왔다.

"형님, 같이 목이나 축이자고 막걸리를 좀 가져왔어요."

"잘됐네, 한잔함세." 대장장이는 불에 익은 듯이 벌게진 얼굴을 하고 쇠집게에 잡힌 쇠를 두드리다가 쇠돌이를 반가이 맞았다.

"바깥바람이 찬데 형님은 복이 틔었소." 쇠돌이는 몸을 움츠리며 불

앞으로 다가왔다.

"글쎄 이것도 복이라면 복이지, 남들은 춥다고 오돌오돌 떨어도 대장간 불길은 훨훨 타고 있으니 말일세."

"바깥 날씨가 보통 아니오."

쇠돌이는 가져온 막걸릿병과 육포를 형님 앞에 차렸다.

"자, 한잔 쭉 들어 보세요." 두 사람은 술잔을 맞대었다가 한잔을 단숨에 들이켰다.

"아 좋다. 속이 짜릿해 오네."

"자 한 잔 더" 두 사람은 연거푸 두 잔을 들이켰다.

대장간의 한켠에는 칼과 창 갑옷에 다는 철편들이 쟁여져 있었다.

"근데 형님, 요즘 관에서 독촉이 좀 덜 하지 않소?"

쇠돌이가 술잔을 돌리다가 쟁여있는 무기들을 보고 말했다.

"전쟁이 끝이 나가는 것 같네, 전에는 만들기가 바쁘게 가져가더니 이제는 만들어 놓아도 가져가질 않으니 말일세."

"전쟁은 어떻게 되어 가고 있다 하오?"

"그걸 산속에 갇혀 있는 우리가 어떻게 알겠는가? 독촉이 없으니 끝나가나보다 생각하는 거지."

"형님은 가끔 밖을 내다보지도 않소? 나는 달구지를 끌고 오다가다 하면서 보았소."

"어떻든가?"

"가야가 패한 것 같더이다. 오다가 보니 상처를 입고 돌아가는 병사들이 눈에 띕디다."

"돌아가다니? 어디로 돌아가더란 말인가?"

"어디긴 어디겠소, 병사들이 왔던 그 길을 돌아가더란 말이지요. 그

가야왕국

런데 아무도 그들을 거드는 사람은 없고 각자가 삼삼오오 흩어져서 가는 것을 보니 아마 도망을 해오는 것 같더이다. 그런데 몰골들이 형편없어요. 마치 죽지 못하여 사지를 끌고 가는 것 같더이다. 측은해서 보지를 못하겠어요."

"맞네, 자네 말이 맞네. 전쟁에서 이기고 있으면 병장기 주문 독촉이 빗발칠 텐데 요즘은 가지러 오지도 않고 저렇게 쌓아 두고 있으니… 자네 말을 듣고 보니 맞는 말이네."

"형님, 그러면 우리는 또 어디로 가야 하오? 가야 땅을 뺏긴다면 우리도 이곳에 살 수 없는 것이 아니오?"

"우리 같은 민초들 운명이야 어디 우리가 정한 적이 있었나? 다 형편대로 시키는 대로 해왔지 않았나. 지켜봐야지."

"에이 더러운 놈의 팔자 언제나 두 발 뻗고 잘 수 있으려나?"

쇠돌이는 화가 치밀어 오르는 듯 자작으로 한 잔을 부어 벌컥벌컥 들이켰다.

"죽기 전에야 편하게 발 뻗고 지낼 데가 어디 있겠나?" 형님도 동생을 따라서 자작으로 부어서 들이켰다.

몇 잔의 술이 들어가니 소피가 마려웠다. 쇠돌이가 밖으로 나가더니 소리쳤다.

"형님, 형님 이리 나와보시오."

"무슨 일인데 그러나?"

"저기 좀 보시오. 저들이 병사들이 아니오?"

쇠돌이가 가리키는 쪽으로 한 떼의 사람들이 몰려서 가고 있었다.

"병사들입니다. 저렇게 많이는 간 적이 없는데 저렇게 몰려서 가는 것을 보니 완전히 패주한 것 같습니다."

"흠 그런 모양이네, 패잔병들이야."

병사들의 모습은 정상적이 아니었다. 지팡이에 의지하여 절뚝거리는 자, 부축하여 겨우 걸음을 옮기는 자, 정상적으로 걸음걸이를 하는 자는 거의 없었다. 걷지도 못하는 자는 달구지에 가득 실려서 가고 있었다. 지휘관인 듯한 자도 말을 잃어버렸는지 같이 걸어가고 있었다.

기문에서 가야군이 패하여 돌아오고 있다는 소식으로 가야왕이 받은 충격은 이만저만하지 않았다. 목가의 말에 따르면 기문을 점령해 놓으면 왜국도 도와줄 것이라고 했다. 목가의 그런 호언장담을 믿었었는데, 믿었던 왜군이 도리어 백제군 편을 들고 있다 하니… 왜군은 다사강을 타고 기문으로 들어온다는 것이다. 기문성이 내륙에서 공격을 받고 뒤쪽을 봉쇄당하면 고립이 되어 패하는 것은 시간문제다. 남도 지역 토착 세력이 반란을 일으켜 가야군을 지원한다는 말도 허사였다. 그들은 백제의 군민이었고 백제의 왕명에 의하여 움직이던 사람들이다. 한때의 불만으로 반란을 일으켜 가야군을 지원할 것이라고 믿었던 것이 애초의 잘못이었다.

무모한 욕심이었을까? 옛 반포국의 지배 영역이었던 고토를 되찾고, 가락국에 이어 가야의 맹주국으로서 가야제국을 이끌고자 한 야망은 물거품이 되고 말았다. 북쪽으로는 고구려, 동쪽으로는 신라, 서쪽의 백제와도 한때 동맹으로서 고구려와 맞서 싸웠던 의리를 저버리고 적으로 맞서게 되었으니 그야말로 사면초가고 고립무원의 신세가 되어 버렸다.

가야왕국

장차 이 일을 어이할꼬…

가야왕은 어전에서 회의를 열다가 충격을 받아서 쓰러져 버렸다.

"전하, 전하 정신을 차리소서!"

"어의~ 빨리 어의를 불러라!"

"큰일 났다. 큰일 났어. 이 일을 어찌하나." 신하들의 들끓는 소리가 쓰러진 왕의 귀에 아득히 들려왔다.

왕은 그날 이후 쓰러져서 자리보전에 들어갔다.

이사부

  고구려군을 물리치고 실직주를 회복한 지증왕은 젊은 청년 이사부를 군주에 임명했다. 이사부는 내물왕의 직계로서 일찍부터 고구려와의 전장에서 눈부신 활약을 펼쳤다. 지증왕은 그런 이사부의 활약을 눈여겨 봐왔었다.

  실직주는 고구려로부터 회복하였으나 여전히 위태로운 지역이었다. 말갈족의 약탈이 여전히 그치지 않았다. 고구려군이 물러간 뒤에도 말갈의 잔당들은 깊은 산속으로 숨어들었다가 나타나서 민가를 약탈하고 심지어는 관아까지도 습격하였다. 말갈족뿐 아니라 동해안과 멀리 떨어져 있는 바닷가 한가운데 있는 섬나라 우산국에서도 침공을 자주 했다. 우산국은 섬나라였기에 생필품과 식량등 여러 가지가 부족했는데 부족한 것을 육지에서 약탈을 해가곤 했다. 신라 조정에서는 고심하다가 젊은 장수 이사부를 선발하여 이들을 제압하게 했다.

  이사부는 동해안 지역 하슬라^{何瑟羅}(강릉)와 우진야^{于珍也}(울진)를 둘러보았다. 해안가 주민들은 바닷가에서 생활해야 하는데 산속으로 들어가서 생활하고 있었다. 낮에 바다로 나갔다가 산속에 들어가서 생활해야 하는 불편을 겪고 있었다. 야밤을 틈타 우산국에서 괴한들이 침입하여 약탈을 해가기 때문이었다. 바다로 고기잡이 나갔다가 그들에게 납치되어 간 사람들도 있었다. 해안가 사람들의 불안한 생활상을 보여주는 듯 바닷가 근처에는 빈집들이 곳곳에 보였고 어떤 집은 불에 타서 폐가로 방치되어 있었다.

'고구려로부터 땅을 회복하면 뭘 하나. 주민들의 불안한 생활은 조금도 나아지지 않았는데….'

이사부는 제일 먼저 주민들이 안심하고 생업에 종사할 수 있도록 만들어야겠다고 생각했다.

먼저 우산국을 토벌하는 것이었다.

우산국은 바다 한가운데 있어서 일을 저지르고 바닷길을 이용해 도주해버리면 육지에서는 속수무책이었다. 그들은 일시 관아에서 출동한 병사를 피하였다가 물러가면 다시 침범 약탈을 자행했다. 선대왕 시절에도 주민들의 원성이 빗발쳐서 우산국 정벌을 위하여 병사를 동원하였으나 뱃길이 험하여 포기한 적이 있었다. 풍랑이 일어서 배를 타고 가던 병사들이 멀미하여 우산국에는 당도하지도 못하고 지쳐서 돌아온 일이 있었다. 나라에서 한 일이라고는 해안가에 사는 주민을 소개하여 산속에서 생활하도록 한 것이 고작이었다.

그러나 이곳 사람들의 생업은 바닷일에 달려있는데 산속으로 내몬다고 해결될 일이 아니었다. 사람들은 몰래몰래 바닷가로 나와서 일을 하다가 변을 당하곤 했다.

이사부는 배를 모았다. 먼바다의 거친 물살을 헤쳐나갈 수 있게 큰 배를 모았다. 그리고 병사들이 멀미를 견딜 수 있도록 훈련시켰다.

배 타기 훈련을 마친 병사를 실은 배는 이틀에 걸쳐 항해 끝에 우산국에 도착했다. 병사들은 우산국에 도착하였으나 육지에는 상륙하지 않았다.

"육지에는 상륙하지 말고 포구에서 배가 뜨지 못하도록 바닷길을 막아라, 한 척의 배도 바다로 못 나오게 하라."

이사부는 병사들에게 엄명을 내렸다.

적은 바다에 익숙하다. 평생을 바다에 기대어 살아온 그들에게서 뱃길을 뺏어 버린다면 적은 무기를 뺏긴 것이나 다름이 없다. 또 이쪽이 육지에 상륙하지 않는 것은 이곳 육지는 아군에게는 생소한 지형이다. 육지에서 전투는 이쪽에서 유리하지만, 낯선 지형에서는 도리어 약점이 될 수 있다. 우리가 상륙한다면 적들은 계곡 깊숙이 숨어들었다가 기회를 엿보아 공격을 해올 것이고 그렇게 되면 꼼짝없이 당할 수가 있다.

이사부는 적의 강점을 이편이 취하고 이편의 약점이 될 수 있는 상륙전을 피하는 전술을 택했다. 적은 배를 띄우지 못하니 이편을 공격하지 못했다. 섬 안에 갇혀있으니 독 안의 쥐 신세였다. 이사부는 서둘지 않았다. 배에서 징과 꽹과리를 치고 사자의 형상을 만들어 잡아먹는 시늉을 하며 겁을 주었다. 이사부가 도착하여 이레가 지났을 때 적은 투항을 했다. 우산국왕 우해가 스스로 투구를 바다에 던지고 항복을 해 온 것이다. 우해는 그동안의 잘못을 뉘우치고 신라의 신하가 되기를 청하였다. 이사부는 부하의 털끝 하나 다치게 하지 않고 승리를 이루어 냈다. 군사들은 이사부의 탁월한 전술에 감복하여 소리쳤다. "만세!" "우리 장군님 만세!"

가야왕국

이후 우해는 해마다 해산물 등 특산물과 물개를 잡아서 조공으로 바쳤다. 물개는 기름을 짜서 등불을 밝힐 수도 있었지만 수컷의 신^腎은 유용한 약재로도 쓰였다.

지증왕은 64세 늦은 나이에 즉위하였다. 지증은 소지왕의 직계가 아니었으므로 애초에 왕위 계승 서열에서 벗어나 있었다. 그런데 선대 소지왕이 아들이 없었기에 잘하면 가능한 일이었다. 줄만 잘 타면, 자신을 밀어줄 세력만 만든다면… 지증왕은 그러한 기회를 노리고 있었던 것이다.

소지왕이 뒤를 이을 자식이 없자 궁중에서는 희한한 일이 벌어지고 있었다. 소지왕의 정비인 선혜왕후는 아들을 가져야 한다는 압박감에 시달리고 있었다. 왕실의 후계를 이을 아들을 낳지 못하는 것은 차기 권력구도와 크게 관계가 있는 일이었다. 왕후는 아들을 낳게 해달라고 궐내에 분향소를 차리고 공을 들였다. 그러나 하늘을 봐야 별을 따지, 선혜부인의 애타는 마음과 달리 남편 소지왕은 딴짓을 하고 다녔다. 궁밖에 여인을 얻어놓고 그리로 출타를 하고 있으니 선혜부인에게 아이가 생길 턱이 없었다. 소지왕은 영주 지방 유지의 딸 벽화부인을 데려다 놓고 그쪽으로 나들이를 하고 있었으니 외로움과 질투와 아들을 못 낳은데 대한 자괴감 등, 이에 더하여 남편과 관계하는 여인과의 사이에서 아이가 생길까 봐 걱정하는 마음으로, 마음을 조리다가 마침내 일을 저지르고 말았다.
황김에 서방질 한다고, 선혜부인은 내전에 분향을 하러 궁중을 드나들던 승려를 침전으로 불러들였던 것이다. 그러나 그러한 사실은 아무리 비밀로 한다 해도 밝혀지게 마련이다. 소지왕의 귀에 들어간 것이다. 왕이 궁을 비운 사이에 왕비가 승려를 침소에 끌어들인다는 정보를 왕에게 일러바치는 이가 있었으니… 왕은 급하게 궁으로 돌아와 현장을 목격하고 대노하여 승려와 부인을 처형해 버렸다.

왕실이 이 일로 시끄러웠다. 왕이 보고 다니는 벽화부인을 새 왕비로 들이자느니, 새롭게 왕이 장가를 가야 한다느니, 왕실의 처가에 책임을 물어야 한다느니… 조정에서 설왕설래하며 대책을 강구하던 중에 왕이 원인도 모르게 갑자기 죽는 일이 벌어졌다.

지증에게 마침내 기회가 온 것이다.

지증은 내물마립간의 손자로서 죽은 소지 마립간과는 6촌 간으로 왕의 직계 왕손이 아니었다. 그런데 왕이 되는 것은 6부 촌장 화백회의에서 결정짓는 일인데 이들의 힘만 있으면 되었다. 지증은 6부 중에서 힘이 있는 모량부의 지원을 받아서 마침내 왕위에 오를 수 있었던 것이다.

지증왕은 즉위 이후 여러 가지 개혁정책을 폈다. 나라 이름을 이때부터 신라라고 고쳐 부르게 했고 왕에 대한 호칭도 마립간에서 왕으로 바꾸었다.

종전에 왕은 거서간이나 차차웅, 이사금, 마립간으로 불렸는데 이는 집단 권력관계 내에서 대표자 정도의 지위에 지나지 않았다. 그러나 왕은 달랐다. 왕은 모든 권력의 위였다. 왕은 절대자였다. 누구도 왕명을 거역할 수 없었다. 지증왕이 종래와 다르게 자신의 지위를 높일 수 있었던 것은 6부 촌장 특히 처가가 되는 모량부의 지지를 받을 수 있었기 때문이었다. 지증은 즉위 후 모량부에서 신붓감을 선택하여 60이 넘은 나이에 장가를 들었던 것이다.

　그런 한편 왕은 이사부를 중용함으로써 병권을 강화했다. 이사부는 일찍이 우산국을 정벌하는 등으로 그 능력을 인정받았다. 이사부 역시도 우산국으로부터 들여오는 공물 중에 물개 신이 빠지지 않도록 각별히 신경을 쓰는 등 뒤늦게 장가든 늙은 왕을 위하여 각별히 정성을 다했다.

502년

❖

502년 지증왕은 중대한 발표를 했다.

순장제를 폐지하라는 왕명을 내린 것이다. 이에 대하여 귀족들이 크게 반발하고 나섰다. 순장제는 지체 높은 이가 죽었을 때 저승에 가서도 이승에서와 다름없이 영화를 누리며 편하게 살아가도록 후손이 조상께 바치는 예우인데 이를 폐지하라고 하다니…

이승을 떠나는 조상에게 마지막으로 올리는 인사를 정성을 다하여 모시게 하지는 못할망정 여태껏 해오던 절차를 무시하고 무정하게 홀로 떠나시게 하다니… 아무리 왕명이라 해도 너무한 일이었다.

조상이 편안해야 후손이 잘 살 수 있는 것인데….

저승길이 먼 길이라 낯설어서 어려움도 많을 것인데 어찌 종자도 없이 조상님 홀로 그 길을 가게 할 수가 있다는 말인가? 조상이 시끄러우면 이승의 후손 또한 삶이 편치 못한 법인데… 죽은 조상을 위해서나 살아있는 후손을 위해서도 도저히 받아들일 수가 없었다.

"순장제를 폐지하면 우리같이 높은 신분으로 살아온 사람들은 저 세상에 가서 어찌 살란 말인가?"

가야왕국

"우리보고 직접 농사를 지어 살라는 말인가? 집도 짓고 청소도 하고 소 말도 직접 기르고 해야 한단 말인가."

"그뿐인가, 누가 있어서 곁에서 보살펴 준다는 말인가? 곁에서 시중을 들어주고 아프면 간호해주고 나들이할 때 호위를 해주어야지 신변을 지킬 수가 있지 않겠는가? 이승에서 고생했으면 저승에서는 좀 편하게 지내야 할 것이 아닌가?"

순장제 폐지는 곧 죽을 늙은이뿐 아니라 그들의 자식들에서도 불평이 빗발쳤다.

신하들은 귀족 가문의 여론이라 하여 왕에게 건의를 올렸다.

"순장제도는 죽은 조상을 위하여도 좋은 일일 뿐 아니라 따라서 죽는 자에게도 좋은 일입니다. 명을 거두어 주소서."

"따라서 죽는 자에게도 좋은 일이라고? 어째서 그러한가?"

"따라서 죽는 자들은 주인을 편하게 섬기는 일을 자신의 본분이라고 여겨온 자들입니다. 그들은 이승에서 주인을 섬긴 것을 자랑으로 여겨왔던 자들인데 저승에서도 주인을 섬길 수 있으니 얼마나 다행한 일이겠습니까? 통촉해 주소서."

"… 그러한가? 죽여서 데려간다 해도 자랑으로 생각한다는 말인가?" 왕은 신하의 말이 가소로웠다. 그리고는 불쾌한 표정을 지어 빈죽였다.

"… 그러한 줄 아옵…니다. 그들의 본, 본분인지라…"

신하는 왕의 말에 정곡이 찔려서 말을 얼버무렸다.

"본분이라… 부모를 섬기는 것은 자식의 본분이고 남편을 섬기는 것은 아내의 본분인데 부모가 죽었다 하여 자식이 따라 죽었다든가 남편이 죽었다 하여 부인이 따라 죽었다는 이야기는 들어보지 못했다."

"간혹… 따라 죽는 자가… 있사옵니다."

"그러면 원하는 자만 순장을 시켜야지 왜 싫다는 자까지 잡아다 같이 죽이는가? 이는 살인행위라는 것을 모르는가?"

"법도가 그러하고 전통이 그러한지라…"

"나는 그 나쁜 법도나 전통을 바꾸자는 것이다. 임금을 모시는 것이 신하의 본분인데 임금이 죽는다고 해서 신하가 따라서 죽는 예가 있었다든가? 당장 내가 죽으면 어찌할 텐가?"

"어… 어이하여 그런 황송한 말씀을 듣잡기 민망하옵니다." 신하는 당황하여 임금의 시선을 피했다.

관습이나 전통을 지키는 것은 옳고 그름을 떠나서 무조건 따라야 하는 것으로 여겨왔다. 소가 코뚜레에 끼어서 주인이 이끄는 대로 꾸역꾸역 가야 하듯이 사람은 오랫동안 살아오면서 만들어진 방식과 제도에 따라 생활하도록 의식화 되어왔다. 비록 강요에 의하지 않더라도 그에 따르는 것이 선이라고 여겨왔는데 이를 바꾸라 하다니, 더군다나 조상에 대한 장례 절차를 바꾸라 하니 가문의 체면과 전통을 최우선시하는 지체 높은 가문에서 불평이 빗발치지 않을 수 없었다.

그러나 귀족 가문의 원성과는 달리 백성들로부터는 열렬한 지지를 받았다. 왕이나 귀족의 죽음에 백성이나 시종으로 부리던 종자들을 생매장하여 같이 장례를 치른다는 것은 너무나 잔인한 일이고 아무리 무지랭이 아랫것이라 하지만 제 목숨 아까운 줄 모르는 이가 어디 있으랴? 억울하기 짝이 없었다.

더군다나 농사철이면 한 사람의 일손도 부족하여, 키우는 개도 돕는 판인데 장정을 붙잡아 가서 생매장을 하여 죽인다 하니… 이는 전쟁에 군사를 징발하여 가는 것과는 또 다른 문제였다. 군대에 간다는 것은 비록 전장에 나가서 내 몸이 상하더라도 그것은 내가 살고자 하는 일이고 같이 생활하는 공동체의 삶을 지키기 위한 일인데, 순장은 그렇지가 않았다. 죽은 자의 저승에서 삶을 위해 산자를 생으로 매장하여 죽이는 것이니 힘없는 자의 목숨을 목숨으로 여기지 않는 일이었다.

백성 사이에서는 이런 무고하고 어디에도 하소연할 수 없는 일을 피하고자 왕이나 유력 귀족이 죽음의 기미가 있을 때에는 화를 피하고자 멀리 다른 곳으로 피신을 하는 일이 비일비재했다. 그로 인하여 농사를 그르치는 일도 있었고 나라의 공역이 있을 때 사람을 징발하는 일에도 상당한 어려움이 있었다.

왕은 이러한 폐단을 알고서 이를 나쁜 관습이라고 하여 엄격히 금하고자 한 것이었다.

"그래 조상이 죽으면 종자를 몇 명이나 데려가야 한다더냐?" 왕의 질책은 계속되었다.

"그것은 신들도 모르옵고 제관이 정하는 일이라…"

"제관이 정한다고? 죽은 자도 모르고 제사를 지내는 자손들도 모르고 제관이 누구를 죽일 것인가, 몇 명을 죽여서 데려갈 것인가를 정한다고? 어허 참 어이가 없도다. 제관의 말 한마디에 몇 사람의 생명이 왔다 갔다 하다니… 쯧쯧."

"황공하옵니다." 신하들은 얼굴을 조아렸다.

지증왕은 눌지, 자비, 소지 마립간까지 3대에 걸쳐서 왕을 섬겨왔다. 그동안에 별의별 일을 겪어왔고 수많은 고비를 넘기는 것을 보았다. 나이도 70세가 가깝다. 허연 수염이 덮여있는 얼굴을 대할라치면 그 위엄에 저절로 허리가 숙여졌다. 죽음을 당할 순번으로 치면 왕이 제일 먼저다. 그런데도 왕이 나서서 제도를 거부한다 하니 신하들은 입이 있어도 더 이상 거론할 수가 없었다.

"그대들이 지극 정성으로 조상을 대하려 하는 마음은 아름답다. 하나 조상을 위한다고 무고한 백성의 목숨을 함부로 한다는 것은 옳은 일이 아니다." 왕은 여태껏 언성을 높이며 나무라던 목소리를 차분히 가라앉혔다. 부드러운 가르침의 목소리로 변했다.

"저승에서 죽은 조상을 편하게 하는 방법이 꼭 사람을 죽여서 데려가는 방법만 있겠느냐? 다른 방법도 있지 않겠느냐?"

"그것이 무엇이 옵니까? 소신들은 전하의 말씀에 고개가 숙여지면서도 한편으로 조상님을 생각하면 민망하여 저승에 가서 뵐 낯이 없기에 좋은 방법이 있으면 명하여 주소서 받잡겠사옵니다."

"조상이 저승에서 잘 사실 것이라는 것은 이승에 있는 후손들의 마음일 것이다. 누가 저승에 있는 조상을 본 사람이 있겠느냐?"

"그러하옵니다."

"조상이 죽어서 저 하늘의 별이 되어 이승의 후손을 도와준다고 하는데 누가 하늘에 올라가서 조상의 별을 보았겠느냐, 다 우리의 마음

가야왕국

속에 있는 별을 보고 그렇게 생각하는 것이 아니겠느냐?”

“…?”

“그러하니 우리의 생각을 바꾸어 보는 것이 어떠하겠느냐?”

“무슨 말씀을 하시는 것인지요?”

“내가 하는 말뜻을 못 알아듣는 듯하구나, 이렇게 생각해보거라”

“…?”

“산 사람 대신에 토우(土偶)를 만들어서 죽은 사람의 무덤에 같이 넣는 것이다. 죽은 사람과 함께 토우를 묻고서 토우가 죽은 사람과 같이 저승에 동행하여 모시도록 한다면 사람을 죽이지 않아도 되는 것이고 또 저승으로 가는 사람도 혼자가 아니고 보살핌을 받는 것이니 이승에서 살 듯이 살 수 있다는 말이다.”

“그리되면 죽은 조상을 속이는 것이 되는 것이 아니겠습니까? 어찌 귀신을 속일 수가 있습니까?”

“그러니까 생각을 바꾸어 보라는 것이다. 죽은 조상이 저 하늘의 별이 되어 이승의 자손을 보살핀다고 하는 것은 우리가 마음으로 그렇게 생각하고 있는 것이지 실제로 그런 것은 아니지 않느냐? 마찬가지로 토우를 만들어서 죽은 사람과 동행하게 하여 저승에서도 이승에서와 같이 받들어 모시게 한다면, 그로 인해 죽은 조상이 이승에서와 같이 편하게 생활할 것이라고 바꾸어서 생각하면 될 것이 아니냐? 내가 하는 말이 어려우냐?”

왕의 장구한 설명에도 신하는 수긍하지 못하고 고개를 갸우뚱거렸다.

“…어렵지는 않사오나… 그렇게 한다는 것이 종자들을 데리고 가는 것보다 어쩐지 정성이 덜하다는 생각이 들어서 망설여집니다."

"그러하냐. 정히 생각을 못 바꾸겠다면 이렇게 하면 어떻겠느냐?"

왕은 무엇인가 결심을 한 듯 엄하게 표정을 지어서 말했다.

"여기에서 제일 먼저 죽어야 할 순번은 과인이다. 알겠느냐?"

"어이하여 그럼 말씀을 하시는지요? 듣기 민망할 따름이옵니다."

"아니다. 죽음이란 누구에게나 다가오는 것, 나이가 많을수록 오는 길이 빠르다는 것을 너희들도 알고 있을 것이다. 그리하여 내가 너희들보다는 먼저 죽을 것이고 그때 나는 내게 충성을 바치던 너희를 데려가도록 엄명을 내려놓겠다. 그러면 살아서 내게 충성을 바치던 너희들이 설마 거절하겠느냐? 우리 같이 저승에 가서 신하와 임금으로 다시 만나서 행복하게 살자꾸나. 그리되면 좋겠구나."

"아니 전하 어찌 그런 말씀을… 전하께서는 아직도 정정하시어 그런 생각을 하지 않으셔도 될 것이옵니다."

"70을 바라보는 노인에게 아직도 정정하다는 말을 하는 것을 보니 너희가 같이 죽는 것이 싫은 모양이로구나. 그러면서 백성의 목숨은 남의 목숨이라고 함부로 대하려 하다니…. 쯧쯧 돌아들 가라. 돌아가서 내가 한 말을 깊이 새기거라."

왕은 움찔하는 신하들에게 마지막으로 일침을 놓아주었다. 신하들은 더 이상 임금과 대화를 하다가 무슨 봉변을 당할지 몰라서 황망히 뒷걸음질을 쳐서 나왔다. 며칠 뒤에 왕명이 다시 내려졌다.

죽은 사람을 위하여 종자를 같이 묻는 순장제를 폐하고 사람을 묻는 대신 토우를 빚어서 묻으라는 명이 내려졌다.

가야왕국

이문
尼 文

토굴 속에서 들쥐 한 마리가 머리를 내밀고 사방을 살폈다. 바람이 산들거리고 하늘은 맑았다. 주위는 들풀이 사각거릴 뿐 별다른 기척이 없었다. 들쥐는 사각거리는 들풀이 흔들리는 소리에도 놀래서 굴속으로 몸을 숨겼다가 다시 나와서 주위를 살폈다. 그러기를 몇 번을 반복하더니 그제서야 안심이 되는지 굴에서 나왔다. 굴속을 나와서도 한참을 두리번거리더니 잽싸게 몸을 움직였다. 이리저리 돌아다니다가 또 다른 굴을 하나 발견하고 그 속으로 들어갔다. 잠시 후 굴에서 들쥐 한 마리가 뛰쳐나왔다. 그 뒤를 다른 놈이 뒤쫓았다. 달아나는 놈은 꽃들이 흐드러지게 피어있는 풀숲으로 들어갔다. 뒤쫓는 놈도 놈을 따라 들어갔다.

풀숲으로 들어간 두 놈이 싸우는 것인지 찍찍대는 소리를 내면서 야단이다. 먼저 들어간 놈은 암컷이었고 뒤쫓아간 놈은 수컷이었다. 들꽃은 가꾸지 않아도 바람에 날려서 아무렇게 피어난 그 자체로 예뻤다. 들꽃이 흔들리면서 몇 번에 걸쳐서 찍찍거리는 소리를 내더니 일을 다 마쳤는지 한 마리가 먼저 풀숲 밖으로 나왔다. 뒤따라서 다른 놈도 나왔다. 풀숲을 나온 두 놈은 극히 짧은 시간 눈을 마주치다가 볼 일을 다 봤다는 듯이 얼굴을 돌리고 각자 방향으로 뛰었다.

'에그머니나!' 이문은 놀라서 잠이 깨었다. 들쥐가 뛰어든 곳은 이문의 치마 속이었다. 잠결에 일어난 꿈속의 일이지만 선명했다.

시원하게 한줄기 오줌을 싼 듯한 기분 좋은 느낌이 들었다. 이문은 고쟁이 속으로 손을 넣었다. 오줌을 싼 것이 아닌데도 아랫도리가 축축했다. 이문은 축축해진 살결을 손바닥으로 문질러보았다. 아직까지 기분 좋은 여운이 남아있었다. 하~ 이문은 축축해진 살결을 매만지면서 가늘게 소리를 내뱉었다.

이문은 요즘 들어서 자주 이런 꿈을 꾸었다. 또 다른 꿈을 꾼 때도 있었다. 까마귀 한 마리가 날아와서 소나무 가지에 앉았다. 뒤이어서 또 한 마리가 날아와서 곁에 앉았다. 까~악! 소나무 아래에서 뱀 두 마리가 교미를 하다가 까마귀 소리에 놀라서 엉켜있는 몸을 미처 풀지도 못한 채 숲속으로 도망쳤다.

뱀이 도망쳐 들어간 곳은 이문의 치마 속이었다. 이문은 그때도 무엇인가 아래에서 빠져나가는 듯한 느낌을 받았다. 기분 좋은 배설감이었다. 이문은 아랫도리에 손을 넣고 축축해져 있는 풀숲을 헤치며 배설의 여운을 즐겼다. 이 기분이 무얼까… 조금 더 오래갔으면 하는 아쉬움과 함께 뭔가 더 채우지 못한 부족함이 뒤따랐다.

다음 날 길을 가다가 이문은 우륵에게 간밤에 꾸었던 꿈 이야기를 했다.

"무슨 일일까요? 자꾸 그런 꿈들이 꾸어지니?"

우륵은 이문의 이야기를 듣고는 빙그레 웃었다.

"별일은 아니다. 다 때가 되면 그런 꿈을 꾼다. 참다 보니 그리 되는

가야왕국

것이다."

"예?"

"아무 일 아니라는 말이다. 자주 그런 꿈을 꾼다는 말이지?"

"예 요즘 들어서…"

"남자들도 그런 때가 있느니라. 염려할 것 없다."

이문은 스승님은 무슨 일인지 알고 있는 듯한데 속 시원한 대답을 듣지 못하니 아쉬웠다.

이문은 화척(백정, 양수척)의 딸이었다.

이문이 태어나기 전의 일이었다. 그의 아버지는 원래 이곳 사람이 아니었다. 그녀의 아버지는 가야 사람도 백제 사람도 신라 사람도 아니었다. 그는 바닷가 어느 마을에서 물질을 하며 살던 사람이었다. 고기도 잡고 얼마 되지는 않았지만 밭뙈기도 갈며 가정을 이루어 살았다. 그곳은 가야 땅도 백제 땅도 신라 땅도 아닌 그냥 그곳 사람들의 땅이었는데 어느 날 낯선 병사들이 무리를 지어 쳐들어왔다. 그전에도 가끔 외지인들이 이곳으로 쳐들어와서 노략질을 해가는 때가 있었으므로 사람들은 나름대로 대비를 하고 있었다. 농사를 짓다가, 물질을 하다가 외지인들이 쳐들어오면 집안에 준비해 둔 쇠스랑이나 낫이나 칼 몽둥이 같은 무기를 갖춰 들고 나가서 싸웠다. 그런데 이번에는 병사들이 집단으로 쳐들어온 것이다. 마을 사람들만으로는 저들을 상대하기가 어려웠다. 쳐들어온 무리들은 대장인 듯한 누군가의 지시에 의해서 사람을 죽이고 살림집을 불태웠다.

이문의 아버지는 쇠스랑을 들고 그들에 맞서 싸우다가 붙잡혀 갔다. 붙잡혀서 어디론가 보내졌는데 성벽을 쌓는 곳이었다. 그곳에 동원되어 일하는 사람들은 대부분 이문의 아버지처럼 포로로 붙잡혀 온 사람들이든가 나라에 죄를 지은 사람들이었다. 일은 거칠고 고되고 위험했다. 이문의 아버지는 그곳에서 몇 년을 일했다. 그러다가 나이가 들어서 힘을 못 쓸 지경이 되니 방면이 되었다. 이문의 아버지는 갈 곳이 없었다. 고향 땅을 찾아갔지만, 사람들은 다 죽거나 뿔뿔이 흩어졌다. 아는 사람이 없으니 식구들의 생사조차도 물어볼 수가 없었다. 이문의 아버지는 떠돌다가, 떠돌다가 양수척 무리와 어울리게 되었다. 원래 바닷가에서 태어났으니 생선배를 가르는 칼질은 수월케 할 수 있는 일이고 힘쓰는 일로 단련이 돼왔으니 어렵지 않게 밥을 벌어먹을 수 있었다. 그렇게 돌아다니다 같은 패거리에 따라다니면서 궂은일을 하던 여자를 만난 것이 이문의 엄마였다. 이문을 낳기 전의 일이었다.

그런데 이문을 낳고 얼마 있지 않아서 뜻하지 않은 사단이 또 벌어졌다. 갑자기 한밤중에 병사들 몇 명이 나타나서 자고 있는 이문의 식구들을 붙잡아 간 것이다. 나라님이 죽어서 사람이 필요하다는 것이다. 이문의 부모 외에도 몇몇 사람들이 더 잡혀갔다. 이문도 같이 붙잡혀 갔으나 나이가 어리다는 이유로 데려가지 않았다. 병사들이 어린 이문을 동네에 버리고 간 것이다. 이문이 좀 더 커서 말귀를 알아들을 수 있었을 때 누군가가 '너희 부모는 나라님이 죽을 때 같이 죽은 것이라고, 데려간 여러 사람들과 같이 묻혀서 죽었다.'고 말해 주었다.

겨우 걸음을 뗀 이문을 동네 사람들이 이집 저집 돌아가면서 키웠다. 그러다가 혼자 추스를 수 있을 만큼 자랐을 때 누군가가 찾아왔다. 이웃 마을에 사는 늙은 창기였다. 이문이 부모 없이 남의 집에 얹

혁산다는 소문을 듣고 온 것이었다. 그녀는 보리쌀 서 말을 주고 이문을 데려갔다. 이문은 자신을 데려간 늙은 창기에게서 노래와 춤과 금 타는 법을 배웠다.

　이문이 처음 남자를 접했을 때는 초조가 터지고 얼마 지나지 않아서였다. 젖꼭지가 몽글몽글 커지고 젖 두둑이 봉곳이 자리 잡을 때에 늙은 창기가 이문을 어느 지체 높다는 분을 소개하여 하룻밤을 자게 하였다. 이런 곳에 발을 들였으면 남정네의 손이 타게 마련인데 어차피 줄 것이라면 값을 두둑이 쳐주는 임자가 나타났을 때 처분하라고 반 억지로 방안에 들이밀어서 하룻밤 남자와 일을 치르게 만들었던 것이다.

　남자는 이문보다 3배는 더 오래 산 사람이었다.

　털북숭이 얼굴에 눈이 똥그랗고 혀를 날름거리는 그 모양이 승냥이 같기도 하고 뱀 같기도 하고… 이문은 잔뜩 긴장을 했다. 이문은 남자를 제대로 바라보지도 못하는데 남자는 이문을 발가벗겨서 자리에 눕히고서 징그러운 눈길로 온몸을 샅샅이 훑더니 몸의 구석구석을 만졌다. 이문은 고양이 앞의 쥐처럼 오돌오돌 떨면서 온몸으로 남자를 받아냈다. 남자는 이문을 장난감처럼 가지고 놀았다. 이문은 그런 남자가 징그럽고 무섭고 두려웠다. 오줌 누는 곳에 무엇인가 들어왔다가 나간 것 같은데 찢어지는 고통만 남겼다. 일을 마친 뒤에도 한동안 불쾌감이 오랫동안 지속되었다. 이문은 그 일 이후 남자와 잠자리를 할 수 없었다. 그래서 남장을 하고 다닌 것이었다. 그런데 근래에 그날에 있었던 일이 가끔씩 떠오르는 것이다. 그날 일을 생각하면 그때와는 달리 온몸이 짜릿하고 뭔가 막혀있던 것이 내려간 듯 시원해졌다.

이문

그러면서 잠자리에서 들쥐와 뱀이 치마 속으로 쫓아 들어오는 꿈을 꾸는 것이었다.

날씨가 푹푹 쪄댔다. 비라도 한 소나기 내렸으면 좋으련만 햇볕만 쨍쨍 내리쬤다. 우륵과 이문은 산등성이를 피하여 계곡 길을 택하여 걸었다. 물소리라도 듣고 계곡물에 발이라도 담그면 한결 가는 길이 수월해질 것 같았다. 물 쏟아지는 소리가 들리는 것으로 보아 멀지 않은 곳에 폭포가 있는 것 같았다. 폭포 밑 웅덩이에 가서 목욕이라도 할 참이었다. 우륵과 이문은 타고 온 말을 각각 끌었다. 말들도 더위에 지쳐서 푸푸 콧김을 내 품으며 힘들게 걸음을 옮겼다.

예상했던 대로 폭포수가 몇 발 가지 않아서 떨어지고 있었다. 폭포 밑으로 깊지 않은 웅덩이가 패어 있었다. 쳐다만 봐도 시원해지는 물줄기였다.

"저기서 잠시 쉬었다 가자꾸나. 목욕도 좀 하고."

우륵은 웅덩이 근처 나무 아래 여장을 풀었다. 악기는 나무에 기대고 길 떠나면서 가져온 양식과 소금과 밑반찬을 악기 옆에 풀어놓았다.

"저쪽으로 가서 몸을 좀 담그자. 때도 좀 밀고…"

우륵이 웅덩이 낮은 쪽을 가리키면서 겉저고리를 풀어헤쳤다. 털이 숭숭 난 가슴에 땀이 흥건히 맺혔다. 우륵은 바지를 벗자마자 물속으로 풍덩 뛰어들었다.

"어 시원하다. 이문아 너도 어서 들어오너라." 우륵은 소나무 가지에 말고삐를 매는 이문을 불렀다.

"…네…" 이문은 대답을 하였음에도 선뜻 물에 들어오지 않았다.

'녀석 내외를 하자는 건가?' 여태껏 지내와도 하지 않는 이문의 행동에 빙긋이 웃었다. 하긴 요즘 들어서 이문의 체취에서 여자 냄새가 농염히 풍겼다. 우륵도 오랜만에 맡아보는 여자 냄새였다. 우륵은 한쪽으로 엉덩이를 밀어서 공간을 내주었다.

"여기 이쪽으로 들어오너라."

"…네" 이문은 겨우 저고리만 벗고 들어왔다. 돌아앉아서 물을 끼얹는데 하얗게 드러난 어깨선이 고왔다. '저 아이는 남자를 알까?'

우륵은 이문의 드러난 어깨에서 눈을 떼지 못했다. 눈길이 봉곳이 솟은 젖가슴과 물속에 잠겨있는 엉덩이께로 자꾸 갔다.

"이문아…" 우륵은 낮은 목소리로 불렀다. 입안에 침이 말라서 목이 막히는 느낌이었다.

"…네…" 이문도 낮은 목소리로 대답했다. 물기가 가득한 목소리였다.

"자리를 비켜주까? 불편하느냐?"

"아니옵니다. 이대로 좋사옵니다."

"…"

우륵과 이문 사이에 한동안 말이 없었다. 그때 두 사람 사이에 적막을 깬 것은 저만치 풀섶에 매어 놓은 말의 울음소리였다. 히힝~ 히힝~ 말 한 마리가 다른 말의 궁뎅이에 올라타고 내는 소리였다. 앞에 말은 뒷말의 그런 행동을 받아주고 있었다. 히힝~ 히힝~ 엉덩이를 대주고 있는 말은 암말이고 뒤에 올라타고 있는 말은 숫말이었다.

"스승님 저기저기" 이문은 한 손으로 벌린 입은 막고 다른 한 손으로 말 쪽을 가리켰다. 놀란 표정이기도 하고 신기해하는 모습이기도 하고…

"흠, 말이 헐레를 하는 모양이구나." 우륵의 목에 핏대가 서서 벌게졌다.

"무슨 말씀이신지…?"

"때가 돼서 발정이 나서 그런 것이다. 자연의 섭리가 아니겠느냐."

"자연의 섭리…?"

"이문아 받아들여야 한다."

우륵은 이문의 어깨를 감싸 안았다. 못 견디게 참아왔던 남성이었다. 우륵은 물 안에서 이문을 안고 쓰러졌다.

"자연의 섭리… 자연의 섭리…" 이문은 같은 말을 주문처럼 반복하면서 우륵을 받아들였다. 꿈속에서 느꼈던 아늑한 느낌이었다. 몸이 가루가 되어 바람에 날리는 기분이었다. 꿈결 속에서 부족했던 그 무엇이 더 채워지면서 몸이 뜨거워졌다. 하~ 이문은 우륵의 어깨를 꽉 잡아당겼다. 우륵의 팔에도 힘이 들어갔다. 목에서 나는 거친 숨소리에 단내가 났다.

소나무 밑에서 일을 보던 말이 일을 다 마쳤는지 머리를 맞대고 히힝거렸다. 혓바닥을 내어 상대 말의 얼굴을 핥아주었다. 때로는 벌름거리는 콧속에다 긴 혀를 넣기도 했다. 히히이이잉~ 말이 비명 아닌 비명을 질렀다.

우륵과 이문은 물속에서 나와 너럭바위에 몸을 눕혔다. 맑은 하늘에 구름 한 점이 흘러갔다.

"…이문아." 우륵의 목소리가 부드러웠다.

"…예…" 이문은 낮은 목소리로 대답했다.

"후회하느냐?"

"아니옵니다… 기다렸사옵니다."

"그러하냐?… 나도 이런 날이 오기를 기다렸다."

"소녀 오래전부터 스승님께 의탁했던 몸이 옵니다. 배움도 몸도 살아가는 모든 것을 스승님께 맡겼던 것이 옵니다."

"그러하냐… 이젠 스승님이란 소리가 듣기 민망하구나."

"그럼 무엇이라 부르오리까?"

"차츰 생각해 보거라." 우륵은 이문의 손을 꽉 잡았다. 잡혀있는 이문의 손에도 힘이 들어갔다.

풀숲에서 알을 품고 있던 메추라기가 바깥의 인기척에 놀라서 날아올랐다. 쓰르륵~쓰르륵~ 쓰르라미 합창 소리가 풀숲을 울렸다.

피리 소리

7월 한낮의 더위는 찌는 듯했다. 가만히 앉아 있어도 땀이 비 오듯 했다. 아라는 벌거벗겨진 왕의 아랫도리에다 연신 부채질하면서 이마에 흘러내리는 땀을 닦았다. 왕의 몸은 이제 썩을 대로 썩어있었다. 살아있어도 더 이상 산 사람이라고 할 수 없었다. 왕은 말문을 닫았고 가끔 목구멍에서 갸릉갸릉 가래 끓는 소리만 냈다. 내뿜는 숨에서 창자 썩는 냄새가 아랫도리에 흘러내린 똥오줌 냄새와 섞여서 침전에는 퀴퀴한 냄새가 진동했다.

왕은 그렇게 죽어가고 있었다. 큰궁녀는 멀찌감치 떨어져서 시중을 들었다. 아라는 왕이 내쉬는 숨을 피하여 고개를 돌려 창밖을 바라봤다. 창밖으로 언덕의 능선이 이어졌다. 죽은 왕들이 묻힌 봉분의 능선이다. 능선의 맨 위쪽에 시조 왕의 봉분이 산 정상처럼 솟아있고 아래로 차례대로 자손들의 봉분이 봉글봉글 질서 있게 줄을 지어있다. 맨 아래에는 죽은 왕의 뒤를 이어 죽을 왕의 무덤 공사가 한창 진행 중이다. 커다랗게 입을 쩍 벌리고 있는 구덩이가 괴이스럽기조차 했다. 빨리 무덤의 주인이 찾아들기를 기다리는 모습이다.

가야왕국

파리 한 마리가 냄새를 맡고서 왕의 아랫도리 근처를 왱왱거리며 돌고 있다. 아시는 부채로 휘저어서 파리를 날렸으나 놈은 멀리 가지 않았다. 고추 끝과 터럭 사이를 왔다 갔다 했다.

'고이한 놈' 이라는 차마 왕의 몸에 손을 대지 못하고 부채만 날렸다. 비라도 한줄기 뿌려주었으면… 하는데, 비 대신 바람이 열린 창을 타고 내실로 들어왔다.

산역 공사 감독관에게 천관이 찾아왔다.

"공사가 어떻게 돼가나 궁금해서…"

"공사는 주인만 들어오면 마무리가 되지요. 날짜를 언제쯤 잡아놓았소?"

"잡아놓은 날은 이미 지났고 다시 날을 잡아야 하는데 하늘의 별자리가 뒤숭숭하여 날짜 잡기가 어려우이."

"주인의 입택이 늦어지는 모양이지요?"

"그런 모양일세. 이것저것 벌여놓은 일이 많으니 쉽게 정리가 되지 않아서 늦어지는 것 같으이, 저기 하늘을 보게." 제관은 하늘 한켠을 가리켰다.

"저기 저쪽으로 별 무리가 뿌옇게 보이지 않는가?"

"…소인의 눈에는 다 같은 별빛으로 보이오마는… 달빛이 밝으니 별이 뿌예 보이는 것이 아니오?"

"아닐세. 나는 별빛을 말하는 것이네. 자미원이 몹시 불안해 보이네."

"왜, 왜요?" 감독관의 목소리가 긴장하여 떨렸다. 혹시 산역 공사를 잘못하여 그런 것인가… 불안했다.

"정한 날짜에 입택을 하지 않으니 별자리가 화가 난 것 같기도 하고… 아무튼 불안하네"

"산역 공사에 잘못이 있어서 그런 것은 아니지요?"

"알 수가 없어, 지금으로서는 입택이 늦어지니 그렇다고 볼 수밖에…"

감독은 긴장하여 침이 말랐다. 마른 혀로 입술을 핥았다.

"같이 들어올 종자들 방도 준비를 다 해놓았는가?"

"걱정을 마시오. 넉넉하게 준비를 해놓고 기다리고 있소이다. 산역에 잘못이 있다고는 말을 말아주시오."

감독관은 늘어진 수염을 쓰다듬어 내렸다. 손가락이 가늘게 떨렸다.

"열심히 하게. 나중에 무슨 소리를 듣지 않게."

"나라님의 출상인데 여부가 있겠습니까? 그런데 종자는 몇 놈이나 데리고 갈 것이오?"

"글쎄, 지난번 잡아놓은 날에는 한 스무 명 정도면 되었는데 날짜를 넘겼으니 인원을 더 늘려야겠네."

"몇 명이나요? 스무 명으로 구덩이를 맞추어 놓았는데 더 파야 할까요?"

"서른다섯으로 맞추어 주게나. 구덩이를 너무 좁게 파지 말고 편하게 누울 수 있도록 말이야."

"염려 마시오. 그런데 왜 그렇게 인원이 늘어난 게요?"

"별자리가 뒤숭숭하다고 하지 않았는가, 자미원^{紫微垣}(궁자리)을 중심에 두고 태미원^{太微垣}(신하의 자리)과 천시원^{天市垣}(백성의 자리), 삼원^{三垣}의 자리가 선명해야

가야왕국

하는데 지금 자미원이 빛을 잃고 있으니 태미원이 힘이 없고 천시원이 흩어지는 형국을 하고 있으니 흩어진 천시원을 보강해야 하네."

"백성을 더 잡아들이라는 뜻인가요?"

"쉬, 조용히 말하게. 백성이 달아날 우려가 있으니 비밀로 해야 하네. 입택 날이 정해지면 한꺼번에 잡아들여야 하니 준비는 되어있겠지?"

"미리 병사들을 마을로 보내서 점을 찍어놨습니다."

"알았네, 실수가 없도록 하게." 천관은 당부를 하고 돌아갔다.

천관이 돌아간 뒤에 감독관은 하늘을 살폈다. 자미원을 살피고 태미원과 천시원을 구별해보려 하였으나 모든 별자리가 총총히 빛을 내고 있어서 구별이 되지 않았다.

'구별이 되지 않는 별자리인데 무엇이 뒤숭숭하다는 것인지⋯? 천관의 말 한마디로 열댓 사람의 목숨이 더 죽게 생긴 것이 아닌가⋯. 백성의 무고한 목숨이 천관의 혀끝에 달렸구나⋯' 감독관의 입에서 쓴웃음이 나왔다.

나는 죽으면 어느 별로 가야 하는가? 태미원인가 천시원인가?

총총한 별무리 사이로 별똥별 하나가 스쳐 지나갔다.

별빛을 바라보면서 물이가 피리를 꺼내 들었다.

삐리릭 삐릭 삐릭~ 피리 소리가 밤하늘에 높이 퍼졌다.

할배는 마루턱에 걸터앉아서 물이의 피리 소리를 듣고 있었다. 한 곡조 끝이 났다. 아니 물이가 부는 피리 소리는 곡이 없으니 곡이 끝이 난 것이 아니었다. 소리가 끝난 것이다. "와 그치노?"

할배는 의아해서 물었다. 다른 때 같으면 밤이 이슥하도록 불러댔다. 말려도 그치지를 않았는데 오늘은 다른 때와는 달랐다.

"인자, 피리를 그만 불어야 되겠심니더. 더 안 불랍니더."

"와 그런 생각을 했노, 마음이 와 변했노?"

"처음 피리를 불었을 때는 아라가 생각나서 불었심니더. 피리 소리를 듣고 아라도 나를 잊지 말라꼬, 할배와 지냈던 이곳을 잊지 말라꼬 불었심니더."

"그란데 와 더 안 불겠다는 것이고?

"불수록 가슴이 아파예, 가슴을 후비파는 듯 아프고, 내가 이리 아프니 궁중에 갇힌 아라는 얼매나 아프겠노 하는 생각이 들어서 그만 불기로 했심더."

"… 그래…? 큰 결심을 한기네, 피리를 안 불면 마음이 좀 나아지겠나?"

"몰라예, 마음이 아픈 것은 나아질지 모르지만, 대신에 분노가 치밀어 올라예."

"그래 니 맘이 이해는 간다. 그렇지만 우짜겠노 니 맘을 다스려야지 별수가 있겠나?"

"우짤 수는 없지요! 그러나 가만히 있기는 싫습니더."

말을 하던 물이가 벌떡 일어섰다.

"와? 우짤라꼬?"

할배는 갑작스러운 물이의 행동에 눈망울을 크게 뜨며 물었다.

"저기 저 능선 뒤로 갈깁니더. 그 뒤쪽 대나무 숲으로 들어가서 피리를 불겁니더, 거기서 입술이 부르터고 복장이 갈라지도록 피리를 불

가야왕국

겠십니더."

"이 밤에? 그곳은 귀신 울음소리가 들린다꼬 다들 피해 가는 곳인데, 이 밤에 거어를 찾아간다꼬?"

"야, 거어서 실컷 구신들하고 피리를 불다 오겠심더. 구신들 하고 한바탕 굿을 하고 놀다 와야겠심니더. 그래야 가슴에 맺혀 있는 멍울이 좀 풀리겠심니더."

물이는 울부짖듯 고함을 지르면서 어둠 속을 달려나갔다.

"야, 야, 물이야, 물이야." 할배가 불러보지만 물이는 벌써 어둠 속으로 사라져 버렸다.

한밤중에 아라는 피리 소리를 듣고 퍼뜩 잠에서 깼다. 왕을 자리에 눕히고 깜빡 잠을 잤던 것이다. 피리 소리가 고르지 못했다. 미친 듯이 부는 것이 평소에 듣던 오라버니의 피리 소리가 아니었다. 갑자기 마음이 꿍닥거리고 불안했다. 가만히 들으니 피리 소리 속에 여인의 울음소리 같은 것이 섞여들기도 하고… 여인의 울음뿐 아니었다. 남정네의 애원하는 소리 어린애의 비명소리도 같이 섞여 들렸다.

방안에는 왕의 숨소리만 들릴 뿐 적막한 공간인데도 아라의 귀에는 소리들이 악마구리 끓듯 뒤섞여서 와글거렸다.

대숲으로 간 물이는 미친 듯이 피리를 불어댔다. 잠든 귀신을 다 깨울 참이었다. 피리 소리는 대나무 사이사이로 울려 퍼졌다. 숲이 깨어나 울었다. 가지 사이로 쓸리는 소리가 숲속에 가득히 울렸다. 소리가 하늘로 치솟으니 갑자기 먹구름이 몰려왔고 장대비가 쏟아지기 시작했다.

빗소리를 듣고 산역 감독은 깜짝 놀라서 잠에서 깨어났다. 예사 비가 아니다. 난리가 쳐들어온 듯 빗소리가 사나웠다. 바람 소리도 세찼다.

비는 벌써 공사장 주위에 골을 내며 흘러내렸다.

무덤 구덩이에도 물이 차올랐다. "뭣들 하는가!" 감독은 무덤가에 지어놓은 막사를 돌아다니며 병사들을 깨웠다. 병사들이 복장도 갖추지 못한 채 잠결에 뛰쳐나와 봤지만 이 밤으로 손을 써서 막을 일이 아니었다. 손 빠른 몇몇이 삽과 곡괭이로 골을 내어 무덤으로 들어가는 물길을 돌렸지만, 장대비는 무덤 위로 쏟아부었다. 물길을 돌린다고 될 일이 아니었다. 감독관은 그 모습을 그저 망연히 바라보았다.

지난번에 천관이 들러서 한 말이 생각났다.

'자미원이, 자미원의 자리가 불안하다'고 했다. 입택이 늦어서 그런 것이라고 했지만 산역 공사의 탓이 아니라는 말은 하지 않았다. 까마득히 멀리 있는 별자리를 트집 잡는 천관이 엉망으로 변해버린 산역 공사를 보고 그냥 지나갈 리가 없었다.

감독은 왕의 처소로 만들어 놓은 구덩이 속으로 뛰쳐들어갔다. 왕이 누울 자리는 목곽과 석곽 이중으로 만들어져 당장은 무너지지 않았지만 이대로 둘 수는 없었다. 나무 기둥을 덧대었다.

"지지대를 세워서 곽이 무너지지 않도록 하라! 가서 막사 기둥이라도 빼와라!" 감독과 공사에 동원된 병사들은 그렇게 밤을 새웠고 비는 아침이 되어서야 그쳤다.

아라가 듣는 악마구리 끓듯 하던 소리도 새벽이 돼서야 그쳤다.

"산역 공사에 별일이 없어야 할 텐데…"

큰궁녀가 아라의 곁으로 와서 잠이 덜 깬 목소리로 말했다. 빗소리가 잦아들자 침전 안에는 다시 침묵이 흘렀다. 끊어질 듯 이어지는 왕의 숨소리만 간헐적으로 들렸다.

왕은 밖에서 일어나고 있는 일들을 알 리가 없었다.

장례

왕이 임종하는 순간에는 아무도 왕의 죽음을 알지 못했다. 왕이 숨이 넘어가는 순간에도 왕을 지키는 사람이 곁에 있었지만 정작 숨을 거두는 모습은 아무도 보지 못했다. 병수발을 들며 곁에 붙어있던 아라도 왕이 숨을 거두는 순간에는 깜빡 잠이 들어있었고 한 걸음 물러나서 한켠 구석에서 벽에 기대어 선잠을 자던 큰궁녀도 같이 잠이 들었다. 왕은 아무도 배웅을 해주는 사람이 없는 가운데 조용히 숨을 거두었다.

아라는 꿈속에서 왕의 모습을 보았다. 왕은 스스로 자리에서 일어났다. 그리고 누워서 지내던 침전을 아쉬운 듯, 한 바퀴 둘러보고는 방문을 열고 나갔다. 나가면서 자고 있는 아라의 모습을 한번 살펴보고서 발걸음을 옮겼다. 아라가 눈을 떠보니 왕이 막 문지방을 나서려고 하는 것이 아닌가….

"전하, 어디로 가시나이까? 소피가 마려우시면 소녀에게 요강을 가져오라 하시면 될 것이온데…"

왕은 아무 대답도 않고 돌아보고 미소만 지었다. 왕의 얼굴은 그동안 한 번도 보지 못하던 밝은 모습이었다. 왕은 웃는 얼굴로 아라에게 잘 있으라는 듯 손을 흔들어 주고는 문지방을 넘었다.

"전하, 전하! 혼자 가시면 아니되옵니다. 소녀가 모시겠습니다."

아라는 왕을 따라가려 했으나 일어나지지가 않았다.

"전하, 전하!"

아라는 앉아서 애타게 고함만 질렀다.

아라의 잠꼬대에 구석에서 벽에 기댄 채 잠을 자던 큰궁녀가 잠이 깼다.

"엉, 어?"

아라도 덩달아 깨어났다. 왕은 모로 누운 채 꼼짝을 않고 있었다. 초저녁 왕이 잠이 들 때 반듯이 눕혀놓았는데 숨을 거두는 순간에 몸부림을 친 듯 가리고 있던 홑이불이 제쳐져서 엉덩이가 드러났다. 요에는 숨을 거두면서 지린 듯 똥오줌 자국이 흥건했다. 볼기짝에 똥물이 흘러내리고 있는 것으로 봐서 방금 전 일어난 일인 듯했다. 남긴 자국에서 아직도 김이 서려 있었다.

"전하" 아라가 조심스레 왕의 어깨를 흔들었다. 왕은 미동도 하지 않았다.

"전하! 전하!" 큰궁녀가 가까이 와서 좀 더 세게 흔들었다. 마찬가지였다. 아라와 큰궁녀는 왕을 들어서 자세를 바로 고쳤다. 볼썽사납게 덜렁거리는 아랫도리가 보기 민망하여 아라가 이불로 가렸다.

"돌아가셨나 보다." 큰궁녀는 왕의 코에다 손을 대보더니 말했다.

"어찌하여야 하옵니까?"

아라가 창백해진 얼굴로 물었다. 꿈속의 일이 떠올랐다.

"밖에다 알려야지." 큰궁녀는 겁을 잔뜩 먹은 표정으로 말하더니 갑자기 소리를 높였다. "전하! 전하!!"

밖에서 안의 기색을 살피던 내시가 달려 들어왔다가 안에서 일어난 사태를 알아채고는 다시 밖으로 달려 나갔다.

잠시 후에 밖이 소란했다. "전하! 전하! 전하! 전하!" 목 놓아 왕을 부르는 소리와 곡소리가 섞여서 들렸다.

왕의 죽음은 오래전부터 예견돼 왔던 일이다. 내전에서는 이미 왕의 죽음에 예견하고 준비를 해놓고 있었다. 왕이 건강했을 때 총애를 받던 비빈과 태자와 그 밖에 왕의 자식들이 문밖에서 곡을 했다.

어의가 들어와서 왕의 죽음을 확인했다. 내시가 왕이 입었던 옷을 들고 궁궐의 지붕에 올라갔다. 지붕 위에서 내시는 북쪽을 향하여 '상위복, 복, 복'하고 세 번을 외쳤다. 내시의 외치는 소리로 군중 안의 모든 사람들이 왕의 죽음을 알게 되었다. 동쪽 하늘이 벌게지면서 새벽이 밝아지고 있었다.

날이 새자 상례청이 설치되었고 제관이 장례를 주관하였다.

제관의 지시에 따라서 아라와 큰궁녀는 왕의 옷을 갈아입히고 습하는 일을 도왔다. 왕이 입던 옷을 벗기고 향나무 삶은 물에 수건을 적셔서 온몸을 닦았다. 시신의 머리를 감기고 빗기는데 머리털이 한 움큼 빠졌다. 빠진 머리털을 정성스레 낱올을 가려서 모았다. 그리고 손톱 발톱을 깎아서 함께 함에 싸서 넣었다. 시신의 맨몸에 손을 대는 일은 아라가 했고 큰궁녀가 곁에서 도왔다. 그 외의 일은 다른 사람이 했다.

가야왕국

왕의 죽음을 사방에 알리러 사자가 떠났다.

신하들은 태자의 즉위를 의론했다.

아라과 큰궁녀는 시신을 수습한 뒤 어디론가 병사들에 의해서 끌려갔다.

"어디로 데려가시는 것이옵니까? 저는 한시라도 임금님의 곁을 떠날 수가 없습니다." 아라가 영문을 몰라서 물었다.

"나는 모르오, 명에 의해서 데리러 왔을 뿐이오."

무슨 일이 있는가? 큰궁녀에게 물어보려 했으나 큰궁녀는 다른 사람이 와서 먼저 데려갔다고 했다.

대답해 주는 궁녀는 아라를 안됐다는 듯 슬픈 눈으로 바라봤다.

병사는 아라의 눈을 가리고서 왕의 무덤 공사를 하는 뒤편 대나무 숲으로 데려갔다. 낮인데도 숲이 빽빽하여 외부의 빛이 잘 닿지 않아 어두컴컴했다. 스르륵 스르륵 대나무 사이를 스치는 바람 소리가 스산하게 들렸다. 그곳에는 한두 사람이 거처할 수 있게 대나무로 만든 초막이 여러 채 지어져 있었다. 초막에는 아라보다 먼저 붙잡혀 온 듯, 사람 소리가 들렸다. 울음소리도 들렸다. 아라는 그중 한 곳에 갇혔고 끌고 온 병사 둘이 그녀를 지켰다.

순장자를 잡아들이라는 명은 왕이 숨을 거두면서 바로 떨어졌다. 책임을 맡은 군장은 미리 병사를 보내서 대상자를 감시하고 있었다. 그런데 당초 남자가 열두 명, 여자가 여덟 명으로 스무 명이었는데 열다섯이 더 늘어난 것이다.

"어찌 순장자가 는 것인가?"

군장이 전갈을 하러 온 전령에게 물었다.

"내가 어떻게 알 수가 있겠소이까? 위에서 지시하는 대로 전할 뿐입니다."

추가할 인원으로 대장장이, 토기장인, 목수, 군졸, 농부와 어부, 마부 등 남자와 죽은 왕을 수발할 궁녀, 수라간에서 잡일을 하는 여인, 왕이 입을 어의를 지어 올릴 여인 등 여자를 합하여 열다섯이 늘어난 것이었다. 이 중에서 누구를 정할 것인가? 대상자를 정하여야 하는데, 왕을 측근에서 모셔야 할 궁중의 여인은 내시부에서 정할 일이지만 나머지는 일반 백성으로 채워야 하므로 그것은 군장의 소관이었다.

큰궁녀는 아라가 궁에 들어오기 전에 왕의 곁에서 수발을 들어왔으나 왕의 병이 장기간 이어지고 만약 숨을 거둔다면 자신이 순장을 당한다는 사실을 알고 있었기에, 미리 손을 써서 일반 백성 중에서 궁녀를 선발하도록 해놓고 안심하고 있었는데 갑자기 잡혀 오게 되어 어리둥절했다.

"이건 아니야, 내가 아니고 저 작은 아이, 아라를 잡아가야지 왜 나를 잡아가는 것이냐?" 궁녀는 잡혀가면서 앙탈을 부렸다.

붙잡혀 와서도 궁녀는 자신은 억울하다고, 뭔가 잘못되었다고 계속 병사에게 항의를 해댔다. 그녀는 믿는 구석이 있었다. 천관을 찾아가서 다른 궁녀를 데려가도록 부탁해 놓았고 아라를 자신의 대타로 정해 놓았는데 일이 잘못된 것이라고… 몸이라도 자유로우면 천관을 찾

가야왕국

아가서 하소연해 볼 텐데 갑작스레 붙잡혀 왔으니 발만 동동 구르는 수밖에 없었다.

그녀는 순장자로 자신이 추가된 이유가 천관이 '왕의 죽음이 길어지면서 하늘의 별자리가 뒤숭숭하다고, 별자리를 보강하여야 한다며 순장자를 더 늘려야 한다.'고 한 것 때문인데도 그에 대해서는 전혀 생각지 못했다.

토기장이 노인의 집으로도 날이 새기 전 새벽에 군사들이 닥쳤다.

궁에서 사람이 필요하다고 데리러 나왔다.

노인은 짐작하고 있었다. 왕의 죽음이 임박하다는 사실은 만천하에 알려진 사실인데 궁에서 사람을 데리러 왔다는 것은 왕과 함께 순장할 자를 잡으러 왔다는 말이다. 궁에서 필요한 것은 토기인데 토기장이를 왜 데리고 간다는 말인가 그것도 새벽같이 와서… 노인은 자신의 운명을 직감했다.

토기장은 병사를 조용히 한켠으로 불렀다.

"토기장이 몇 사람 필요하다고 하든교?"

"한 사람만 데려오라고 하드이다."

"나이가 많아도 상관이 없다카든교?"

"나이에 대해서는 말이 없었소. 이 집에 토기장이 젊은 사내하고 늙은이, 두 사람이 있는 것으로 아는데 그중 한 명을 데려오라 했소."

할배는 자신의 짐작이 맞다고 생각했다. 그는 물이 대신 자신이 가기로 결심했다. 아라를 보내놓고도 그리 가슴이 아팠는데 만약 물이가 또 순장조로 붙잡혀 간다면 자신은 살아있지 못할 것 같았다.

자식 같은 놈인데… 자식을 죽게 내버려 두고 어찌 남아서 혼자 살아가겠는가? 딸 같이 키운 아라가 붙잡혀 갔을 때도 죽을 것 같은 아픔을 견디며 살아왔는데 어찌 또 물이를 보낸단 말인가? 살만큼 살은 내가 가야 한다. 목에서 참았던 기침이 터져 나왔다. 노인은 쿨럭쿨럭 튀어나온 가래를 길게 뱉었다.

"물이야, 내 잠시 궁에 갔다가 오꾸마. 기다리지 마라."
"무슨 일인데 그라요? 밤길인데 같이 가몬 안 돼요? 할배."
잠에서 덜 깬 물이가 밖에서 두런거리는 소리를 듣고 문밖을 내다보며 말했다. 물이는 아직도 사태를 짐작하지 못하고 있었다.
"아이다. 내를 궁에서 보자카이 내가 갔다 오꾸마. 니는 집이나 지키고 있거라. 혹시 내가 며칠 안 돌아오더라도 찾지는 말거라. 그냥 궁에 있는 걸로 생각하거라. 내가 없는 동안에 가마에 불 꺼뜨리지 말고… 참 그거, 토우 만들던 거 아인나?"
"갑자기 토우는 와요?"
"그거 앞으로 마이 쓰일 기술이니까 열심히 연마해 놓거라." 할배는 전에 승려가 하루 머물면서 토우 이야기한 것을 기억하고 기술을 연마하고 있었다. 물이에게 물려주려고 하였는데 미처 다 가르쳐주지 못했다.
"자, 그만하고 갑시다." 병사가 재촉했다.
노인은 몇 가지 당부를 더 했다.
"물이야 인자는 밤에 피리 불지 마라. 들어주는 사람이 없을끼네."
"뭔 소리 하능교 할배, 염려 말고 조심해서 다녀오이소."
할배는 돌아서면서 북받쳐 오르는 눈물을 억지로 참았다. 기침이 심하게 났다. 목이 터질 듯했다. 쿨럭쿨럭.

가야왕국

잡혀 온 순장자들은 3일 동안 대나무숲에 갇혀 지냈다. 영문도 모르고 붙잡혀 온 자들이 순장이 된다는 사실을 알고는 억울하다고 울부짖었다. 자신의 죽음을 받아들이기가 어려웠다. 아무리 왕이라 하지만 왜 왕이 죽는데 백성이 따라 죽어야 하는지 이해가 되지 않았다. 그 대상이 자신이 된 데 대한 억울함이 북받쳤다. 순장자 중에 왕의 가족이나 측근 신하는 아무도 없었다. 따라서 죽는다면 살아생전 왕으로부터 총애를 받고 은혜를 받았던 그들이 먼저여야 하는데 붙잡혀 온 자들은 살아생전 왕의 얼굴조차도 보지 못했던 우매한 자들뿐이었다. 그러나 그들의 통곡이나 억울함을 들어주는 사람은 아무도 없었다. 울부짖는 소리가 대나무숲을 흔들 정도였으나 그들을 감시하는 사람들에게는 단지 소음이었고 죽은 왕에 대한 불경한 소리였다. 대나무숲에서 일어나는 일을 병사는 군장에게 보고하였고 군장은 집사장에게 보고를 했다. 집사장은 제관과 의론을 했다.

"왕을 따라 죽는 것을 영광으로 생각하여야 하거늘 억울하다고 하는 것은 하늘이 정한 법도를 거역하고자 하는 것입니다."

제관은 오히려 순장자의 아우성을 나무랐다.

"그러면 저들을 죽여서 입을 다물게 하여야 하는 것인가?"

"아직은 죽여서는 안 됩니다. 초혼을 한 지 3일이 지나지 않았습니다."

"3일을 기다려야 한다는 말이지."

"복, 복, 복 외치고 3일을 기다리는 동안 죽은 혼령이 돌아오실지 모르는 것이니 기다리는 것이지요. 그동안에는 저들을 살려놓아야 합니다."

집사장은 난감한 표정을 지었다.

"너무 시끄러우면 하늘이 노할 것인즉 그것도 좋지 않습니다…. 입에 재갈을 채워놓으시지요."

"그리하면 먹는 것은 어찌하면 좋겠는가? 사흘 동안 굶길 수는 없지 않은가?"

"첫날은 한 끼를 주고, 어차피 죽을 자들이니 둘째 날은 굶기고 셋째 날에 죽이십시오. 죽일 때 절대 소리가 나지 않도록 해야 합니다. 또 피가 하늘에 비쳐서도 안 됩니다. 비명 소리가 하늘에 들리고 하늘에 피칠을 하게 되면 그 또한 좋지 않은 일입니다."

집사장은 군장을 불러서 제관이 일러주었던 말을 지시했다.

"죽일 때는 명주 끈으로 목을 매어 졸라라. 오늘 한 끼만 주고 내일부터는 굶겨라. 힘이 빠지면 우는 소리도 잦아들 것이다."

순장자에게는 시래깃국에 밥을 말아서 한 그릇씩 돌렸다.
죽은 왕의 입에는 쌀을 세 숟가락 떠서 넣어주었다.
"저승길 먼 길 떠나시는데 이것 잡숫고 힘을 내어가소서."

3일째 되는 날 순장자는 하나씩 끌려 나와서 제각기 자기가 묻힐 구덩이 앞에 꿇어앉혔다. 손은 뒤로 결박된 채 눈은 천으로 가렸다. 자리를 잡자 명주로 된 노끈이 목에 채워졌다. 양쪽에서 한쪽 씩 끈을 잡고 있는 병사가 단단히 끈이 매여 있는지 당겨본다. 순장자가 움찔했다. 으으~ 소리를 지르며 몸부림을 치자 병사가 목덜미를 눌렀다. 윽~ 순장자는 꼼짝할 수가 없었다. 끽소리조차 낼 수가 없었다.

가야왕국

목이 눌린 채로 집행관의 명령이 떨어질 때까지 기다려야 했다.

아라는 목이 눌린 채로 부모의 얼굴을 떠올렸다. 저세상에 가면 부모를 만날 수가 있을까?

그런데 부모의 얼굴이 떠오르지 않는다. 마을에는 불이 나고 동네 사람들이 이리저리 쫓겨 다니고 어느 여인이 아이를 끌고 가다가 손을 놓아 버렸다. 아이는 여인의 손을 놓치지 않으려고 울부짖었다. 여인은 뒤도 돌아보지 않고 가버렸다. 버리고 간 것인지 잃어버린 것인지 분간하기는 어려웠다. 아라는 그 여인이 자신의 엄마라는 생각이 들었다.

그런데 얼굴도 기억이 나지 않는데 저세상에 가서 만나게 된들 알아볼 수가 있을까? 아버지는 얼굴은 물론이고 모습조차도 알 수가 없었다.

물이 오라버니의 얼굴이 떠올랐다. 들로 강으로 데리고 다니면서 산딸기를 따서 먹어보라고 했고 작은 물고기를 잡아서 손에 얹어주기도 했다. 강둑에 앉아서 피리를 불어주었다. 궁중에 잡혀갔을 때 그 피리 소리를 듣고 오라버니의 모습을 그리워하기도 했다. 할배의 얼굴도 떠올랐다. 물을 대접에 떠가면 콧등에 흙을 묻힌 채 '어 시원하다.' 하며 벌컥벌컥 마시던 아버지 같은 우리 할배. 할배는 흙 묻은 손으로 머리를 쓰다듬으며 '우리 아라 시집보낼 때 혼수 그릇은 걱정하지 말아라. 할배가 다 장만해줄끄다.' 했다. 그럴 때 오라버니는 '할배요 아라 시집보내지 마소. 아라는 내하고 살거라예'하고 삐졌다.

죽을 때까지 할배 모시고 오라버니랑 같이 살려고 했는데 이렇게 죽게 되는구나 생각하니 억울하기 짝이 없었다. 아라는 그 할배도 바로 옆에서 순장감이 되어 같이 운명을 기다리고 있다는 사실은 까맣게 모르고 있었다.

병석에 누워있던 왕의 모습도 생각났다. 저세상에 가서도 왕이 되어 이승에서처럼 백성을 다스릴 수 있을까? 저승에 가면 왕의 병은 나을 수 있을까? 내가 죽는 왕을 따라 죽는다면 이승에서처럼 왕을 수발할 수 있게 될까?

하늘나라에는 왕이 참 많을 것이라는 생각이 들었다. 그 많은 왕들이 하늘을 다스리고 땅을 다스리는데 왜 이 세상은 편히 지내지 못하고 서로 못 잡아먹어서 으르렁거리는지….

나무껍질처럼 앙상하게 말라버린 왕의 팔과 다리는 맥이라고 없이 그저 몸에 달려 있는 채 건드리는 대로 덜렁거렸다. 뼈마디는 옹이처럼 불거져 나왔고 겨울 나뭇가지처럼 앙상했다. 눈동자는 초점을 잃고서 먼 곳만 바라보았고 무슨 소리인 듯 말을 하려 하나 목구멍에서는 가래 끓는 소리만 들렸다. 왕의 사타구니에서는 항상 구리고 지린내가 났다. 그 썩은 내 나는 구석을 하루에도 몇 번씩 닦아내고 말렸다. 성한 살덩이라고는 사타구니 사이에 달린 것밖에 없는 듯했다.

불알을 들추고 사이에 낀 냄새 나는 찌꺼기들을 닦아내려 손을 대자 속에 감추어져 있던 고추가 갑자기 벌떡 일어났다. 순간 아라는 무엇에 댄 것 같은 화끈함을 느꼈다 여태껏 느껴보지 못한 짜릿한 감정이었다. 아랫도리에서 무엇인가 쏟아졌다. 정신이 몽롱하고 눈앞이 아득했다. 마치 구름을 타고 하늘을 오르는 느낌인데 숨을 쉴 수가 없었다. 컥컥거리면서 발버둥을 쳐보지만 목덜미가 눌려서 꼼짝하지 못했다. 장정이 목에 걸린 끈을 잡아당긴 것이었다.

순장자들은 그렇게 숨을 거두었고 숨이 끊어지자 장정 두 명이 팔

가야왕국

다리를 들어서 제각기 그들이 들어갈 구덩이 속으로 옮겼다. 아라는 왕의 옆에 파놓은 구덩이에 넣었고 토기장 노인은 왕의 발치 아래 파놓은 큰 구덩이에 넣었다. 토기장의 시체 위에 다른 시체가 덮였다. 순장자들의 주검은 그렇게 차곡차곡 쟁여졌다.

우륵은 왕이 죽었다는 소식을 전해 듣고 금을 꺼냈다.

"무엇을 연주하시렵니까?" 이문이 갑작스런 스승의 행동에 의아해서 물었다.

"임금께서 돌아가시니 그냥 있을 수가 없지 않으냐?"

"…?"

"내게 가야의 노래 12곡을 지어 바치라 하셨는데 들어보지도 못하고 가셨구나."

"예, 애석하게도…"

"조금만 기다렸어도 다 만들 수 있었는데… 비록 가까이서 듣지는 못하시지만, 저세상으로 가시는 길에 듣고 가시라고 연주해야겠다. 마침 상가라도가 완성이 되었으니 그 곡으로 송별을 해야겠구나."

"소녀는 어찌하오리까?"

"너도 소복을 갖추어 입고 나오너라."

"예, 알겠습니다."

우륵은 대청에다 판을 벌였다. 이문은 소복으로 갖추어 입고 우륵 앞에 섰다.

우륵이 뜯는 금의 소리가 낭낭하게 울려 퍼졌다.

"옛날 옛적에~ 가야산의 산신 정견모주政見母主가 천신 이비가夷毘訶의 감응으로 아들 둘을 낳았다. 첫째 아들은 머리가 해와 같이 빛이 나서 뇌질주腦窒朱

일^日이라 하였고 둘째는 하늘처럼 푸르러서 뇌질청예^{腦窒靑裔}라 불렀다~ 뇌질주일은 대가야를 다스리는 왕이 되었고 뇌질청예는 아래로 내려가 가락국을 세웠다. 정견모주는 아비가를 모실 때 홍류천 맑은 물에 목욕재계하고 꽃가마로 변한 가마바위를 타고 갔다. 한배에서 두 아들을 낳아 모두 시조왕이 되니 사람들은 가야산을 신의 땅이라 불렀다. 아~ 신의 땅 가야여~"

이문은 우륵이 타는 금^쪽 가락에 맞추어 너울너울 춤을 추었다. 남자의 정기를 아는 이문의 춤사위는 천신도 희롱에 넘어갈 정도였다. 너울너울 사뿐사뿐 흐느적거리는 몸매는 농염한 몸짓인가, 가녀린 여인의 한이 서린 것인가… 이문은 한 마리 학이 되어 천상에 올랐고 천사가 되어 천신과 함께 춤을 추었다.

한바탕 신들린 듯하던 우륵의 연주가 끝이 났다.

"이문아, 네 춤 솜씨가 한층 깊어졌구나."

"부끄럽사옵니다. 스승님 덕분이옵니다."

"어허~ 아직도 스승님이더냐?" 우륵은 이문이 자신을 부르는 호칭을 나무랐다. "아직은…" 이문은 얼굴이 빨개지면서 고개를 돌려 말했다.

"아직은 정이 모자라서 그런 모양이다. 더 깊은 정을 쌓다 보면 호칭도 바뀌겠지."

"그런데 죽은 임금께서 스승님의 노랫소리를 들으셨을까요?"

"들으셨을 것이다. 학을 타고 천상으로 가는 것을 보았느니라. 왕은 원래 신의 아들이니 천상으로 가서 잘 사실 것이다."

"모주는 어찌하고요?"

가야왕국

"모주는 여기를 떠나지 못하느니라. 가야산을 다스리는 신인데 여기를 지켜야지 하늘에 어찌 오를 수가 있겠느냐? 모주가 지키는 이곳은 천년만년이 지나도 가야 땅으로 남아 있을 것이다."

왕의 시신은 죽은 지 5일째 되는 날 입관하였다. 6일째 되는 날 태자가 왕으로 즉위하였고 7일째 되는 날 발인을 하였다. 다섯 달 동안 빈소에 안치한 후에 입관하는 절차였으나 한 달을 하루로 셈하여 5일을 기다렸다가 입관을 한 것이다. 또 입관 전에는 태자라 하더라도 관을 쓸 수가 없으므로 입관까지 미루었다가 6일째 되는 날 즉위식을 가진 것이고, 일곱 달이 지나면 육체와 분리된 혼이 하늘나라로 떠난다 하여 날수로 7일째 되는 날에 발인을 한 것이다.

왕이 누워있는 관에는 큰 새의 깃털을 꽂았다. 큰 새는 망인을 하늘나라 태우고 갈 길잡이라고 믿기 때문이었다. 망인을 태운 상여는 꽃으로 장식을 했다. 상여는 양옆으로 열 명씩 상여꾼들이 맸다. 비빈과 왕자와 종친들이 상여에 매인 무명 끈을 붙잡고 곡을 하면서 따랐다. 대소 신료들 이 그 뒤를 따랐다. 하루 전에 즉위식을 마친 왕은 궐문까지만 배웅하고 상여를 따라가지 않았다. 백성들이 멀찍이서 뒤를 따르면서 울었다.

상여는 느릿느릿 움직여서 동트기 전에 시작해서 해가 중천에 떴을 때 능소에 도착했다. 상여가 도착했을 때에 순장자들의 시체는 이미 썩어가고 있었다. 파리들이 어디서 냄새를 맡고 모여들었는지 윙윙거렸다. 사람들이 한 손으로 코를 막고 한 손으로는 파리 떼를 쫓았다. 살아생전부터 왕을 수발했던 큰궁녀와 아라는 왕이 누울 자리 옆에 자리를 마련하여 안치했다.

다른 순장자들은 왕이 묻히는 아래쪽을 넓게 파서 머리를 왕 쪽으로 두고 왕을 둘러싸고 뉘었다. 왕이 누울 자리는 돌로 곽이 짜였고 순장자가 묻히는 자리는 맨땅이었다. 왕의 관이 하관할 때 사람들은 엎드려 통곡을 했다. 곡소리는 멀리서도 들렸다. 먼발치서 광경을 보고 있는 백성들은 들판에서, 길에서 엎드려서 울었다.

물이는 할배가 밤중에 궁중에서 나온 병사에게 붙잡혀 간 지 이틀이 지나도 소식이 없자 찾아 나섰다. 도항리 나루터 객줏집까지 가봤으나 객줏집은 문이 닫혀있었다. 사람들은 객줏집의 양주(兩主)가 궁에서 나온 병사들에 의해서 붙잡혀갔다고 했다. 물이는 그제서야 비로소 할배가 순장자로 잡혀갔다는 사실을 알게 되었다.

이런 세상이 있나… 아라도, 할배도 모두 순장자가 되어 왕을 따라서 죽게 되다니… 사람들은 그것이 백성으로서 할 일이고 죽어서도 왕을 모실 수 있으니 보람된 일이라고 말을 하나 그것이 어째서 보람이란 말인가… 억울해도 이처럼 억울할 수가 없었다. 물이는 대나무 숲으로 할배를 찾으러 갔다. 대나무 숲은 병사들이 지키고 있어서 들어갈 수가 없었다. 물이는 집으로 돌아와서 며칠을 통곡했다. 울다가 지쳐서 잠이 들었다. 멀리서 곡소리가 바람을 타고 들리는 바람에 잠에서 깨어났다. 산등성이 능선에 줄지어 있는 능이 석양을 받아서 들녘까지 그림자를 길게 드리웠다.

장례 행사를 다 마쳤는지 곡소리도 그쳤다. 물이는 마루턱에 걸터 앉아서 저물어 가는 들녘을 바라보다가 피리를 꺼내 들었다.

삐리리 삐삐~ 물이의 피리 소리가 들녘에서 산으로 거슬러 올라가면서 퍼졌다. 물이의 피리 소리는 악기 소리가 아니었다. 피를 토하는 울부짖음이었고 단장을 끊어내는 고통의 소리였다. 피리 소리와 함께 순장자들의 아우성도 같이 들렸다. 대나무 숲에서는 바람이 일었다. 바람은 먹구름을 몰고 왔고 시간이 지남에 따라 폭풍으로 변했다. 울부짖음과 아우성이 폭풍 속으로 들어가 천둥 번개가 쳤다. 폭우가 왕의 무덤에 쏟아졌다. 무덤은 아직은 떼도 덮지 않은 맨살이었다. 무덤을 지키는 병사들이 나뭇가지와 풀을 베어와서 무덤을 덮었다. 비는 풀잎 사이로 세차게 스며들어 흙을 쓸어내렸다.

비는 그렇게 밤새 퍼부었다. 궁중에서는 천둥소리를 듣고 새로 즉위한 왕과 신료들이 모여서 저승길 떠난 대행왕의 신변에 무슨 일이 일어나지나 않는가 걱정을 했다.

새 왕

새로 즉위한 왕 앞에 할 일이 산더미처럼 쌓였다. 죽은 대행왕의 장례는 시간이 지나면서 잊혀지는 것이지만 매일 같이 새로이 들어오는 보고는 산 사람의 삶에 관한 절실한 문제였다. 폭풍이 치고 장마가 져서 강둑이 무너졌다는 보고는 간밤에 들어온 것이다. 큰물에 민가가 물에 잠기고 사람이 떠내려갔다고 왕이 눈을 뜨자마자 내관이 보고를 했다.

이재민들을 관아로 수용했는데 설사를 하는 사람들이 속출하고 있다는 보고도 들어왔다.

"전염병이 퍼지는 듯하니 성안에 백성이 드나들지 못하도록 궁궐문을 잠가야 합니다." 신하가 말했다.

"그러면 백성은 저대로 놔두어도 된다는 말인가?"

"시간이 지나면 물이 빠질 것이고 백성이 죽을 만큼 죽으면 전염병도 물러갈 것이옵니다."

왕은 대책도 아닌 대책을 내어놓고 허락을 기다리는 신하가 한심스러웠다.

"백성이 다 죽고 나면 왕인들 무슨 소용이 있을 것이며 그대들 신료들도 백성 없이 살 수가 있겠는가?"

"그렇지만 임금이 없는 백성이 어디 있고, 임금과 신하의 몸이 성해야 백성의 삶도 유지되는 것이기에 드리는 말씀이옵니다."

신하는 제 몸 걱정을 하고 왕은 백성 걱정을 했다.

"그러한가? 그대가 하는 말이 옳은 것인지 과인은 잘 모르겠다. 그런데 대행왕께서 장례를 치르는 날 천둥 번개가 치고 폭풍우가 몰아쳤는데 하늘나라에 가시는 길은 무사하신지 모르겠구나?"

"천관의 말로는 자미원의 자리가 수상하다고 하였습니다."

"천시원이 흩어지면 자미원이 불안해진다고 하여 종자를 많이 딸려보내지 않았느냐? 자미원이 불안하여 폭풍우가 몰아친 것이 아니더냐?"

"… 하문하시는 것은 소신들의 소관이 아니라서… 천관을 불러 물으소서"

"알았다, 무엇을 물어도 시원한 답이 없구나, 물러들 가라."

왕에게는 죽은 대행왕의 장례 문제보다도, 큰물이 져서 백성이 피해를 당했다는 문제보다도 더 심각한 문젯거리가 있었다. 바로 백제의 침공에 대처하는 문제였다. 백제는 다사강 건너 대사지역(하동)까지 진출 마을 몇 개를 접수하여 백제 땅으로 편입을 시켜버렸다.

가야는 이에 대해서 손을 쓰지 못하고 있었다. 백제의 침공은 죽은 대행왕 시절부터 시작되어 온 일이었다. 왕이 병중에 있었으므로 태자가 대책회의를 주재하면서 소국들에 동원령을 내렸으나 소국들은 핑계만 댈 뿐 영이 먹혀들지 않았다. 소국들은 자신들의 코가 석 자였다. 백제군이 강너머까지 진출하였으니 자타^{子他}(진주)까지 진출하는 것은 시간문제였고 그리되면 강 건너의 탁순국과 안라국, 고사포국도 무사할 수 없었다. 존폐까지 걱정해야 할 지경이니 대가야의 지시에 따를 경황이 없었다. 황산강 동쪽의 탁기탄(양산)이나 비지국(창녕)의 입장도 마찬가지였다. 언제 신라의 공격을 당할지 전전긍긍하는 형편은 다른 소국 들과 마찬가지였다.

후유~ 왕이 답답해서 한숨을 내쉬는 중에 신하가 건의를 했다.

"전하께서 장가를 드시는 것을 한번 생각해 보시지요?"

"장가를 간다고? 어디로 말이냐. 백제로? 아니면 신라로 말인가?"

신하의 건의는 다소 뜻밖이었다. 전쟁으로 나라의 존폐를 걱정해야 하는 판인데 장가를 들라 하다니…?

"나는 부인이 있지 않으냐?"

왕은 태자 시절에 이미 결혼을 했었다.

"정략적으로 결혼을 하시라는 것입니다. 백제든 신라든 결혼으로 가족이 된다면 어느 한쪽의 침략을 받으면 처가의 나라에서 도와주지 않겠사옵니까?"

"… 정략적으로 결혼을 한다고? 그리되면 처가 되는 나라에서는 침략은 않을 테고… 다른 나라가 침략한다면 처가 나라가 도울 테고… 나쁘지는 않은 일인데…"

"과거 백제가 그렇게 한 적이 있사옵니다. 백제의 동성왕은 고구려의 침공을 받았을 때 신라 왕실의 여인을 왕비로 맞아들여 두 나라는 서로 도우면서 고구려군을 물리친 적이 있사옵니다."

"있었지… 나도 알고 있는 일이다."

"그런 전례로 보아 전하께서 청혼을 하셔보시지요."

가야왕국

"그래? 그럼 어느 쪽으로 해야 하는가? 신라로 아니면 백제로?"

"신라와 혼약을 하는 것이 나은 일입니다. 백제는 지금 강을 건너와서 진을 치고 있으니 믿을 수가 없습니다."

"흠~ 신라 왕실과 혼인을 한다? 나쁘지는 않겠다. 어찌하든 살아남는 것이 중요하니 추진을 해보라. 사신이 갈 때 선물을 가득히 준비해 가는 것이 좋을 것이다."

가야는 신라 왕실에 청혼을 하기 위하여 특사를 보내는 한편 전쟁에 대비하여 왕궁을 둘러싸고 있는 산성을 대대적으로 보완하는 공사를 벌였다.

법흥왕

   원종^{原宗}은 지증왕이 늦은 나이에 얻은 아들이다. 원종은 14세에 지증왕의 뒤를 이었는데 이가 곧 법흥왕이다. 지증왕은 자신의 나이가 많아서 아들이 어린 나이에 왕위를 이어받을 것을 걱정하여 후견인으로 군부의 실력자 이사부를 중용하였던 것이다. 법흥왕은 즉위하자마자 병부의 권력을 강화하였다. 그때까지 귀족들은 자신들의 권한을 행사하기 위하여 각자의 영역에서 군사를 부리고 있었는데 이를 병부에서 일괄 통제하도록 하고서 이사부에게 그 일을 맡긴 것이다.

   병권만 강화한 것이 아니라 상대등 자리를 신설하여 왕의 실질적인 권한을 강화하였다. 상대등은 신하 중에 제일 높은 급의 자리로서 그로 하여금 6부 촌장을 상대하고 화백회의를 주재하게 함으로써 명실상부 왕은 6부 촌장의 위에 군림하며 권한을 행사할 수 있었다. 법흥왕은 강화된 왕권을 바탕으로 여러 가지 개혁정책을 펼쳤다.

   지방마다 달리 운영되는 통치 체계를 왕명으로 일원화하도록 법제화하여 율령으로 반포하였고 신하들에게는 관등에 따라 의복을 차별하여 입도록 하여 관리의 기강을 확립하였다.

   한편으로 왕은 불교를 통하여 민심의 지지를 얻어 정책을 뒷받침하

                         가야왕국

도록 하였다. 불교는 법흥왕 이전 이미 고구려를 통하여 민간에 전파되었고 왕실 내에서도 믿는 사람이 많았는데 귀족들의 반대로 공식화되지 못했다 이에 대해서 특히 반대하는 세력은 왕에 못지않은 권력을 행사하는 서라벌의 귀족과 새로이 신라에 편입된 지역의 유력 지도자들이었다.

귀족들이 내세우는 명분은 자신들이 믿고 있는 토속신앙이나 전통에 배치된다는 것이다.

"어찌 우리 같이 고귀한 신분이 천한 것들과 한곳에 섞여서 예불을 올릴 수가 있다는 말인가?"

"죽어서 사람이 어찌 우마로 태어나고 견공이 어찌 사람으로 태어난다는 말인가? 말도 안 되는 소리다."

"이승에서 우리가 조상을 받들고 가문을 지키려고 하는 것은 저승에서도 잘 살기 위함이 아닌가? 고귀한 신분은 타고나는 것이고 저승에 가서도 그 신분이 유지되는 것인데 죽어서는 모든 것을 잃게 된다는 것은 우리가 잘살고 있는 것이 배가 아파하는 소리다."

그들이 믿는 내세관은 불교의 교리와 크게 차이가 났다. 그들은 조상신을 받들면서 죽어서도 이승에서 누리는 고귀한 신분과 영화가 저승에 가서도 이어진다고 믿고 있었다. 그리하여 저승으로 갈 때 종자를 데리고 가고 곡식과 재물을 챙겨가는 풍습을 이어왔는데 불교는 그러한 가치관을 확 뒤집어 놓는 것이었다. 그들은 법흥왕의 아버지 지증왕 대에 순장제도를 폐지할 때도 극구반대를 했다. 그런데 그것도 모자라서 이제는 죽어서는 이승에서 살아가던 모든 것을 잃게 된다는 석가^{釋迦}의 교리를 믿으라 하니… 백성들 사이에서 암암리에 전해지고 있는 것까지는 어쩔 수 없으나 왕실에서조차도 여인을 중심으로 믿어오다가 이제는 공식적으로 이를 받아들여 국교로 삼겠다 하니 그냥 지나칠 수 있는 일이 아니었다.

순장제도의 장례 관습도 이들 사이에서 완전히 폐지된 것은 아니었다. 왕명에 따라서 어쩔 수 없이 토우를 만들어 사람 대신 매장을 하긴 하지만 종자가 해야 할 일을 어찌 토우가 대신한다는 말인가…?

그들의 골수에 박힌 생각은 바뀌지 않았다. 그리하여 그들은 사람은 매장하지 못하더라도 마·소 등 사람 일을 대신할 수 있는 가축을 죽여서 같이 매장하였다. 말은 죽은 사람이 생전에 나들이할 때처럼 위용을 보이게 하기 위함이고 소는 아랫사람이 하는 농사를 대신하고 개는 망자를 호위한다는 데 의미를 두어 함께 매장하였다.

가야왕국

이차돈

왕은 서라벌에 큰 절을 짓고자 하였다. 그런데 신하들의 반대가 너무 극심해서 공사가 진척이 되지 않았다.

"조상을 모시지 않고 석가를 모시는 것은 조상에 대하여 불효를 저지르는 것입니다. 나라가 나서서 어찌 불효를 가르치려 하십니까?"

"불교를 믿는 것이 어찌 조상에게 불효를 하는 것이란 말인가?"

"부모가 돌아가시면 저승에 가셔서 살아계실 때처럼 잘 지내시도록 돌보아 드리는 것이 후손들이 해야 할 일입니다. 불교는 가문과는 상관없는 먼 나라 귀신은 섬기면서 자신의 조상에 대하여는 소홀히 하라고 가르치고 있습니다."

"불교는 죽은 조상을 소홀히 하라고 가르치지 않는다."

"조상이 죽으면 마, 소나 가축으로 태어나고 심지어는 벌레로 태어난다 하니 조상을 이리 막 대해도 되겠사옵니까?"

"그것은 모든 살아있는 것은 서로 돌고 도는 윤회 과정을 거친다는 불교의 교리를 가르치는 것이지 결코 죽은 조상 모시기를 소홀히 하라고 하는 것이 아니다."

"소신들은 사람이 죽어서 그러한 윤회를 거친다는 것이 이해가 되지 않습니다. 살아생전에 고귀하게 지내던 조상님들이 죽어서도 신분에 맞게 지내셔야 하는데 불교는 사람이 죽으면 모든 것을 다 내려놓고 빈손으로 간다고 하니 이는 말이 되지 않사옵니다. 조상을 잘 모셔야 후손이 잘되는 것이옵니다."

"불교를 믿는 것은 조상에게 제사를 모시는 것과는 차원이 다른 것이다. 불교의 교리는 사람이 살아가면서 알아야 할 보편적인 진리를 가르치는 것이다."

"불교의 교리는 사교(邪敎)에 지나지 않사옵니다. 그러한데 서라벌 가운데에 크게 불당을 지어놓고 이를 숭배하라고 하는 것은 잘못된 일이옵니다. 명을 거두어 주소서."

불당을 짓는 일을 멈추어 달라는 상소가 서라벌 귀족들 사이에서 빗발쳤다. 왕은 어쩔 수 없이 불당 짓는 일을 멈추고 큰 고민에 빠졌다. 이런 때에 왕실의 일을 맡아보는 사인(舍人)의 직에 있는 이차돈이라는 젊은이가 왕에게 찾아와서 건의를 하였다.

"전하, 불당을 짓는 일은 전하의 큰 결단이 필요한 일입니다. 우매한 백성들이 부처님의 가르침을 몰라서 저리 반대하는데 소신이 목숨을 바쳐서 저들을 깨우치는 데 역할을 하겠사옵니다. 부디 역사를 중단하지 말아 주시옵소서."

왕은 뜻밖에 젊은 인사가 나타나서 돕겠다 하니 그 뜻이 가상하기도 하고… 큰 원군을 얻은 듯했다.

"무슨 방법이 있는가? 저들의 반대가 보통이 아니니 심히 우려가 된다."

"신의 목숨을 거두시어 불당을 지으소서."

"그게 무슨 말인가? 살생을 금하는 것이 불교의 교리이거늘 불자된 자로서 어찌 왕이라 해도 함부로 백성의 목숨을 거둘 수가 있다는 말인가?"

"소신 부처님을 받드는 불제자로서 부처님의 가르침으로 세상을 밝히고자 하는데 어찌 목숨이 아깝다고 하오리까. 보다 큰 뜻을 위해서 목숨을 바치고자 하오니 부디 소신의 목숨을 거두어 주시옵소서."

"아무리 부처님의 말씀을 가르치기 위하여 하는 일이라도 그렇지 아무런 잘못도 없는 사람의 목숨을 앗아서 불당을 짓는다는 것은 석가님의 뜻이 아닌 듯하다."

"아니옵니다. 이내 목숨은 부처님의 가르침에 비하면 모래알보다 작은 것이옵니다. 작은 것을 희생하여 보다 큰 뜻을 이룬다면 이보다 더한 영광이 어디 있겠사옵니까? 부디 신의 뜻대로 하소서."

왕은 몇 번에 걸쳐서 완강히 거절하였으나 이차돈의 논리에 결국 설득당했다.

"정히 그대의 뜻이 그러하다면 어떤 방법으로 하는 것이 좋겠는가?"

"불당을 짓는 데에 반대하는 신하들을 모으소서. 그리고 이렇게 하소서."

"…"

소곤소곤… 이차돈은 자신이 생각하고 있는 바를 왕에게 은밀히 전했다.

왕은 다음 날 어전회의에서 이차돈의 문제를 꺼냈다.

"내, 사람이 죽으면 축생으로 태어나기도 하고 축생이 사람으로 태어나기도 한다는 등 요망한 소리를 하고 다니는 자가 있어 붙잡아 오라고 하였다. 죽어서도 귀천이 있는 법인데 죽으면 모든 것을 내려놓고 빈손으로 간다고 하고… 내 그자를 그냥 두어서는 인륜이 무너지는 것이라 생각되어 그자를 죽이려 한다. 그대들은 어찌 생각하느냐?"

왕은 신하들 앞에서 그들이 평소 주장하던 논리를 추켜세워 주었다. 신하들은 이제야 왕이 정신을 차리나 보다고 생각했다.

"잘하시는 일이 옵니다. 그런 말도 안 되는 소리가 더 퍼지기 전에 그런 자는 벌을 주어 경계를 해야 합니다."

"승려가 되면 부모 형제와도 인연을 끊고 지내야 한다니 그것이 어찌 사람으로서 사는 도리라 하겠습니까? 인륜을 저버리는 그런 일을 백성들이 본받을까 두렵습니다. 당장 붙잡아다 목을 베소서."

신하들은 모처럼 왕이 자신들의 편을 들어주니 득의 만만해서 성토를 해댔다.

왕은 신하들의 말이 끝나기를 기다렸다가 내금위장을 불러서 명을 내렸다.

"그 이차돈이라는 자를 끌고 오너라."

왕의 명령에 따라 건장한 젊은이 하나가 내금위장에 의해서 끌려왔다. 젊은이는 임금의 앞인데도 조금도 거리낌이 없는 당당한 자세로 조정의 중신들과 마주했다.

왕은 신하들 앞에서 직접 젊은이를 추국했다.

"네 어찌 요망한 소리를 하고 다니느냐? 너는 조상도 부모도 없느냐? 부모와 조상을 받드는 것은 인륜의 도인데도 그것을 어찌 부정하느냐?"

"소승은 석가모니불의 교리에 따름입니다. 석가의 가르침에는 사람이 죽으면 이 세상에서 가졌던 것을 모두 내려놓고 저세상으로 간다고 합니다."

"그럼 저세상에는 귀한 사람도 천한 것도 차별이 없다는 말이냐?"

"그러하옵니다. 저세상에서는 신분의 귀천이 없습니다. 하온데 사람이 생에 집착한 나머지 이 세상에서 가졌던 것을 내려놓지 못하고 저승에 가서도 이승에서와 마찬가지로 부귀영화를 누리며 살고자 합니다. 저승에 가서는 오직 이승에서 살아온 업보만 남게 되는 것입니다. 저승에 가서 이승에서 지은 업보에 대한 대가를 치르고 나서 다음 생에는 축생으로 태어나든지 벌레로 태어나든지 지은 죄대로 태어납니다."

"저런 저런 저놈이… 어느 안전이라고 궤변을 늘어놓는 것이냐?"

"부모도 버리고 오직 부처를 믿는 것이 최고라고? 어디 법이, 어디 그런 법이 있더냐? 석가의 가르침이라는 것이 모두 그런 불칙한 것인데도 너희들 머리 깎은 자들은 그것을 믿는다는 말이냐?"

신하들은 이구동성으로 이차돈을 성토했다.

"저런 자는 살려두어서는 아니 되옵니다. 저런 자들이 괴설을 퍼뜨려 인륜 도덕을 해치고 있으니 즉시 목을 베라고 명을 내려주소서."

이차돈은 신하들의 큰 목소리에 전혀 기가 죽지 않았다.

"죽어 봐야지 저승을 알겠는지요? 석가모니의 말씀을 듣고 깨달음에 이르게 되면 지옥도 천국도 눈앞에 다 보이는 데도 그런 말씀들을 하시는 것이 참으로 어리석기 짝이 없습니다. 정히 제 말이 의심스럽고 못 믿으시겠다면 제가 증명을 해드리겠습니다."

왕은 신하와 이차돈 사이의 논쟁을 말리지 않고 듣고만 있었다. 신하들의 말을 쫓아서 이차돈을 죽이라는 명도 내리지 않았다. 왕은 이차돈과 약속한 일이 있었기에 그에 따라 일을 처리하리라 마음먹고 있었다.

이차돈은 신하들의 항의에 아랑곳하지 않고 자신의 주장을 이어갔다.

"제가 하는 말이 거짓이 아니고 불교가 사교가 아니라는 것을 제가 목숨을 내놓고 증명을 해드리겠습니다. 이 자리서 제 목을 베십시오. 그것으로 증명해 보이겠습니다. 제가 석가님의 참 진리를 가르치다가 죽게 되면 저의 몸에서 흰 피가 솟구치는 기적이 일어날 것입니다. 그러면 제 말을 믿으시겠습니까?"

"저, 저, 말하는 것 좀 보게. 또 우리를 속이려고⋯ 어디 그런 일이 일어나려고⋯?"

신하들은 이차돈의 말을 믿지 않았다. 믿을 수 없는 말을 지껄이니 믿지 않을 수밖에⋯ 불신 가득한 소리가 여기저기서 터져 나왔다.

"어느 안전이라고 또 속이려 드느냐?" 호통을 치는 신하도 있었다.

이차돈은 신하들의 소리를 듣고 있다가 왕에게 건의하였다.

"전하, 소신의 목을 베십시오. 어리석은 자들에게는 눈으로 보여주어야 믿는 것입니다. 당장 저의 목을 베시어 부처님의 참 진리를 보여주소서. 그리고 만약 제 말에 거짓이 없다면 불당을 지으시고 이 나라를 부처님의 말씀으로 다스리는 불국토로 만드시옵소서."

"정녕 네 말에 책임을 지겠느냐? 후회하지 않겠느냐?"

이윽고 왕이 나서서 마지막으로 이차돈에게 다짐을 받았다.

"후회는 없습니다. 오히려 부처님의 참 진리를 위하여 제 한 목숨을 바치는 것을 영광으로 생각하오니 속히 시행해 주시옵소서."

"네 소원이 그렇다면… 부처님의 기적이 이루어지는지 어디 보자."

왕은 한켠에 서서 이차돈과 신하들 간에 설전을 지켜보고 있는 내금위장을 불렀다.

"이 자를 끌고 나가서 목을 베라. 그리고 집행한 내용을 그대로 보고를 하라."

왕은 엄하게 명을 내렸다.

신하들은 왕의 명을 들으면서 긴장했다. 이에 비해 이차돈은 오히려 득의에 차 있었다. 마치 전쟁에서 승리를 한 장수와 같은 표정이었다.

한참 뒤에 내금위장이 얼굴이 상기되어 허겁지겁 들어왔다. 그의 표정은 무엇에 놀란 듯 겁에 잔뜩 질린 것 같기도 했다.

"전하, 전하!"

"어떻게 되었느냐?" 왕은 침착하게 물었다. 신하들은 궁금한 눈으로 바라봤다.

"전하, 크윽!" 내금위장은 목이 메어 크큭거리면서 말했다.

"기적이 일어났습니다. 기적이요~" 목소리가 떨렸다.

"말해보거라."

"죽은 자의 목에서 흰 우유가 솟았습니다. 하얀 피가 키만큼이나 솟았습니다."

"당황하지 말고 자세히 고해 보거라. 네가 말하는 것을 잘 못 알아듣겠구나."

"예, 그자를 데리고 나갔는데 그자는 의연했습니다. 곧 목이 베이는데도 그자는 오히려 웃음을 짓는 표정이었습니다. 그런데 정작 목을 치니 목에서 붉은 피가 솟구치는 것이 아니고 흰 피가 솟구치는 것입니다. 그것도 사람의 키만큼 솟구치는 것입니다. 그 모습을 보고 있노라니 모골이 송연했습니다. 그리고 잠시 뒤에 하늘에서 꽃비가 쏟아지더이다. 참으로 놀라운 광경이었습니다."

내금위장이 전하는 말은 기적과 같은 이야기였다. 설마…? 있을 수 없는 일이 벌어졌다 하니 모두는 입을 다물지 못했다. 다만 왕만은 달랐다. 이차돈이 목숨을 내놓고 큰일을 해냈다고 숙연했다. 왕은 엄숙한 표정으로 말했다.

"자, 너희들이 이야기를 들었느냐? 이차돈은 부처님의 뜻을 깨우치게 하려고 목숨을 바쳤다. 부처의 말씀이 거짓이 아니라는 것을 그는 몸을 바쳐서 증명을 했다. 사람이 죽어서 흰 피를 흘리고 죽는 순간에 꽃비가 내렸다 하니 이를 누가 하늘의 뜻이 아니라고 부정을 할 수 있겠느냐? 이래도 너희들이 불교를 사교라 하고 절을 짓는 일에 반대를 하겠느냐? 아직도 반대를 하는 사람이 있으면 나와봐라."

왕의 목소리는 울분에 차 있었다. 반대하던 신하들은 기적과 같은 이야기를 전해 듣고 놀랐고, 결기에 찬 왕의 모습에서 기가 죽어서 더 이상 반대를 못 했다.

가야왕국

절은 귀족들이 하늘에 제사를 지내는 천경림 숲을 베어내고 터를 닦아 지었고 이름을 흥륜사라 하였다. 왕은 절 공사를 하면서 이차돈이 순교한 사실과 목이 베일 때 흰 피가 한 길이나 솟고 갑자기 하늘이 깜깜해지더니 천둥소리가 나고 꽃비가 쏟아졌다는 이야기를 백성에게 널리 소문으로 퍼뜨리게 했다. 소문 덕에 흥륜사는 왕실의 사찰로서뿐 아니라 부처의 영험한 기운이 뻗친 곳이라고 이름이 나서 많은 백성들이 흠모하게 되었다.

법흥왕은 절 공사를 시작한 뒤 4년 후에 죽고 조카인 진흥왕이 왕의 뜻을 받들어 공사 시작한 지 9년 만에 완공하였다.

가야 왕비

가야왕이 신라 여인을 왕비로 맞아들였다. 가야왕은 당초 신라왕의 딸에게 청혼하였으나 신라 법흥왕에게는 보도 부인과 사이에 딸 하나만 두고 있었는데 그마저도 아직은 혼인을 시키기에는 나이가 어렸다. 그 어리고 눈에 넣어도 아프지 않을 만큼 귀한 딸을 어찌 타국의 나이도 많은 왕에게 시집을 보낸다는 말인가… 눈에 밟혀서 못 할 짓이었다. 대신 신하 중에서 찾아보려 하였다. 그러나 부모 마음은 매한가지, 신하라고 왕의 마음과 다를 리가 없었다. 선뜻 자원하고 나서는 사람이 없었다. 왕비 감이라 하지만 신라 입장에서 보면 가야는 망해가는 나라다. 망해가는 나라에 왕비 자리로 간다는 것이 그냥 빛 좋은 개살구일 뿐이다. 딸의 장래가 불을 보듯 뻔한데… 아무도 딸을 내놓지 않았다. 그런 가운데 마침 이찬 비조부의 누이동생이 어렵게 간택이 되었다.

"어쩌겠느냐? 나라를 위한 일이라 생각하거라."

신라 입장에서는 가야왕과 결혼하는 것은 나라를 얻는 것과 같은 일이었다. 가야왕에게는 아들이 없었다. 왕비에게서 아들만 얻게 되면 그것은 가야라는 나라를 통째로 얻는 것과 같은 일이었다. 더군다나 대가야는 가야의 여러 나라 중 맹주국을 자처하고 있지 않은가… 대가야를 손에 넣는다면 나머지 소국들이 넘어오는 것은 시간문제일 뿐이다. 꼭 나라가 넘어오지 않아도 적어도 지금 백제와 사이에서 가야를 두고 경쟁을 벌이는 와중인데 적의 편은 되지 않을 것이다. 신라왕은 여러 정치적인 계산을 하고서 비조부를 설득했던 것이다.

"오라버니의 입장이 그러하신데 어찌 제가 거절할 수 있겠습니까?"
누이는 기꺼이 오빠의 청을 받아들였다.
"미안하구나!" 비조부는 눈물이 핑 돌아서 차마 누이를 바로 보지 못했다.

신붓감이 정해지자 왕은 비조부와 누이동생을 초치하여 식사를 하면서 당부했다.
"비록 가야로 시집을 가지마는 그대의 뿌리는 신라라는 것을 명심하고 지내야 할 것이야."
"… 어찌 잊겠사옵니까?"
"내 그대에게 선물을 줄 것이다. 그대에 대한 선물이지만 아울러 시집인 가야에 대한 선물이 될 것이다."
"…?"
"가야로 가서 생활하려면 여러모로 불편한 점이 많을 것인즉 이곳에서 지내던 예법대로 생활하도록 사람을 붙여주겠다. 가야왕에게 전하라 데려간 사람들로 하여금 가야 내에 여러 소국들에도 사람들을 보내서 신라의 예법을 전하도록 일러라."

"가야가 신라의 예법에 따라 지내라는 말이신지요?"

"그러하다. 가야는 어차피 신라의 땅이 되어야 할 곳이다. 미리 그대가 가서 신라의 예법을 가르쳐 놓도록 하라."

"가야에는 가야 나름의 전통이 있고 예법이 있는데 그것이 되겠사옵니까?"

"가야왕이 머리가 돌아가는 사람이라면 과인의 말에 따를 것이다. 가야가 청혼을 하는 것은 신라의 침공을 두려워하기 때문이다. 과인은 군사를 동원하여 가야를 정복하기를 원치 않는다. 가야를 온전한 채로 넘겨받고 싶다. 가야가 신라의 예법에 따르게 되면 그때는 가야의 왕도 백성도 다 과인의 백성이 되는 것이다. 지금부터라도 신라의 예법을 배워놓는 것이 좋을 것이다. 과인의 지시가 제대로 이행이 되는지는 수시로 점검을 할 것이다. 가야왕에게 명심하라고 일러라."

왕의 지시는 무엇을 뜻하는 것인가?

가야는 어차피 신라에 정복을 당할 것인데, 신라는 가야를 정복하되 군사를 동원하지 않고 결혼을 통하여 병합하고자 한다는 뜻을 가야왕에게 전하라는 말이었다.

가야는 아직은 엄연히 존재하고 있는 나라이고 격이 신라와 다르지 않은데, 동등한 입장에서 혼사를 하려는 것인데 신라왕은 그것을 무시하고 가야왕을 마치 신라의 신하처럼 대하려고 하는 것이었다.

비조부의 누이는 장차 가야의 왕비가 될 사람인데 그에 대한 예우도 없었다. 신라왕에게 가야의 왕비는 여전히 신라의 백성이었다.

그러나 신붓감은 내색할 수 없었다. 왕이 하는 말은 사실이었고 자신은 왕실의 공주도 종친도 아니고 그냥 평범한 왕의 백성일 뿐이다. 명분은 가야왕의 청혼에 응하는 것이라 하지만 왕의 입장에서는 백성 간에 이루어지는 혼사에 지나지 않았다. 구색만 갖추어 왕실의 혼사라고 이름 지은 일일 뿐이었다.

가야로 향하는 신라의 신붓감 행렬이 길게 이어졌다. 행렬에는 신부를 수발하는 인원 외에 무엇을 하는 사람인지 정체가 분명치 않은 장정들 백여 명이 같이 따랐다. 그들은 신부 일행을 호위하는 호위병들과는 또 달랐다. 신부를 호위하고 가는 병사들은 가야에서 온 병사들이었다.

신부의 긴 행렬은 높은 산을 넘고 깊은 골짜기를 돌고 강을 건너서 가야로 향했다.

외눈박이 대장장이와 쇠돌이가 산등성이에서 굽이진 산길을 돌아가는 긴 행렬을 구경하고 있었다. 나팔 소리가 들리더니 일단의 병사들이 꽃가마를 에워싸고 산모퉁이를 돌아 나오는 모습이 보였다. 가마 뒤로 또 한 무리의 사람들이 뒤를 따랐다.

"저것이 군사들의 행렬이 아닌가? 또 전쟁을 치르려는 것인가?"

"형님 저들은 군사들만 아닌 것 같습니다. 군사들은 꽃가마를 에워싸고 뒤따르는 사람들은 평복 차림으로 가는 것을 보니 사행길인 것 같습니다."

"그래? 나는 군사들만 보았구나. 그렇게 보니 꽃가마도 보이고 뒤를 따르는 사람들이 평복 차림이고…"

"… 아! 맞다. 저 사람들은 신라에서 가야로 시집을 오는 왕비감입니다."

"신라에서 가야로 시집을 오는 왕비감이라고?"

"그런 것 같습니다. 형님, 얼마 전 대처에서 광산으로 들어온 자들이 있는데 그들에게서 들었습니다. 가야왕이 신라에 왕비감을 청혼했다고요."

"그것은 또 무슨 말인가? 가야에는 마땅한 여인이 없어서 그랬다는 말인가?"

"정략적으로 청혼을 한 것이지요. 가야가 신라와 전쟁을 하는 것이 두려워서 신라 왕실의 여인을 왕비감으로 맞이하고자 한 것이지요."

쇠돌이는 가끔씩 대처에서 들어온 광부들에게서 듣는 이야기들이 많았다. 그래서 같은 산속에 묻혀있으면서도 대장장이보다는 세상 돌아가는 형편을 더 알고 있었다.

"그렇다면 이제 전쟁은 끝이 난다는 말인가? 그러면 이 지긋지긋하게 만드는 무기도 안 만들어도 된다는 말인가?"

"쇠쟁이가 쇠를 떠나서 무엇으로 먹고살겠소? 두 나라가 결혼을 한다고 전쟁이 없어지겠소? 가야가 신라에 청혼을 한 것은 신라가 쳐들어올 것이 두려워서 하는 일이지만 신라가 가야를 먹어 치운다면 더 커져서 더 큰 전쟁을 일으킬 것은 아닌지 오히려 두렵소이다."

"그렇다면 더 바빠질지도 모르겠군…. 이놈의 지긋지긋한 전쟁이 언제나 끝이 날까?"

"사람의 욕심이 전쟁을 불러일으키는데 끝이 나기야 하겠소? 형님이나 나 같은 민초들은 바람 부는 대로 그저 시키는 대로 쇠나 두드리면서 사는 것이 타고난 팔자가 아니겠소."

"하기사…"

두 사람은 산등성이에서 행렬이 산허리를 돌아 사라질 때까지 한참을 지켜보았다.

가야왕은 신붓감을 맞이하기 위하여 궐문 앞까지 마중을 나왔다. 그런데 신부를 모시고 온 사람들이 너무 많지 않은가? 왕과 함께 신부를 맞으러 나온 신하들은 의아해했다.

"신부를 따라온 장정들이 왜 저리 많은 거지요?"

"그러게 말이네, 단순히 신부를 수발하기 위해 따라온 사람이라면 여자들이어야 하는데 장정들이 많은 것으로 봐서 혹시 다른 목적이 있는 것은 아닌가?"

"다른 목적이라니요?"

"저들은 장정들이 아닌가? 저 정도의 인원이 한꺼번에 궐내로 들어오면 어떻게 되겠는가. 일시에 궐을 점령할 수도 있지 않겠나?"

"에이 아무려면 신붓감을 보내놓고 그러기야 하겠소? 보아하니 병장기 같은 것은 없으니 그렇지는 않겠죠."

"아무튼 잘 살펴보아야 할 것이야 무슨 짓을 할지 모르니…"

신하들은 자기들끼리 신라에서 따라온 사람들을 두고 수군댔다.

때가 때인지라, 가야의 형편이 결혼을 구걸하면서까지 나라를 지탱하고자 하는 정도에 이르러 있으니 의심을 하지 않을 수 없었다. 저들은 분명 결혼을 축하하기 위해서만 온 사람은 아니었다.

그들은 혼사가 끝이 났는데도 돌아가지 않았다.

다만 왕만은 그들이 무슨 목적으로 온 사람인 줄 알고 있었다.

신혼의 밤에 왕은 왕비에게 물었다.

"왕비를 수행하여 온 사람들이 왜 그리 많소? 혹시 나를 믿지 못해서 무슨 위해를 줄까 봐 호위하러 온 사람들이오?"

"아니옵니다. 마마. 무슨 그런 말씀을 그리하시옵니까? 전하는 저의 평생 반려자이시온데 저가 전하를 믿지 못하다니요?"

"그런데 웬 사람들을 저리 많이 데리고 왔소?"

"저들은, 제가 신라 출신으로 당분간은 이곳 풍습에 익숙지 못하여 도와주려고 온 사람들입니다."

"그렇다고 저리 많은 사람을…?"

"저 사람들은 신라의 왕께서 전하께 드리는 선물입니다."

"선물이라…? 사람을 어디에 쓰라고?"

"저 사람들은 신라의 예법과 풍습에 익숙한 사람들이옵니다. 해서 저와 함께 이곳에서 살면서 신라의 좋은 제도를 널리 전하고자 하는 것이옵니다. 신라왕께서 그리 전하라 하셨습니다. 저들은 저와 함께 지낼 가야의 백성입니다."

"신라왕께서 그리 말했다는 것이지…?"

"예 산하의 여러 소국에도 사람을 보내시어 신라의 제도를 본받게 하심이 좋을 듯하옵니다. 이도 또한 신라왕의 뜻입니다."

"가야에는 가야의 예법이 있거늘… 신라왕이 그리 말을 했다 하니 두 나라 간의 관계를 고려하여 내 그리 하기는 하겠소."

가야왕은 신라왕의 지시가 있었다고 하니 처한 형편이 형편인 만큼 받아들이는 것이 좋겠다는 생각이 들었으나 탐탁치는 않았다.

가야왕은 왕비의 건의를 받아들여서 우선 궁중 신하의 의관부터 바꾸어서 신라의 제도를 따르도록 했다. 그리고 신라에서 온 사람들을 여러 소국으로 보내서 신라의 예법에 따르도록 했다.

한강 유역

한강 유역의 땅은 누구의 땅도 아니었다. 이곳은 백제 땅도 아니었고 고구려 땅도 아니고 신라에 속하지도 않는 그저 이곳 사람들이 예전부터 조상 대대로 농사를 짓고 고기를 잡고 사냥하면서 살던 곳이었다. 그런데도 이 땅에서 백제 고구려 신라 간에 벌어지는 전쟁은 치열했다.

백제는 고구려에 땅을 빼앗겼으니 이를 되찾아야 한다고 전쟁을 벌였고, 고구려는 백제로부터 빼앗은 땅을 지키기 위하여 싸웠다. 여기에 신라는 영토를 확장해야겠다는 욕심에서 전쟁에 가담했다. 나라 간에 각기 전쟁을 하는 이유는 달랐으나 모두 땅을 차지하기 위하여 벌이는 전쟁이었다. 전쟁은 한 치의 양보 없이 계속되었다. 때로는 한 편이 강하면 약한 두 나라가 동맹을 맺어 대항했고 강한 나라를 제압하고 나서는 동맹을 맺은 나라끼리도 이해가 맞지 않아 싸움이 끊이지 않았다.

이사부는 독산성이 바라보이는 산등성이에 서서 아래 벌판에서 고구려군와 백제군 간에 벌어지는 싸움을 바라보고 있었다. 가을 들판은 곡식이 익어 황금빛으로 물들어 있어야 하는데 병사들에 짓밟히고 말발굽에 패여서 군데군데 속살이 드러난 흙빛이었다.

정찰을 나갔다가 온 병사의 보고에 의하면 들판에 곡식으로 쓸만한 것은 찾아볼 수가 없다고 했다. 전쟁 이전 황금 들녘이었던 곳은 농사를 짓던 사람들이 떠나버렸으니 말 그대로 허허벌판으로 변한 것이다. 허허벌판에는 잡초만 무성하고 메뚜기 떼와 들쥐들의 놀이터였다.

병사들은 배고픔을 참으면서도 줄기차게 싸웠다. 그들은 왜 싸워야 하는지 왜 전쟁이 그치지 않는지 이유도 모르고 그저 병장기를 들고 싸웠다. 기병들이 탄 말도 지쳐버려서 동작이 무뎠다. 말은 억지로 끌려나 온 탓으로 비실거렸고 병사들이 휘두르는 창검은 무겁고 무기력했다.

벌써 삼 년째, 아니 싸움의 시작은 이곳에서 싸우고 있는 병사들의 몇 대조에서부터 시작되었는지 병사들은 알기가 어려웠다. 전쟁은 잠시 잠잠해지는 듯하다가도 몇 번을 이어지면서 지금까지 계속되어 왔다. 전쟁을 시작하였을 때는 가을이 무르익는 때였다. 들판의 곡식이 누렇게 익고 하늘이 푸르고 바람이 선선히 불고 있는 때였다. 들판에는 아직 수확을 거두기 전이었다. 곧 있으면 수확할 철인데 어느 편에선가 먼저 들판에 불을 지르면서 싸움이 본격적으로 시작되었다. 싸움은 새벽녘에 시작하여 밤늦도록 계속되었고 이튿날도 그 이튿날도 계속되었는데 어느새 계절을 넘기고 해를 넘겼다.

계속된 싸움에서 어느 날인가부터는 성의 주인이 바뀌었다. 백제군에서 고구려군으로 또 고구려군에서 백제군으로 여러 차례 성의 주인이 바뀌었다. 사람들은 고구려군이 물러갔으니 또 백제군이 퇴각하였으니 싸움이 끝난 줄 알았다. 그러나 싸움이 끝나가는 중에 이번에는 신라군이 참전하였다.

신라군은 백제군을 편들기 위하여 참전한 것이라 하였지만, 신라군 또한 싸움의 다른 한쪽 이해 관계자였다. 그들도 이 땅을 차지하기 위하여 참전한 것으로서 싸움의 이유가 고구려와 백제와 다르지 않았다. 신라군의 참전으로 백제군이 승기를 잡고 성을 탈환했지만 얼마 지나지 않아서 후퇴했던 고구려군이 다시 지원군을 더 받아 침공하였다. 백제군과 신라군도 군사를 더 지원했다. 그렇게 들판의 색깔이 여러 번 바뀌고 몇 해가 지나도 싸움은 그치지 않고 계속되었다.

언제 끝이 날지 모르는 싸움에서 죽어나는 것은 병사들이었다. 기약 없이 오래 끌다 보니 본국에서의 지원도 시원치 않아 병사들은 굶어가면서 버텨야 했고 사기가 말이 아니었다. 병사들은 설렁설렁 대충대충 싸우는 흉내만 내다가 몇 명 군사가 다치고 나면 곧장 뒤돌아 후퇴했다. 한쪽에서 기세를 몰아 공격해 오면 상대는 기꺼이 물러나 주는 것이었다. 그렇게 일진일퇴만을 반복하고 있으니 싸움이 끝날 리가 없었다.

'보급이 제대로 되지 않겠구나… 그런데도 열심히들 싸우는구나…'
이사부는 이들의 싸움에 끼어들지 않고 관망하고 있었다. 양쪽 군사들이 지쳐서 더 이상 싸울 힘이 남아있지 않았을 때 한꺼번에 공격한다면 쉽게 승리할 수 있을 것이라고 생각했다. 전쟁은 몸을 써서 하는 것이 아니라 머리를 써서 하는 것이라는 사실을 이사부는 오랫동안 전쟁터를 다니면서 경험으로 터득했다.

이사부가 우산국을 복속시키고 동해안을 평정하였을 때는 한창 젊었을 때의 일이었다. 이사부는 활약은 그에 그치지 않고 위쪽으로 더 뻗었다. 고구려에 복속하던 예맥의 땅도 정복하여 신라에 복속시켰다. 이사부의 젊은 날은 전쟁을 통하여 다져졌고 이를 통하여 명성을 날렸다. 그로 인하여 그는 병부령 벼슬에 올랐음에도 여전히 전쟁터를 떠나지 않았다. 이사부의 나이 이제 예순을 넘겨 허연 수염이 얼굴을 덮고 있는데도 전쟁은 이사부를 쉬게 만들어주지 않았다. 이사부는 백제군과 고구려군이 한창 한강 유역에서 전투를 벌이고 있을 때에 군사 3천을 이끌고 전투에 참여하였다.

　"앞으로 전투의 양상이 어떻게 되겠는가?"
　"고구려군이 이기지 않겠사옵니까?"
　이사부를 곁에서 보좌하는 젊은 장수 사다함이 망설임 없이 대답했다.
　"그리 보는가?"
　"병부령께서는 어찌 보시는지요?"
　"…"
　이사부는 즉답을 해주지 않았다. 뭔가를 더 생각하는 듯했다.
　"두 나라 군대가 다 같이 지쳐있습니다. 고구려의 군대가 조금 더 나은 것 같아서 말씀을 드렸습니다."
　사다함이 자기의 말에 상사가 반응하지 않자 설명을 덧붙였다.
　"전쟁은 언제 끝이 나겠는가?"
　이사부의 말은 사다함의 말에 대한 대답이 아니었다.
　"쉽게 끝이 나지 않을 것 같습니다."

　　　　　　　　　　　　　　　　　　　　가야왕국

"끝나지 않을 전쟁에 승패를 장담할 수 있겠는가?"

"…?"

"전쟁은 겨울이 와야 끝이 날 것이야. 우리가 전쟁에 끼어들어야 끝이 난다는 말이네."

"아, 네 우리가 도와야…" 그제서야 사다함은 병부령이 즉답을 하지 않은 이유를 눈치챘다.

역시 전쟁터에서 일생을 보낸 노장수의 판단은 달랐다.

"그럼 백제의 승리로 끝이 나는 것이옵니까?"

"그리되겠지, 하지만 나는 저들이 좀 더 지칠 때까지 전투에 끼어들지 않을 것이네."

"어찌 그러십니까? 지금도 저들은 많이 지쳐있는데, 지금 백제를 돕는다면 백제가 이길 것이 아니옵니까? 그리되면 백제를 도우러 온 우리의 임무는 성공한 것이 아니옵니까?"

"허허, 자네는 그리 생각하는가. 이 전쟁을 우리가 백제를 도우러 온 것으로 생각하는가? 이 전쟁은 우리의 전쟁이라고 생각하지는 않는가?"

사다함은 오늘 병부령이 묻는 말을 종잡을 수 없었다. 병부령은 사다함에게서 대답을 듣기 위하여 질문을 하는 것이 아니었다. 노장수는 젊은 장수에게 가르침을 주기 위하여 질문을 던지는 것 같았다.

"우리가 여기 온 것은 백제가 우리에게 구원을 요청하여 온 것이긴 하나 저들이 탐하는 저 땅은 우리에게도 필요한 것이니 결국 이 전쟁은 우리를 위한 전쟁이라는 말이네. 그러니 좀 더 기다리자는 것이야."

"아, 네, 저들이 좀 더 지쳤을 때 한꺼번에 싹쓸이하자는 말씀이시군요."

"그렇지 신중히 기다리자는 말이네. 겨울이 닥치면 먹지 못한 병사들이 추위를 어찌 또 견디겠는가. 겨울이 되면 우리가 이 전쟁에서 반은 이미 이겨놓은 것이네. 그때까지 병사들을 잘 먹이고 훈련을 시켜놓게 말 먹이도 많이 확보를 해놓도록 하게. 말이 건강해야 전쟁에 승리할 것이네."

"예, 알겠습니다. 분부 이행하겠습니다."

겨울이 닥치자 이사부의 말대로 적들은 저절로 쓰러졌다. 매일 두 나라의 진영에서 시체 태우는 연기가 매캐하게 솟았다. 이사부의 군대는 그해 겨울 어렵지 않게 성내로 진입할 수 있었다. 성을 접수한 후 얼마 지나지 않아서 왕은 이사부를 서라벌로 불러올렸다. 이사부는 성을 떠나면서 젊은 장수 사다함은 다음 장수로 오는 주진^{朱珍}을 보좌하도록 성에 남겨놓았다.

젊음은 있으나 노련함이 부족해 아직은 경험을 더 쌓아야 해, 그래야 이 몰아치는 풍랑을 헤쳐 나갈 수가 있지… 노장군은 사다함을 자신의 다음 세대로 키우기 위해서는 더 단련되어야 한다고 생각했다.

阿 利 斯 等

아리사등

대가야가 신라의 왕비를 맞이하고 신라의 예법을 받아들이는 등 친신라 정책을 폈지만 가야의 소국 중에는 이에 대해 반감을 가지는 곳도 여럿 있었다. 바로 탁순국과 안라국이었다. 두 나라는 대가야 왕의 지시라 어쩔 수 없이 받아들이긴 하였지만 탐탁지 않게 생각했다. 탁순과 안라의 입장에서는 백제와 왜의 눈치를 보아야 하는데 신라 조정에서 보낸 사람들이 신라의 복장을 하고 궁중 안을 휘젓고 다니니 볼썽사나웠고 눈에 거슬렸던 것이다.

"엄연히 우리의 법도가 있는데 신라 법도를 따르라고 간섭하다니 참네, 더러워서 못 보겠군!"

"우리가 어디 신라의 속국인가!"

신하들 사이에서는 노골적으로 반감을 드러내는 사람들도 있었다.

단순히 신하들의 불만만이 아니었다. 탁순국에는 왜국 사람들이 수시로 드나들었다. 탁순국의 포구는 왜국과 교역을 하는 중요한 곳이었다. 이곳을 통하여 가야국의 생산물, 곡물이라든가 덩이쇠, 베, 토기 등이 수출되고 해산물과 짐승털 같은 왜국의 특산물이 수입되고 있었다. 왜국은 자국의 교역을 위하여 상역 사무소를 두었고 왜인들

아리사등

211

이 수시로 드나들었는데 그들도 또한 신라 사람들이 설치고 다니며 이리저리 간섭해대니 의아해하고 불쾌해했다. 왜국은 그렇지 않아도 신라가 탁순국을 침입하지 않을까 염려하여 자국민을 보호한다는 명분을 내세워 병사를 주둔시켜 놓고 있었다.

신라에 대하여 반감을 갖는 것은 안라의 입장에서도 마찬가지였다. 안라국은 백제의 눈치를 보느라 신라의 제도를 받아들일 수가 없었다. 다사강(섬진강) 건너 대사지역(하동)에는 진즉부터 백제군이 주둔해 있었다. 백제는 기문(남원) 땅에서 왜와 합세한 대가야군을 쫓아낸 이후에 계속하여 다사강 너머에도 군대를 진출시켰다.

백제의 성왕은 즉위 이후 아버지 무령왕의 유지에 따라 한강 유역 고토 회복을 최우선적인 국가 목표로 정했다. 그러나 백제의 혼자 힘만으로는 고구려를 상대하기에 역부족이었다.

역대 백제왕들은 언제나 고구려를 상대할 때 신라와 왜, 가야의 도움을 받았다. 신라와 동맹을 맺든가 왜국에 사절을 보내서 지원군을 요청하든가 가야와 연합군을 편성하여 고구려를 상대하였다.

동성왕 시대에는 신라 왕실의 여인을 왕비감으로 맞아 국혼을 맺어 동맹관계를 맺기도 했다. 그러한 동맹관계는 뜻하지 않게 백제 내에서 반란이 일어나 왕이 살해되고 이후 무령왕이 왕위에 오름으로서 소원해져 있었는데 무령왕의 아들인 성왕이 즉위하고 신라와의 관계를 회복하기 위하여 노력한 결과 한강 유역 전투에 신라를 끌어들일 수 있었다.

가야왕국

또 한편으로 고구려와 전투를 하기 위해서는 후방의 안정이 필요했다. 과거 근초고왕은 고구려와 전투를 벌이기 전에 남해안 일대 소국들인 침미다례 세력을 평정하는 등 마한 세력을 제압하고 외교적 노력으로 변한 가야국과 왜국의 지원을 받아 연합군을 편성하여 평양성을 공격 고구려의 고국원왕까지도 죽이는 성과를 내었는데 이번에도 고구려를 상대하기 위해서 가야국을 평정해 둘 필요가 있었다.

백제왕은 기문에서 왜국의 반군인 키노(木氏)와 합세한 가야군을 몰아낸 이후에도 이를 빌미로 다사강 동쪽을 넘어 걸탁성까지 진출하였다. 가야의 변방지역 소국 들은 백제의 군사들과 대적하기는 역부족이었다. 걸탁성까지 진출한 백제군이 이웃해있는 사물국(史勿)(사천)이나 다라국(多羅)(합천)을 복속시키는 데는 시간문제였다. 안라국 또한 이들 나라와 별반 다르지 않은 운명이었다. 안라국의 입장에서는 백제의 진출을 눈감아주면서 백제의 심기를 건드리지 않기 위하여 협조적으로 나아가야 하는데 신라 사람들이 와서 간섭을 해대니 부담이 되지 않을 수 없었다.

탁순왕 아리사등(阿利斯等)은 신라의 불순한 의도를 간파하였다.

"저들은 신라가 보낸 첩자가 분명하다. 이것은 신라가 약속을 어긴 것이다!"

아리사등은 신라에 대하여 배신감을 느꼈다. 당초 대가야 이뇌왕이 신랑 왕실 여인을 왕비로 맞은 것은 가야연맹의 소국들을 신라의 침공으로부터 보호하기 위한 정책적인 이유에서였다. 그래서 신라 사람들을 받아들이고 그들의 의관을 입고 예법을 따랐던 것인데, 신라 사람들이 하는 짓이 눈에 거슬려도 나라의 존망에 관계되는 일이라 참아왔었는데 신라가 이를 핑계로 삼아서 나라의 사정을 염탐하러 온 것이라 생각하니 속았다는 생각이 들었다. 잘못하다가는 나라를 생으로 넘겨주는 일이 벌어지지 않을까 위기감이 들었다.

"당장 신라인들을 돌려보내라!" 탁순왕 아리사 등은 신라인들에 대하여 추방령을 내렸다. 신라인들은 그날 밤으로 배에 태워져 자국으로 송환이 되었다.

이 소식을 들은 신라 또한 가만히 있지 않았다. 신라가 대가야왕의 청혼으로 신라 여인을 왕비로 보낸 것은 가야가 신라의 부마국이 되어 스스로 신하국임을 자처하고 숙이고 들어올 것으로 생각했다. 대가야뿐 아니라 가야의 소국들도 대가야를 따라서 자연스럽게 신라에 복속해 올 것이라고 기대하고 있었는데, 그래서 신라의 복제를 갖추어 입도록 하고 예법에 따르도록 하였던 것인데, 신하의 보고에 의하면 그러한 기미가 전혀 보이지 않는다는 것이다. 오히려 몇몇 나라에서는 신라의 조치에 대하여 거부감을 가지고 노골적으로 반감을 드러내고 있다는 것이었다.

신라왕은 상황이 기대했던 것과 다르게 진행이 되니 달리 행동을 해야겠다고 마음먹었다.

"상대등과 대장군을 들라 하라."
왕은 상대등과 병부령 이사부를 불러들였다.
"내가 가야의 요구를 들어주어 가야왕과 신라 여인과의 혼인을 허락하였다."

가야왕국

"가야왕은 전하의 깊은 뜻을 받들어야 할 것입니다. 두 나라의 우의가 더욱 깊어지도록 가야왕은 노력해야 할 것이옵니다." 왕의 말에 상대등이 허리를 깊숙이 숙이면서 대답했다.

"왕비를 보낼 때 시종 100명을 딸려 보낸 것은 그들로 하여금 가야의 소국으로 가서 신라의 좋은 예법을 가르쳐주어 따르게 하도록 하기 위한 것이 아닌가?"

"그러하옵니다. 저들이 전하의 뜻을 받아들이지 않고 있는 것이 안타까울 따름입니다."

"하여서 나는 방법을 달리하기로 마음먹었다."

"그리하소서. 저들이 전하의 뜻을 스스로 깨닫기는 어려울 것입니다. 저들에게 전하의 신하가 되는 것이 자신들에게 이롭다는 것을 가르쳐주소서."

"나는 불자로서 되도록이면 사람을 많이 죽이지 않는 방법으로 나의 뜻이 이루어지기를 바랐다. 무슨 좋은 방법이 없겠는가?"

"어찌 풍습이 다르고 이해가 다른 나라를 속국으로 만들고자 하는데 무력을 동원하지 않을 수가 있겠습니까? 저들의 군사는 허약합니다. 전하의 뜻을 헤아려 군사를 동원하더라도 피해를 최소화해서 저들의 항복을 받아내겠사옵니다." 이사부가 대답했다.

가야의 소국들은 스스로 나라를 지킬 힘이 부족했다. 그들은 나라에 변란이 있을 때 대가야가 중심축이 되어 어려움을 극복해 왔다. 그런데 그 중심축이 기울어져서 구실을 할 수 없게 된 형편인데 소국이 어찌 스스로 버틸 수가 있겠는가? 이사부는 자신이 판단한 생각을 건의했다.

"약간의 병사들만으로 저들을 전하의 백성으로 만들겠나이다." 이사부의 목소리는 자신에 차 있었다.

"과연 전쟁터를 누비던 장수다운 말이다. 전쟁은 빨리 끝내는 것이 좋다."

"명심하겠나이다."

탁기탄(양산 지역)은 신라와 고개 하나를 사이에 두고 경계하고 있었다. 이사부는 정예 3천의 군사를 꾸려서 탁기탄의 고개를 넘었다. 탁기탄의 군사는 이사부의 명성만 듣고서 벌벌 떨었다. 탁기탄의 항복을 받아내는 데에는 이틀이 걸리지 않았다. 이사부는 탁기탄 왕의 항복을 받아내고 바로 이웃한 비지국(창녕)을 공격했다. 비지국 역시도 기세등등한 이사부의 군사 앞에 얼마 버티지 못하고 항복했다.

탁기탄에서 강을 건너면 바로 가락국이고 비지국(비사벌)에서 강을 건너면 대가야국이다. 전쟁의 바람은 곧바로 이들 나라에도 불어닥쳤다. 입술이 떨어져 나갔으니 바로 잇몸으로 매서운 바람을 맞아야 했다. 강을 사이에 두고 이들 나라 사이에 전쟁의 긴장이 감돌았다.

이사부는 곧바로 강을 건너지 않았다. 정복당한 탁기탄과 비사벌의 왕과 왕족들이 신라에 붙잡혀 갔다는 소식이 이미 강 건너에도 전해졌을 터이고 그것만으로도 가야의 소국에서는 어찌해야 하는지 가르침이 되는 것이니 이쯤에서 그들이 어떻게 나오는지 기다려 볼 작정이었다. 때가 되면 봄눈 녹듯이 하는 것이 세상사의 이치인데 서두를 것이 없었다.

가야왕국

별자리

신라군이 곧 쳐들어온다고 하고 백제군은 나라 안으로 들어와 있다고 하는데 물이는 피난 갈 생각을 하지 않았다. 물이는 날마다 대나무 숲을 찾아서 피리를 불어댔다. 할배는 병사들에게 붙잡혀 가면서 만들지 못한 토기를 유품으로 남겨주고 갔다. 토기는 평소 할배가 만들던 그릇이 아닌 배 모양, 집 모양, 수레바퀴 모양, 짐승의 모형과 여러 가지 상형 토기들이었다. 무엇에 쓸려고 만든 것인지 용도를 알 수 없었다. 할배는 이것을 어디에 쓰려고 만들었을까?

어린애들이 소꿉장난하기 위하여 만들었다고 보기에는 모양이 너무 예쁘고 정교했다. 정성이 많이 든 토기들이었다. 상형 토기뿐만 아니라 할배는 사람 모양의 토우도 만들어 놓았다. 토우의 모양도 갖가지 형태였다. 근엄한 자세로 서 있는 사람, 슬픈 표정을 짓고 있는 여인, 바닥에 퍼질러 앉아서 통곡하는 모양, 춤을 추는 여인, 악기를 켜는 남자, 표정도 갖가지였고 동작도 여러 모양이었다.

그것들은 죽은 사람을 위하여 소용되는 것이라는 것을 물이는 한참 뒤에야 알게 되었다. 시위하듯 근엄한 표정을 짓고 있는 사람은 죽은 사람을 저세상까지 따라가서 지켜줄 시종이었고 죽은 사람을 위하여 슬퍼하는 여인과 저세상에 가서도 죽은 사람을 즐겁게 하기 위하여 악기를 연주하고 춤을 추는 사람이었다. 여러 형상으로 만든 토기는 저세상에 갈 때 타고 갈 배였고 수레였고 저세상에서 살 집이었다. 할배는 사람이 죽었을 때 아무리 그가 고귀한 신분이라 하더라고 산 사람을 데리고 가는 것은 잘못된 일이라고, 여러 가지 조형물을 만들어 둠으로써 항의를 한 것이었다. 죽은 자를 위하여 따라서 죽게 되는 자들의 억울한 원혼을 풀어주기 위하여 만든 것이라는 것을 물이는 훗날에 알게 된 것이었다.

물이는 할배가 남겨둔 물건들을 망태에 짊어지고 왕들의 능이 있는 뒤편 대나무 숲으로 갔다. 숲속에서 할배의 유품을 가지런히 진열해 놓고 피리를 불었다.

삐리리 삐리 삐리 피리 소리가 숲을 울리자 토용들이 하나둘 살아나서 움직이기 시작했다. 여인은 춤을 추었고 악공은 악기를 연주했다. 슬픈 표정의 여인은 땅을 치면서 통곡했다. 죽은 자를 태우고 갈 배가 띄워졌고 수레가 굴렀다.

물이의 피리 소리가 대나무 숲 안에 가득 차자 숲이 울음소리를 냈다. 스스스 스스스 숲의 울음소리가 통곡하는 소리와 뒤섞여서 아우성을 쳤다. 웅웅웅 쐐쐐쐐 하는 소리가 숲을 벗어나 하늘로 솟으며 사방으로 퍼졌다. 갑자기 하늘에서 천둥소리가 들리고 벼락이 쳤다. 우르릉 우르릉 쾅!

천둥소리에 능을 지키던 병사들이 기겁을 했다. 이게 무슨 일인가? 마른하늘에 날벼락이라 하더니 하늘에는 별이 총총하고 달빛이 밝은

가야왕국

데 벼락이 치고 천둥이 울리다니… 괴변이 일어난 것이라 생각했다.

병사의 보고를 받은 군관이 급히 말을 달려서 궁중에다 고했다.

"큰일 났소이다. 돌아가신 대행왕의 능 뒤편 숲에 벼락이 치고 천둥이 울리니 이를 어찌하면 좋겠소이까?"

당직을 서던 사관이 잠에서 덜 깨어나 눈을 비비고 있는데 대행왕의 능에 벼락이 치고 천둥이 울렸다 하니, 천둥 벼락이 쳤다면 자신도 들었을 것인데 자신은 그 소리를 듣지 못했다. 당직 사관은 밖으로 나와 하늘을 쳐다보았다. 하늘에는 별빛이 총총하고 달빛이 훤한데 대체 무슨 소리를 하는 것인가?

"네가 헛것을 보았는가? 헛소리를 하는 것인가? 하늘이 저렇게 멀쩡한데 천둥 벼락이라니!" 당직은 보고하러 온 군관을 질책했다.

"아니옵니다. 하늘이 맑은데 능에만 벼락 천둥이 치니 이상하지 않으오이까? 이상한 생각이 들어서 이렇게 달려왔나이다."

"… 진정 대행왕의 능소에만 벼락이 쳤다는 말인가? 다른 곳은 이상이 없고?"

"그렇소이다. 병사들도 같이 들었소이다."

"주변을 뒤져보았느냐? 대나무 숲에는 무슨 일이 일어났는지 순찰을 해보았느냐?"

"날이 새면 무슨 일이 일어났는지 주변을 뒤져보겠나이다. 우선은 하도 괴이하여 이렇게 달려왔나이다."

"알았네. 내 이 사실을 윗전에 고할 테니 너는 돌아가서 자리를 지키고 날이 밝는 대로 주변과 대나무 숲에서 무슨 일이 일어났는가를 샅샅이 조사해보거라. 그리고 병사들에게 입조심을 시키거라. 아무 일 없듯이 하고 조사를 해야 하느니라. 행여 돌아가신 대행왕께서 해를 입지 않으실까 염려가 되는구나.”

군관은 돌아가고 당직은 아침에 출근한 집정관에게 사실을 보고하였다.

“그 참 괴이한 일이로고. 하늘은 맑은데 벼락과 천둥이 쳤다니?”

집정관은 그렇지 않아도 나라 안팎이 전쟁이 일어날 것이라는 소문으로 뒤숭숭하여 갈피를 못 잡고 있는 판인데 대행왕 능에 있을 수 없는 일이 벌어졌다 하니 그냥 넘어갈 일이 아니었다. 날이 더 밝아지자 왕에게 보고하고 천관과 제관을 불러서 영문을 물었다.

마지막 떠나는 왕에 대한 제사를 잘못 모셨던가? 어디에 정성을 다하지 못한 것이 있었던가? 제관은 자신이 주제하였던 일을 더듬어 보았다. 딱히 잘못을 지적할 부분이 없었다. 탈이 났으면 무덤 속에 같이 넣은 순장자 중에 문제가 있을 터였다. 순장자는 정결해야 했다. 순장자 중에 죄를 지었다든가 죽으면서 왕에 대하여 원망한다든가 하는 자가 있으면 부정을 탔을 수도 있다. 그러나 죽은 자들은 이미 모두 무덤에 파묻혔으니 이를 확인할 수도 없고… 부정 탄 자를 함께 순장을 하였다면 제관인 자신에게 책임을 물을 것인데 다행이라는 생각이 들었다.

천관은 하늘을 쳐다보았다. 햇빛이 쨍쨍한 맑은 하늘이었다. 바람도 없는 쾌청한 날씨였다. 천관은 한 손을 들어 얼굴에 비치는 햇빛을 가리고 하늘을 휘둘러보고는 말했다.

“천문이 아직 자리를 못 잡은 탓이요. 저 보시오.”

천관은 빈 하늘을 가리켰다. 집정관과 제관이 천관이 가리키는 곳을 바라봤다.

가야왕국

천관이 가리키는 쪽에는 아무것도 없었다. 그냥 빈 공간일 뿐이었다.

"저곳이 꼭 채워져 있어야 하는데 빈 곳으로 있으니 자리가 불안한 것이오."

"…?"

"저곳에 있던 별자리가 모두 흩어져서 마른하늘에 벼락이 치고 천둥이 울렸던 것이오."

집정관은 그곳이 원래부터 빈자리가 아니냐고 물으려고 하다가 천관이 할 대답을 알 수 있을 듯하여 묻지 않았다.

집정관이 물었으면 천관은 '별자리가 모두 흩어졌으니 자리가 모두 빈 것'이라고 대답할 것이 뻔했다.

제관은 천관의 말을 알아들어서 그런 것인지, 가리키는 쪽에서 무엇을 보아서 그런 것인지 애매한 표정을 지으면서 고개를 끄덕였다.

"그렇다면 흩어진 별들을 다시 불러 모아야 할 일이 아니요?"

제관이 물었다.

"그렇지요. 저대로 흩어진 채 놓아두면 하늘나라로 올라가신 대행왕께서 갈 곳을 잃고 방황하게 되어 그로 인하여 땅도 불안하게 되니 속히 별자리를 불러 모아서 달래야 할 것이오."

"그렇게 하면 전쟁도 막을 수 있을 것인가?" 집정관이 두 관이 하는 이야기를 듣고 있다가 물었다.

"대행왕께서 머무르실 자리가 없어져서 불안한데 세상이 어찌 편하기를 바라겠소 서두르는 것이 좋을 것이오."

"그럼 속히 정성을 모아서 제사를 지내야겠군요." 제관이 천관의 말을 받아 말했다.

월광태자

신라에서 온 왕비가 임신을 했다. 임신 소식이 신라에도 전해지자 신라왕은 축하 사절을 보냈다.

왕비가 왕자라도 생산하게 된다면 신라의 핏줄로 가야의 왕계를 이를 수가 있는 것이니 이는 힘들이지 않고 가야를 얻는 일이다. 신라왕의 입장에서는 정략결혼의 1차 목표는 이룬 셈이다. 대가야에 신라의 의복을 갖춰 입도록 하고 신라 풍습을 따르도록 가르쳐 놓았으니 왕자가 신라 사람이 되는 것은 시간문제였다.

그러나 가야의 입장에서는 문제가 좀 복잡했다. 공주라면 별문제가 없겠으나 왕자를 낳는다면 반은 신라인인데, 신라가 결혼을 흔쾌히 받아들인 것을 보면 그 속내가 뻔했다. 왕자로 하여금 가야왕의 대를 잇게 하고 그리하여 가야를 통째로 집어먹겠다는 것이지 않은가?

가야의 신하 중에 가야의 장래를 위하여 이를 염려한 사람도 있었다. 이러한 신하 중에는 왕비가 임신하였다는 소식을 듣고 점쟁이를 찾아가서 아들인지 딸인지를 물어본 사람도 있었다. 그러나 불행인지 다행인지 왕비가 달이 차서 순산한 아이는 남자였다. 아이는 이름을 월광^{月光}이라 짓고 주위의 축복 속에 건강하게 자랐다. 그런데 아이가 아장아장 걸음마를 뗄 무렵 신라의 사신이 와서 신라왕의 지시라면서 '결혼이 잘못된 것이니 파혼을 한다'는 내용을 전했다.

"아니 그게 무슨 소리요? 결혼하여 잘살고 있는데 갑자기 파혼이라니?"

왕과 가야의 여러 신하들은 신라 사신의 폭탄과도 같은 선언에 항의를 했다.

"저희 전하께서 화가 많이 나서 전하라는 말씀입니다."

신라 사신은 허리도 굽히지 않고 뻣뻣한 자세로 거만을 떨면서 말했다.

"도대체 왜 그런 것이요? 사연이나 들어봅시다."

가야의 신하가 왕의 기색을 살피면서 물었다.

"가야를 믿지 못하겠다는 것이오."

"뭘 믿지 못한다는 것인가? 우리가 이렇게 아이도 낳고서 잘살고 있지 않은가?" 왕이 물었다.

"신라에서 보낸 신하들을 쫓아 보냈지 않았소이까? 저희 전하께서는 신라 왕실의 여인을 가야에 보내면서 풍습에 익숙하지 않아 불편해할까 봐 사람을 딸려 보낸 것인데 가야에서는 마치 나라의 일을 염탐하러 온 것처럼 생각하여 쫓아 보냈으니 전하의 마음이 편하시겠습니까?"

신라 사신은 탁순국에서 신라의 신하를 쫓아 보낸 것을 말하는 것이었다.

"어허, 아무리 그렇다고 소니 어찌 사전에 한마디 언질도 없이 일방적으로 결혼을 파한다는 말인가? 이 결혼이 어디 어린아이 소꿉장난하듯 한 것은 아닐 터, 더군다나 나는 한 나라의 왕으로서 신라왕에게 청혼하여 결혼을 한 몸인데 이것은 과인을 무시하는 것이고, 가야를 무시하지 않고서야 어찌 이런 일을…" 가야왕은 사신에게 섭섭함을 토로했다.

"아무리 그러셔도 저희 전하의 마음은 이미 굳어있사옵니다. 저는 이에 대해서 더 이상 할 말이 없고 다만 왕비 마마와 신라의 신하를 데려가기 위하여 온 것일 뿐입니다."

신하들이 웅성거렸다.

"이것은 신라가 우리를 얕잡아보고 하는 짓입니다."

"우리가 의복을 입지 않고 지낸 것도 아니고 우리의 관습에 따라 옷을 입는 것인데 이를 무시하고 신라의 복제를 따르도록 한 것부터가 잘못된 것입니다."

"일찍이 중국 남제의 황제도 복제 문제를 가지고 왈가왈부한 적이 없었소. 신라가 자국의 복제를 따르도록 하고 사람을 100명이나 보내고서 가야의 소국에 대하여서도 그에 따르도록 한 것부터가 처음부터 불순한 의도가 있었던 것이오."

"이것은 신라왕이 자신의 뜻대로 되지 않으니 트집을 잡는 것이오."

그러나 왕비가 임신하였을 때부터 왕자를 낳을 것인가 염려하여 점쟁이를 찾아갔던 신하가 이 광경을 보고 있다가 건의를 올렸다.

"전하 신라왕의 말을 받아들이소서 나라의 장래가 걱정되옵니다."

다른 신하들은 왕이 어떻게 받아들일까 눈치를 살폈다.

일은 신라 왕비를 맞이하겠다고 청혼할 때부터 문제가 기울어져 있었다.

국혼은 가야가 지난날 벌인, 기문 땅을 침범했던 일로 백제에 보복 당하는 것이 두려워 신라의 보호를 받고자 청한 일이고 신라가 이를 흔쾌히 받아들임으로써 이루어진 것인데 일이 이렇게 되고 보니 오히려 신라의 속셈에 놀아난 꼴이 돼 버렸다.

신라는 처음부터 결혼에 뜻을 두기보다는 가야를 손쉽게 먹어 치울 생각을 하였다. 왕비감으로 공주를 보내지 않고 신하의 딸을 보낸 것부터가 가야를 동등하게 대하려는 마음이 없었다. 처음부터 손안에 넣고 주무르다가 속국으로 만들려는 욕심으로 청혼을 받아들인 것인데 그런 속셈도 모르고… 늑대를 피하려 하였는데 오히려 범의 굴로 들어간 꼴이 돼 버렸으니….

그러나 아무리 그렇다고 해도 부부로 몇 년을 살며 아이까지 낳은 형편인데 이를 한마디의 말로써 물리려 하다니 섭섭하고 억울하다는 생각이 들지 않을 수 없었다. 또한 파혼 이후는 어떻게 될 것인지 생각하지 않을 수가 없었다.

"파혼을 하게 되면 왕비조차도 데려가겠다는 말인가?"

"왕자님도 말씀하셨습니다."

"그것은 안 된다!"

왕은 갑자기 목소리를 높였다.

"왕자는 가야 사람이지 신라 사람이 아니지 않은가!"

"전하의 말씀으로는 반이 신라인이라 하셨습니다."

"왕자는 나의 핏줄을 이어받았으니 가야인이다. 왕자는 절대 안 된다."

가야왕이 아무리 이 자리서 화를 내고 억지를 부려봐도 일의 결말은 신라왕의 결정에 달려 있는 것인데 이미 신라왕이 파혼을 하기로 마음을 먹었다 하니 어쩔 수가 없었다. 그러나 왕자까지 양보할 수는 없었다. 왕자를 데려간다는 것은 볼모로 잡아가겠다는 뜻이다.

결국 사신은 왕비와 시종으로 따라왔던 신라의 신하들만 데리고 돌아갔다.

"괜찮겠사옵니까? 사신이 돌아가서 신라왕에게 고하게 되면 신라왕은 보복을 하려 할 터인데…"

신라 사신이 돌아가고 나서 편전에서 앞으로의 일을 의론했다.

"걱정이 안 되지는 않는다. 신라는 짐작하는 대로 군사를 동원할 것이다. 저들은 왕자를 내주더라도 무슨 트집이라도 잡아서 침략의 구실을 만들 것이다. 우리는 준비를 해야 한다."

"어렵지 않겠사옵니까?"

"어려워도 싸워야 한다. 할 수 있는 한 해보아야 한다. 산성을 쌓고 대비해 놓도록 하라."

늦은 밤 왕은 잠을 이루지 못하여 뜰로 나왔다. 하늘에 별이 총총히 떴다.

"흩어졌던 별들이 돌아와서 자리를 잡은 것인가?"

별이 흩어져서 대행왕께서 머무를 곳을 잃어버렸다고 마른하늘에 천둥 벼락이 쳤다지 않았는가, 제사를 모시고 나니 흩어졌던 별들이 제자리를 찾은 것인가….

별빛 외에 아무것도 보이지 않는 한밤이지만 별빛을 등지고 있는 산 능선의 그림자가 괴이하리만큼 선명했다. 왕들의 무덤 봉분이 마치 산봉우리처럼 솟아서 산봉우리인지 봉분인지 깜깜해서 구별되지 않았다. 그 맨 아래 자리잡고 있는 터가 돌아가신 대행왕의 능이다.

하늘에서는 자리를 잡지 못하여 떠돌아다닐지언정 땅 위에 누워 있는 왕의 자리는 조용하고 평안했다. 그 위로 비치는 별빛만이 와글와글 빛났다. 하늘나라가 조용해야 하는데 별빛이 와글거리니 땅이 흔들리는 것이 아닌가?

대행왕을 따라간 백성들은 어찌하고 있는지…. 그들도 자리를 못 잡고 떠돌고 있는 것이 아닌지? 대행왕을 따라간 자들이 죽은 왕을 잘 모셔야 이 땅이 평안할 것인데 순장자들이 잘못하여 대행왕의 노여움을 사서 땅이 어지러운 것은 아닌지? 왕의 생각은 끝도 없이 이어졌다.

다음 날 날이 밝자 왕은 집정관을 불러들였다.
"내가 어젯밤에 잠이 오지 않아서 곰곰이 생각해 본 것이 있소…."
"…?"
"우리가 소홀히 한 일이 있었소."
"어떤 일을 말씀하시는지요?"
집정관은 근래에 일어나는 일이 모두 범상치 않은 일들이라서 왕이 하는 말이 무엇을 뜻하는 것인지 짐작이 가지 않았다. 백제와 전쟁을 벌였던 일을 말하는 것인가? 그것은 이미 오래된 일이다. 대행왕의 장례를 치른 일도 무사히 치렀다. 신라와 국혼이 파혼되어서 그런 것인가? 얼마 전에 대행왕 능에 벼락이 쳐서 불안하게 했던 일을 말하는 것인가? 여러 가지 어려운 일들을 연이어서 정신없이 당하다 보니 무엇에 소홀함이 있었다고 하는지 감이 잡히지 않았다. 한꺼번에 어려운 일들을 처리하려다 보니 소홀한 것이 없을 수가 없었기에 긴장되어 물었다.

"대행왕 능에 벼락이 친 일 말이요."

"예, 돌아가신 대행왕께서 머무르실 별자리가 흩어져서 그런 일이 일어났다고 하여 하늘에 제를 올리지 않았사오니까?"

"그 일에 소홀함이 있는 것 같아서 하는 말이요."

"정성을 다하여 모셨습니다."

"아니오. 대행왕께는 정성을 다하였지만, 대행왕을 잘 모시라고 하늘나라에 딸려서 보낸 순장자에 대해서는 소홀 함이 있었다는 생각이 드오."

"아랫것들이옵니다."

"아무리 아랫것들이라 해도 생목숨을 끊은 일인데 그들에 대해서도 명복을 빌어주어야 할 것이 아니오? 그들이 하는 일이 대행왕을 모시는 일이라면 그들도 마음이 편해야 대행왕을 잘 모실 것인데 그들은 제쳐두고서 대행왕께만 명복을 빌었지 않았소?"

"원래 아랫것들은 제 할 일은 제가 알아서 하는 법입니다."

"그렇지가 않소. 그들도 이승에 가족을 남겨두고서 떠난 것인데 어찌 남은 가족에 대해서 신경이 쓰이지 않겠소? 그로 인해서 대행왕이 불편하시어 편히 쉬지 못하시는 것이니 마른하늘에 벼락이 치고 천둥이 울렸던 것이 아니겠소?"

"하오면 어찌하오리까?"

"대행왕에 대해서 하는 만큼은 못하더라도 그들에 대해서도 명복을 비는 굿을 해주어야 한다고 생각하오. 남은 가족들에 대해서도 편히 잘 지내도록 나라에서 돌보아 할 것이요."

"전하의 뜻이 하해와 같사옵니다."

왕은 무엇인가 더 할 말이 있는 듯 잠시 뜸을 들이다가 이야기를 이었다.

"내 듣자 하니 신라에서는 순장 풍습이 악습이라 하여 오래전에 금지하였다는 말을 왕비에게서 들었소. 이를 어떻게 생각하오?"

"신라에는 신라의 법이 있고 가야에는 가야의 법이 있사온데 어찌 신라의 법이 옳다고 그에 따르오리까?"

"무조건 따르라는 것이 아니오. 내 들어보니 신라의 법도가 확실히 좋다는 것이오."

"그리하오면 조상들을 섬기는 옛 법은 어떠하오리까? 옛 법에 따라 조상을 섬기는 것이 우리의 전통이 아니오이까?"

"나는 순장을 하지 않는 것이 맞다고 보오. 아무리 아랫것들이지만 그들도 엄연히 나의 백성이오. 주인이 죽는다고 해서 무조건 따라 죽게 만드는 것은 너무 잔인한 짓이오. 그들의 입장에서 보면 너무 억울하지 않겠소?"

"그것이 아랫것들의 소임입니다. 그들이 소임을 다 해야 나라가 편안하고 살아있는 후손들이 번창하는 것입니다."

"… 그리 생각하오? 저길 보시오." 왕은 말을 하다 말고 먼 곳 한곳을 가리켰다. 선대 왕들의 무덤이 즐비한 곳이었다. 맨 위 조상의 봉분을 정점으로 층층이 아래로 늘어선 능선이 질서가 있어서 아름다웠다. 능선 뒤에 비치는 가을 햇살을 받아 눈이 부셨다.

"저들 무덤 속에 얼마나 억울한 목숨들이 함께하고 있겠소? 그들이 왕이 죽을 때가 되어 같이 죽어야 한다고 생각하면 그 마음이 어떠하겠소?"

"… 주인을 따라서 죽는 것이 그들에게는 영광이지 아니오이까?"

"영광? 소임? 그런 소리로 저 억울하게 죽은 영혼을 달래줄 수가 있겠소? 만약에 내가 오늘이라도 죽게 되면 백성 중에 누군가가 죽게 되고 또 신하들 중에도 누군가가 따라 죽어야 하오. 대행왕께서 돌아가셨을 때 보니 측근에서 모시던 신하 중에 누구도 돌아가신 분을 따라서 순장되기를 원하는 사람을 보지 못했소. 비빈을 비롯한 가족까지도 멀쩡하게 지내지 않소? 신하들은 대를 이어서 여전히 나를 왕으로 섬기면서 국사를 논하고 있지 않소, 백성들이 그들보다 충성심이 더 하여 순장되기를 원하겠소? 어찌 측근의 신하들은 입으로는 충성을 달고 살면서 순장은 백성들에게만 강요를 하는 것이요? 이를 어찌 생각하시오?"

"… 같이 죽음으로써 선대왕 전하를 보필하지 못하는 것이 부끄러울 따름입니다. 전하! 용서하소서!"

신하는 진실인 듯 작은 목소리로 읊조리면서 울먹이기 조차했다.

"내 아오, 모든 것이 가식이라는 것을… 백성에게는 아랫것의 소임이네, 영광이네, 하는 허울을 씌워서 억울하게 죽게 만들면서도 측근에서 모시던 사람들은 따라 죽지 못하는 것이 부끄럽다고 말로만 충성 어쩌고 하는 것이 모든 것이 가식이 아니고 무엇이겠소? 나는 더 이상 그런 가식을 원하지 않소."

"… 부끄럽사옵니다." 신하는 죽은 왕을 따라 죽지 못한 것이 부끄럽다는 것인지 백성에게 허울을 씌워서 억울한 죽음을 강요한 일이 그렇다는 것인지 애매하게 대답했다. 왕이 생각하기는 신하의 말이

후자일 것이라 생각했다.

"하여서 내가 죽으면 순장하지 말라고 미리 말하는 것이오."

"하오면 신하들은 어찌하오리까? 왕족도 죽으면 순장하고 신하 중에도 지체 높은 이도 죽게 되는데…?"

"공은 아직도 내가 말하는 바를 못 알아듣겠소?"

왕은 목소리를 높였다. 못 알아듣는 것인지 알고도 미련을 떠는 것인지….

"신하들의 반발이 클 것이옵니다. 조상에 대한 예가 아니라고…."

"지금 나라가 망하게 생겼는데 조상인들 대접만 받겠다고 생각하겠소이까? 나라가 망한다면 누가 조상을 돌볼 것이며 누가 나의 제사를 받들 것이오. 나의 뜻이 그러하거늘 공이 이를 널리 전하여 뜻을 모아보시오."

"… 소신 전하의 뜻이 그러하다는 것을 여러 신하에게 전하겠사옵니다."

"내 뜻이 그러하다고 전하는 것에 그치지 말고 지시에 따르기를 원하오."

왕은 어정쩡한 신하의 자세에 일침을 가하면서 자신의 뜻에 신하들이 따르도록 못을 박았다.

안라회의

안라에서 회의가 열렸다. 백제와 신라, 왜가 참석하는 큰 규모 국제 회의였다. 목적은 가야 지역에 진출해 있는 신라와 백제, 왜국의 군사가 물러나도록 중재하기 위하여 안라국이 초치(招致)한 회의였다.

신라왕은 가야국으로 보냈던 시종이 탁순왕 아리사 등에 의해서 쫓겨난 것에 대하여 심기가 많이 상해있었다. 이는 가야국에 대하여 신라의 영향력을 확대하려는 정책에 대한 명백한 반기였다.

신라왕은 대장군 이사부를 불렀다.

"탁순국의 왕이 머리가 나빠서 그런지 주변 상황이 어떻게 돌아가는지 잘 모르는 것 같다."

"비사벌과 탁순국이 신라에 정복당했다는 것을 알고 있음에도 전하의 뜻을 거부하는 것은 저들이 화를 자처하는 것입니다."

"그냥 지나가면 다른 소국에도 좋지 못한 영향을 줄 것이니 이번 기회에 군사를 동원하여 아예 싹 쓸어버려야겠다." 왕은 단호하게 말했다. 그러나 이사부는 잠시 말미를 두고 있다가 생각을 다듬어 말했다.

"… 탁순에 대규모 군사를 보내라는 말씀이십니까?"

"그렇다. 감히…" 왕이 말하는 것으로 보아 크게 화가 나 있는 것 같았다.

"대규모 군사를 동원하는 것은 문제가 좀 있사옵니다."

"어떤 문제인가? 비사벌과 탁기탄을 정벌했을 때처럼 하면 되지 않는가? 그때는 그들이 우리의 군사를 보고 스스로 항복해 오지 않았나?"

"그때와는 다르옵니다. 지금 탁순에는 왜국의 군사들이 주둔해 있습니다. 또한 탁순에 군사를 보내면 이웃 안라국이 위험을 느껴서 탁순국을 지원할 것이고 안라국에는 지금 백제의 군사들이 진출하여 그들과도 한판 싸움을 벌여야 합니다."

"백제와 왜국 안라 3국을 상대로 전쟁을 해야 한다는 말인가?"

"그러하옵니다. 세 나라를 한꺼번에 상대하기는 역부족이옵니다."

"흠, 백제와는 지금 동맹을 맺고서 북쪽에서 고구려군을 상대로 전투를 벌이고 있는데 남쪽에서는 전쟁을 벌이는 것도 또한 문제가 있기는 하다. 좋은 방법이 없겠는가?"

"약간의 시간을 두고 사신을 보내어 왜국을 달래놓은 후에 탁순을 쳐도 좋을 것입니다. 또 전면전으로 가는 것보다 마을 몇 개를 공략한 후에 철수를 한다면 국제전으로 번질 우려는 없을 것이옵니다."

"내 생각해 보마. 전쟁은 그대가 전문가이니 그대의 생각에 따르겠다. 나는 왜국에 사신을 보내겠다."

"소신은 군사를 훈련시키며 만반의 준비를 해놓겠습니다."

신라가 탁순국을 침공하기 위하여 준비하는 동안에 탁순국과 안라

그리고 군대를 주둔시키고 있는 왜국과 백제에서도 신라에서 일어나는 낌새를 눈치챘다.

신라의 팽창은 가야의 소국인 탁순이나 안라국, 고사포국(古史浦)(경남 고성 일대)에도 큰 위험이었지만 이들 나라들과 관계를 맺고 있는 왜국과 백제에도 심각한 문제가 아닐 수 없었다. 왜국은 일찍부터 탁순, 가야, 안라와 무역을 하면서 탁순과 안라 지방에 자국의 상인들을 보호한다는 명분으로 군사를 상주시키고 있었고 백제는 마한 지역을 제압하고 나서 가야 지역에도 영향력을 행사하기 위하여 다사강 너머에도 군사를 진출시켜 놓았던 것이다. 이러한 마당인데 신라가 가야국을 통째로 먹겠다는 의도를 노골적으로 드러내고 있으니 가만히 있을 수가 없었다.

왜국은 탐라국의 요청을 들어준다는 구실로 주둔 군사를 증강했고 백제는 안라에 대한 영향력을 높이기 위하여 걸탁성까지 진주했다. 모두가 신라를 견제하기 위해서였다. 안라국의 입장에서는 신라 백제 왜국 모두가 열강국이었다. 어쩌다가 나라가 열강들이 각축을 벌이는 곳이 돼 버렸는지 가만히 있어서는 어느 나라에든 먹히게 생겼다.

안라왕은 묘안을 생각해 냈다. 비록 군사적으로는 약소국이어서 열강들에 직접 대항을 할 수 없지만, 열강들이 서로 노리는 지리적 이점을 잘만 이용한다면 자국의 안전을 보장받을 수도 있을 것이라는 계산을 한 것이다.

열강들은 각자 힘으로써 서로 대결하려 하지만 어느 쪽도 힘으로 밀리지 않으려 했다.

안라국왕은 힘겨루기를 하는 세 나라에 대화의 장을 마련해야겠다고 생각했다. 저들이 가야 땅에 대하여 욕심을 부리는 것은 영토에 대한 욕심에서 그러하겠지만 한편으로 생각해 보면 서로를 믿지 못하여 가야를 자기편으로 끌어들여서 상대를 견제하고자 하는 의도도 없지 않을 것이라고 안라왕은 판단했다. 그들이 만나서 대화가 잘 되어 모두의 군대가 철수한다면 그때는 가야가 중립국이 되어 살아남을 수 있겠다는 생각을 한 것이다.

마침내 안라국에서 신라 백제 왜 삼국이 참가하는 국제회의가 이루어졌다.

안라는 배를 타고 오는 각국 사신들의 편의를 위해 큰 건물을 지었다. 건물은 기존의 왜국 상인들이 무역을 위하여 이용하던 곳을 고당^{古堂}으로 새로 짓고 금강송과 고급 석재로 단장하여 호화스럽게 꾸몄다.

그러나 회의는 만남부터 삐걱대면서 순조롭지 않았다.

백제는 회의의 주도권을 잡기 위하여 좌평급 인사를 대표로 보냈다. 동행한 인원만 해도 상당했다. 이에 비하여 신라에서 참가한 인사는 빈약했다. 회의에 참가한 인사 규모로만 보면 백제와 비교가 되지 않았다.

"쯧쯧, 신라에는 저렇듯 사람이 없든가?"

백제의 사신이 신라의 사신단 규모가 적은 것을 보고 혀를 찼다.

"데리고 온 인원수가 뭐가 그리 대단하오? 내실이 중요하지."

신라에서는 사신단의 규모에 신경을 쓰지 않았다. 신라에서 보내온 사신단의 직급을 보면 신라의 속내를 짐작할 수 있었다. 신라에서 참석한 대표의 직급은 내마급^{奈麻}이었다. 내마급은 신라의 17관등 체계에서 11등급에 속하는 하급 관료였다. 참가한 인원수도 3인에 불과했다. 이로 보아 신라는 애초부터 안라가 주도하는 회의에 별 관심을 두지 않았다. 신라의 태도는 회담 파트너인 백제를 무시하는 것이었다. 아니면 상대를 무시하는 태도를 보임으로써 회의의 기선을 제압하기 위한 듯도 하였다.

왜국은 안라왕의 요청을 받아들여서 웅천(진해)에 머물고 있는 장수 모야신^{毛野臣}(게누노오미)을 보냈다.

왜국의 군사가 웅천에 진출해 있다는 보고를 받은 신라왕은 이사부에게 군사 3,000을 주어 이를 견제하게 하였다. 이사부의 군사는 웅천 포구에서 바라보이는 다다라원(다대포)에 진을 쳤다. 여차하면 바다 건너 한발 거리에 있는 왜군을 공격할 참이었다.

신라의 사신은 이를 믿고 기고만장한 것이었다.

백제는 상황이 이렇게 돌아가자 낮은 직급의 신라 사신과 같이 앉는 것조차도 거부했다.

"우리는 돌아가겠소."

백제의 태도에 안달이 난 것은 안라왕이었다. 철수하려는 백제 사신을 겨우 달래서 회의에 마주 앉게 했다. 상황이 이쯤 되자 백제는 가만히 있지 않았다. 걸탁성의 군사를 구례모라(함안과 마산 경계에 있는 포덕산성 추정)까지 진출을 시켜 성을 쌓고 대기하였다.

각 나라의 군사들이 가야의 영토 내에 진입하여 주둔하면서 여차

가야왕국

하면 한판 붙을 것 같은 모양새였다. 그러면서도 회담은 계속되었다.

회담은 서로의 군사를 물리는 것에 초점이 맞추어졌다.

"신라의 군사를 먼저 물리시오."

"우리는 왜국의 군사가 웅천에 진출하였기에 이를 견제하는 것뿐이오. 백제가 구례모라에까지 들어와서 성을 쌓고 있는 의도가 무엇이오?"

"우리는 신라가 가락의 남쪽을 침범하여 다다라원에 군사를 진출하였기 때문에 어쩔 수 없이 자위권 차원에서 하는 일이요."

"자위권 같은 소리를 하지 마시오. 구례모라가 어디 백제의 땅이라도 된다는 말이요? 백제도 안라가 탐이 나서 걸탁성을 정복하고 있었던 것이 아니오."

"어허, 저 사람 말하는 것 보게. 자위권 같은 소리라니… 직급도 낮은 자가 어디 감히…."

"어디 감히라니? 함부로 말하지 마시오. 국가 간에 나라를 대표해서 하는 회담인데 직급은 왜 들먹이는 것이요 말을 똑바로 하시오."

신라 백제 두 나라는 자리에 앉아서 정작 회의의 본질은 뒤에 두고 말꼬리를 잡아 막말을 주고받는 언쟁을 벌이다가 헤어졌다.

그런 일이 수차례 반복되었고 결론 없이 몇 개월의 시간만 보냈다.

왜국은 두 나라의 군대를 불러들이게 한 원인을 제공하였음에도 양쪽 어느 편도 들지 않았다. 왜국은 당초 안라국의 요청에 의해서 회의에 참석한 것이지만 어느 한쪽 유리한 쪽으로 판이 기울면 거기에 가담하려고 기회를 엿보고 있었다.

사태가 이런 지경에 이르니 애가 타는 것은 안라국이었다. 안라는 양쪽의 사신을 불러놓고 연회를 베풀고 선물을 제공하는 등 선심을 베풀었다. 그러나 깊게 팬 양측의 골은 메워지지 않았다.

그러던 중에 갑자기 왜군이 철수하는 일이 벌어졌다. 왜군이 갑작스럽게 철수하게 된 것은 국내에 중대한 이변이 일어난 때문이었다. 왜국 왕 게이타이가 보위를 왕세자에게 물려주는 날 왕과 세자가 한꺼번에 죽는 정변이 일어났던 것이다.

게이타이 왕은 현재 일본 천황의 직계 시조가 되는데 즉위할 때에 문제가 있었다. 게이타이는 순조롭게 왕위에 오른 것이 아니었다. 게이타이가 즉위하기 전 야마타 왕조의 부레쓰 왕이 후손 없이 갑자기 죽게 되자 당시 지방 세력인 에치젠의 수장(오오키미)이 뒤를 이어받으면서 문제가 발생하였다. 야마타 왕조는 왕실계가 아니면 왕위를 이어받을 수 없는 것인데도 지방 세력이 뒤를 이으니 다른 지방호족의 불만을 샀던 것이다. 이로 인해서 지방의 호족들과 알력을 빚고 있었는데 세력들 간에 다툼이 왕 부자를 암살하는 일까지 일어난 것이었다.

정국이 불안해지자 안라에 진출해 있던 모야신^{毛野臣}(게누노오미)은 어쩔 수 없이 철수하게 되었다. 왜군이 철수하자 결론 없이 말싸움만 주고받던 신라군도 철수하였다.

신라군은 철수하면서 강 유역에 있는 4개 마을을 공격하여 마을 백성 수백 명을 포로로 잡아갔다.

그러나 신라군이 철수하였는데도 백제의 군사는 여전히 구례모라성에 계속 주둔하였다.

이로써 회의를 통하여 자주를 모색하려던 안라국의 기도는 물거품

가야왕국

이 돼 버리고 말았다. 회의의 결렬로 안라국의 입장만 더 난처하게
돼 버렸다.

신라에는 정복 욕구를 더 자극하는 계기를 만들어 주었고, 백제와
의 관계에서는 군대를 자국 영토 내에 주둔하도록 허용함으로써 예속
국가로 전락하는 신세가 돼 버린 것이었다.

仇衡王
구형왕

    이사부의 군사는 가야진에다 진을 쳤다. 강을 건너면 바로 가락 땅이다. 가락의 군사들도 가야진이 바라보이는 강역에다 진을 치고 신라의 군사에 대비했다. 강폭은 그렇게 넓지 않아서 이쪽에서 저쪽에 고함을 치면 들릴 정도였다. 신라 군사들은 강을 건너지 않고 진영에서 훈련만 하고 있었다.

    아침저녁으로 신라군이 질러대는 함성 소리가 강을 건너서 가락군의 진영에 들렸다. 낮에는 기병들은 흙먼지를 일으키며 말을 달렸고 보졸들은 창검을 번쩍이며 백병전 훈련을 했다. 밤에는 불을 낮처럼 밝혔다.

    다음 날 아침이 되면 군사들을 먹일 밥 짓는 연기가 강역에 자욱했다. 바람을 타고 강 건너로 전해지는 밥 냄새가 밤새 목책 경비를 섰던 가야 병사들의 주린 배를 요동치게 만들었다.

    꼬르륵~ 병사들에게는 적군이 쳐들어오는 것에 대한 두려움만큼이나 며칠째 한 끼도 못 먹은 데 대한 굶주림의 공포가 컸다.

    병사는 강역에 때 이르게 나타난 철새 사냥에 나섰다. 돌팔매질을 하여 요행히 한 마리 잡을 수 있으면 한솥 가득히 강물을 퍼담아 끓

가야왕국

인 국으로 열 명이 달라붙어서 한 끼를 채울 수 있었다. 병사들은 적의 정탐조가 강역에 나타나는 것을 경계하기보다는 철새가 날아드는 것을 더 살폈다.

이사부는 언덕 위 가야진사伽倻津寺에서 군사들이 훈련하는 모습을 지켜보았다.

"흙먼지를 더 일으켜라. 말 뒤에다 나뭇가지를 매달아 땅바닥을 쓰레질해야 한다." 이사부는 곁에 있는 군장에게 말했다.

"예, 지시를 하겠습니다."

"밤에는 불을 더 밝혀야 할 것이다. 그리고 병사들의 함성도 산이 울리도록 더 우렁차야 할 것이다."

군장은 군졸에게 명했다.

"대장군의 지시 사항이니 바로 이행하라고 훈련장에 전하라."

"옙."

명을 받은 군졸은 쏜살같이 언덕을 달려 내려갔다.

"흙바람이 더 세지고 군사들의 함성이 더 커진 것 같습니다."

강 건너 진지에서 신라군의 동태를 살피고 있던 가야의 초병이 군장에게 보고했고 군장은 장수에게 보고했다.

"군사들이 더 증원이 된 것 같더냐?"

"그것은 잘 모르겠사옵니다. 아마 그럴 것이옵니다. 밤에 진영에 켜진 관솔불의 숫자도 더 늘어났다 하옵니다."

"음, 그렇겠구나. 신라군의 군사가 더 늘어났다고 전하거라. 그리고 병사들이 굶고 있는데 보급이 제대로 추진되지 않는다고도 같이 전하거라."

장수는 즉시 군졸을 불러서 신라군의 동향을 왕궁에다 보고하도록
명했다.

"엡!"

군졸은 빠르게 말을 달려서 왕궁에다 사실을 보고했다.

"신라군의 숫자가 얼마나 된다고 하더냐? 보급이, 군사들이 먹을 식
량이 왜 추진이 되지 않는 것이냐?"

구형왕(仇衡王)은 신하의 보고를 받고서 되물었다.

"… 그것이 저… 일만은 넘을 것이라 하옵니다. 강을 건너다보고 적
이 많다는 것을 짐작만 하고 하는 소리이지, 숫자는 세어보지 못 했
다 하옵니다."

"강 건너로 정탐은 보내지 않았다더냐? 신라군은 왜 강을 건너지는
않고 군사만 늘리고 있는 것이냐?"

"조만간 강을 건너지 않겠사옵니까? 정탐도 보내라 하겠나이다."

"식량은 왜 추진이 늦는 것이냐? 병사들은 먹지를 못하면 사기가
떨어진다. 굶어가면서 싸울 수는 없지 않느냐?"

"병사들을 굶기지 말라는 명도 함께 전하겠습니다."

"답답하구나, 답답하다. 그것이 명만 내린다고 될 일이더냐? 대책이
없구나."

"…"

가락의 구형왕은 이미 신라군을 막을 방법이 없다고 생각하고 있

가야왕국

었다. 신라군이 강을 건너게 되면 강역을 지키는 병사로는 신라의 대군을 상대하기가 어렵다는 것을 보고를 받아 알고 있었다. 그리되면 왕궁까지 오는 데는 반나절도 걸리지 않는다. 신라군의 대장군은 동해안 일대 예족을 몰아내어 그 지역을 신라 땅으로 편입시키고 바다 가운데 섬나라 우산국도 정벌한 이사부라 하지 않던가…. 한강 유역에서 고구려와 치른 전투에서 대승을 올리고 이곳으로 왔다지 않은가…. 군사의 규모도 가락국의 몇 배가 된다.

버텨봐야 결과는 뻔하다는 생각이었다.

가락의 구형왕은 어떻게든 나라의 명맥만이라도 이어갈 수 있도록 남아있는 신하들과 연일 회의를 했지만 뾰족한 대책이 있을 수 없었다.

별수가 없었다. 신라가 침공해 오면 끝까지 싸우다가 장렬하게 죽든가 아니면 적의 장수에게 무릎을 꿇고 나라를 바치든가 그도 저도 아니면 도망을 가는 수밖에 없었다. 이미 신하들 중에 일부는 달아나 버려 공석인 자리가 여럿 있었다.

"신라왕의 인품은 어떠한가?" 구형왕은 신하가 전해주는 신라의 여러 형편을 듣고서 물었다. 왕의 마음은 신라에 항복하는 것으로 마음이 기울고 있었다. 항복을 하면 목숨은 살려줄 것이고 비록 항복하는 군주이긴 하지만 정벌지역에 대해서 얼마간의 지분을 갖고 있으니 잘하면 대대손손 살아가는 데 어려움이 없도록 보장은 받지 않을까…. 기대도 해보는 것이었다.

"신라왕은 키가 7척이나 되는 장골로서 그에게서 뿜겨져 나오는 기는 능히 대적하는 상대를 압도할 만하다 하옵니다. 그는 사람을 중히 여겨 그의 곁에는 많은 인재들이 있고 특히 대장군 이사부는 남쪽으로 북쪽으로 종횡으로 다니면서 왕의 뜻을 받들고 있다 하옵니다."

"이사부 병부령에 대하여는 이미 보고를 들은 바가 있다."

후~ 왕은 땅이 꺼질 듯이 한숨을 내쉬었다.

"… 전하!"

신하는 그런 왕의 모습을 보고 어떤 말로 위로를 해야 할지 난감했다.

보고를 하던 신하는 망설이다가 어렵게 운을 뗐다.

"신하로서 감히 드릴 말씀이 아닌 줄 아오나…"

"… 왜? 무슨 말인데, 말을 해보게나."

"지금 이사부의 군사가 곧 강을 건널 터인데 그리되면 우리 군사는 속수무책이옵니다. 이사부의 군사는 강가에 진을 치고 우리 병사들이 보란 듯이 낮에는 흙먼지를 일으키면서 훈련을 하고 밤에는 횃불을 대낮처럼 밝히고 강 건너에다 함성을 질러대고 있습니다. 이 광경을 지켜보는 우리 병사들은 강변에 만들어 놓는 진지에서 꼼짝을 하지 않고 지켜보고만 있습니다. 병사들은 이미 사기가 떨어져 죽음만을 기다리고 있습니다."

"먹을 식량과 물도 다 떨어졌다 하지 않았느냐?"

"그러하옵니다. 병사들은 신라의 군사들이 강을 건너오면 스스로 병장기를 버리고 걸어 나갈 것이옵니다."

"병사들을 나무랄 일도 못 된다. 다 왕인 내가 못난 탓이다."

"송구하옵니다. 오늘에 이르는 것이 어디 전하 혼자만의 잘못이겠

가야왕국

습니까? 소신들의 잘못도 크옵니다."

"풍전등화가 바로 이런 말이로구나."

이사부는 왕이 한강 유역에서 전투를 치르는 병사들을 격려하는 등 북쪽을 순수하고서(임금이 나라 안을 살피며 돌아다니는 것. 순행) 남쪽으로 이동하는 중이라는 보고를 받았다. 이사부는 왕이 도착하기를 기다리면서 시간을 끌고 있었다. 왕이 보고 있는 앞에서 일제히 공격하여 가락왕의 항복을 받아낼 요량이었다. 강 건너에서 군사들이 주야로 함성을 지르고 횃불을 켜 들고 사납게 행동함으로써 적의 사기를 죽여가면서 기다렸다.

왕의 일행이 이사부의 진에 도착하자 이사부는 전쟁의 상황을 보고하고서 왕께서 명령을 내려주시면 당장이라도 강을 건너가서 적의 항복을 받고 가락왕을 붙잡아다 전하의 무릎 아래에 꿇리겠다고 했다.

보고를 받은 왕은 잠시 생각했다. 그리고는 말했다.

"강을 건너지 않고 항복을 받아낼 방법은 없겠는가?"

"적은 이미 사기가 꺾일 대로 꺾여있습니다."

"그러니 하는 말이다. 죽은 목숨들과 싸움을 벌이며 힘을 소모할 필요가 없다는 말이다. 적은 이미 우리 군사를 막아낼 방법이 없다는 것을 알고 있을 터이니 이쪽에서 항복을 권하면 스스로 나와서 무릎을 꿇을 것이 아닌가? 적의 왕이 내게 무릎을 꿇는다면 전쟁을 끝이 나는 것이 아니겠는가?"

"그러하옵니다. 싸우지 않고 이기는 것이 최선의 방법이옵니다."

"우리는 지금 가락국과 싸움을 끝내더라도 우리의 전쟁이 끝난 것이 아니라는 것을 알아야 할 것이야 우리는 북쪽의 고구려와 전쟁을 하는 중이다. 지금은 비록 백제와 연합을 하고 있으나 언젠가 백제와도 한판을 벌여야 한다. 또 대가야와 안라국 등 나머지 가야국과도 전쟁을 하여야 한다. 가락국을 굴복시키더라도 내 나라의 백성으로서 이곳을 계속 다스려야 하는데 왕이 스스로 항복하면 백성들도 그에 따르지 않겠는가. 우리가 힘으로 이 땅을 빼앗는다고 하면 그들은 반발을 할 것이고 반발하는 그들을 뒤에 두고서 다른 전쟁을 치른다는 것은 우리에게 부담이 되니 하는 말이다."

"현명하신 생각이시옵니다. 전하의 뜻을 가라국 왕에게 전하여 스스로 전하의 앞에 무릎을 꿇도록 하겠나이다."

"항복을 권하되 예는 갖추어야 할 것이다."

이사부는 굽은 허리를 깊숙하게 숙였다. 이사부의 모습에서는 이제 젊었을 때의 맹수와 같은 용맹함은 찾아볼 수가 없었다. 위용은 보이되 늙은 호랑이의 모습이었다. 곱게 빗어 넘겼던 몇 올 남지 않은 허연 머리카락이 바람결에 흩어졌다. 왕은 뒤돌아 나가는 이사부의 뒷모습을 보면서 젊은 장수 사다함의 얼굴을 떠올렸다.

신라의 병사가 강을 건너 신라왕의 뜻을 전했고 그것은 곧바로 가락국의 왕궁으로 전해졌다.

"이것은 나에게 항복을 하라는 것이 아닌가?" 문서를 펼쳐 든 구형왕의 손이 벌벌 떨렸다.

"민망하옵니다. 전하!" 보고하는 신하는 눈길을 왕의 발밑으로 떨구었다. 왕은 손뿐이 아니라 발까지도 떨고 있었다.

가야왕국

신하들이 웅성거리는 소리가 들렸다.

"항복을 하다니요! 500년 가락국의 역사를 여기서 끝장을 내야 하다니요."

신하 중에는 눈물을 짓는 자도 있었다.

"힘이 다하여 죽을 때까지 싸워야 합니다. 그래야 시조 수로왕을 뵈올 낯이 있습니다." 죽을 각오로 맞서자는 신하도 있었다.

그러나 대세는 이미 기울어진 마당이었다. 신하들은 왕이 어떤 선택을 할 것인지 눈치만을 보았다.

왕은 신하들의 시선을 피하여 문서에 눈을 꽂고서 하~~ 땅이 꺼져라 한숨만 내쉴 뿐이었다.

예견하고 있었던 일이긴 하였지만, 막상 닥치고 보니 겁도 나고 회한이 들어서 쉽게 답을 해줄 수가 없었다.

"지금 신라왕이 강 건너 신라 진영에서 전하의 답을 기다리고 있다옵니다. 전령이 궐 밖에서 기다리고 있사옵니다."

"내 여러 신하들의 의견을 더 들어 생각을 해보고 답을 전하리다. 조금 기다리라 이르라." 나라를 넘기는 마당인데 왕도 신하들의 눈치를 살펴야 했다.

다음 날 왕의 특사가 신라왕에게 바칠 흰 꿩 한 마리를 받들고 신라 진영으로 출발하였다. 그다음 날에는 강역에 진을 치고 있던 가락국의 군사들이 철수하였다. 가락의 군사가 철수하는 것을 지켜본 신라의 군사들도 강역에서 벗어나 삽량의 본진으로 철수하였다.

아침부터 부슬부슬 비가 내리더니 눈발이 섞여서 진눈깨비로 변했다. 궂은 날씨에 강을 건너는 일단의 행렬이 있었다. 신라 왕에게 항복하러 가는 가락국 구형왕의 일행이었다. 왕의 일행은 평복차림이었다. 왕자 3명이 노구의 왕을 곁에서 보필하였다. 뒤로는 신하들이 줄줄이 따랐다.

"10월 중순인데 웬 눈발인가?" 신하 하나가 어깨에 쌓이는 눈발을 털어내며 말했다.

"그러게 말이요. 아직은 가을 나뭇잎도 다 떨어지지 않았는데 비라면 모르지만 눈발이라니… ?"

"하늘도 망국의 한을 알아주는 것 같구려. 백성들이 흘리는 눈물인 듯도 하오."

"백성의 심정이 여북하겠소? 소리 내어 통곡을 못 하니 눈발에 섞인 비가 대신 내리는 것이 아니겠소?"

왕을 호위하고 온 가락의 군사들은 왕 일행이 강 건너 나루터에 배가 당도하자 더 이상 나아갈 수 없었다. 강 건너부터는 신라 땅이니 신라의 병사들이 가락 왕 일행을 호위했다. 신라왕에게 바칠 금은보화와 비단옷감 등 선물꾸러미도 신라 병사들에 인계하였다.

진눈깨비는 점점 더 세차져서 앞을 분간하기 어려웠다.

일행들은 손을 잡고서 서로를 의지하며 언덕을 넘었다. 왕의 일행이 지금 가고 있는 삽량 땅은 불과 얼마 전까지만 해도 가락의 지배받던 탁기탄 땅이었다.

가야왕국

사비회의

가락국이 멸망하고 얼마 뒤 탁순국도 신라에 정복당했다. 탁순국왕 아리사등은 신라의 보복이 두려워 왜국으로 망명을 하였다.

그런데 왕자들을 데리고 신라에 투항한 구형왕은 그 후 어찌 되었을까?

가락국의 구형왕은 신라왕으로부터 투항의 대가로 융숭한 대접을 받았다. 상등 벼슬을 받아 최상급 귀족 진골에 편입되어 서라벌에 살도록 허락을 받았다. 또한 자신이 왕으로 다스리던 가락 땅을 식읍으로 전수받아서 여전히 가락 땅에서는 왕 못지않은 지위를 누렸다. 아들 삼 형제 중 셋째 김무력은 신라군에 편입되어 장수가 되었다. 그는 뒤에 신라가 대가야를 멸망시키는 데 큰 공을 세운다. 그의 손자 김유신(구형왕 김구해의 증손자)은 후에 태종 무열왕으로 추대된 김춘추와 손잡고 고구려 백제를 멸망시키고 신라가 삼한일통을 이루는 데 큰 공을 세운다. 통일신라는 김유신의 공을 높이 기려서 사후에 그를 흥무대왕으로 추존하여 신하임에도 왕의 반열에 올려놓는 등 국민적 영웅 대접을 하였다.

탁순까지 합병한 신라에 남아있는 가야 세력은 안라국과 대가야뿐이었다. 안라에는 백제군이 주둔해 있었다. 신라는 여전히 백제와 동맹을 맺고 한강 유역에서 고구려를 상대로 전투를 벌이고 있었으므로 안라를 지원하는 백제와 동맹을 깨 가면서까지 안라국을 침공하기는 부담스러웠다. 안라를 합병하는 것은 잠시 미뤄두었다.

마찬가지로 대가야를 침공하여 항복을 받아내기에도 아직은 힘에 부쳤다. 대가야를 공격한다면 백제와 안라까지도 위협을 느껴서 같이 합세할 것이 뻔한 일이니 이도 다음의 기회로 미루어야 했다.

그러나 안라국의 입장에서는 상황이 상황이니만큼 가만히 앉아서 당할 수만은 없었다. 문 앞에까지 도둑이 와서 담 너머를 기웃거리는데 집주인이 불안을 느끼지 않을 수 없었다.

신라군이 강줄기 하나를 사이에 둔 가락 땅까지 진출하여 있는 마당인데, 안라의 병사들은 신라군 막사에서 아침저녁으로 피어오르는 밥 짓는 연기를 보아야 하고 끊임없이 이어지는 말달리는 소리와 함성 소리를 들어야 했다. 신라군이 훈련하는 모습만 보고있어도 위기가 느껴졌다.

"이러다가 언제 당할지 걱정이구나." 안라왕은 매일 신하들을 모아 놓고 걱정을 해댔지만 머리를 맞대봐야 뾰족한 수가 없었다.

옆집 가락국 구형왕이 항복하여 신라로 가서 잘살고 있다는 보고도 받았다. 그리하여 신라에 투항하고자 하는 마음이 없지도 않았다. 그러나 백제군이 걸탁성을 접수하고 턱밑 구례모라까지 들어와 있으니 그도 뜻대로 할 수가 없었다.

간밤에 신라군이 안라의 마을을 습격하여 부녀자를 납치하고 양식을 약탈해 갔다는 보고가 있었지만 안라의 군사들은 신라군의 기세에 눌려서 제대로 대항도 못 했다 한다. 병사 몇 명이 적의 칼에 베이자 산으로 들로 뿔뿔이 흩어져 도망치기에 바빴다.

백제군은 안라에서 지원하는 군량미만 축내면서 성안에서 무엇을 하는지 꼼짝을 하지 않고 있었다.

이미 신라에 정복당한 가야 연맹국이 한둘이 아니다. 비사벌, 탁기탄, 가락국과 탁순국. 동쪽의 낙동강 유역 소국들은 모두 신라에 의해 멸망당했다.

남쪽 해안이나 서쪽 다사강 유역의 소국이라 해서 형편이 다를 것도 없었다. 모두 백제의 영향권에 들어가서 예속화되어 버려 나라로서 구실을 잃어버렸으니 그나마 체제를 유지하고 있는 나라는 안라 외에 대가야국뿐이었다. 그러나 두 나라의 형편도 바람 앞의 등불 신세이니 언제 태풍이 몰아닥칠지 알 수가 없었다.

가야의 소국들은 백제와 바다 건너 왜국에 지원을 요청해보기로 했다. 신라에 멸망당하지 않으려면 우선은 이들 두 나라의 힘을 빌릴 수밖에 없었다.

전쟁이 일어나고 나라는 망하여도 먹고사는 문제는 변할 수 없었다.

탁순국이 망하여 어수선 형편이지만 왜국과의 교역은 계속되었다.

안라는 탁순국에 주재하던 왜관을 안라국 내로 옮기고서 왜국의 사신을 설득하여 왜왕에게 가야를 도와주도록 요청하였다. 또한 백제의 성왕에게도 사신을 보내서 구원 요청을 하였다.

  때마침 신라에 왕이 바뀌었다. 가야에 위협적인 정복 군주 법흥왕
이 죽고 7살 어린아이 삼맥종(후에 진흥왕)이 왕위를 이어받았다. 법흥
왕에게는 아들이 없고 딸만 하나 있었는데 딸을 동생과 결혼시켜서
얻은 아이가 삼맥종이었다. 법흥왕과 인척 관계를 따진다면 삼맥종은
법흥왕에게 외손자인 동시에 조카인 셈이다. 어찌 되었든 어린아이가
왕위에 오르게 되었으니 신라 조정이 어수선하게 될 수밖에…. 밖으로
는 여전히 고구려와 한강 유역을 사이에 두고 전쟁하고 있는 상태고
주변의 가야 소국들을 병합하였다 하지만 병합에 따른 저항도 만만
치 않았다.
  어린 왕을 대신해서 왕의 모후 지소태후가 섭정을 한다지만 나라
경영이 쉬운 일이 아니었다. 왕권을 안정시키기 위하여 사다함을 비
롯하여 귀부^{歸附}한 가락왕 김구해의 삼남 김무력 같은 젊은 장수들을 중
용하고서 병부령 이사부를 중심으로 국정을 다스려 가고자 하였으나
어수선한 분위기는 어쩔 수 없었다. 이러한 신라의 형편은 망해가는
나라 가야국에는 기회였다. 이 기회를 틈타 남아있는 안라와 대가야
를 중심으로 가야 부흥의 희망적인 기운이 일어났다.

  백제의 사비성에서 이른바 '사비회의'라 명명한 '가야부흥회의'가 열
렸다. 신라에 의하여 멸망한 가락과 탁기탄, 탁순국을 재건하고 신라
의 팽창을 저지하기 위한 목적이었다. 이번에는 안라회의 때와는 달
리 범 가야연맹 소국의 대표가 모두 참석했다. 그러나 나라의 대표라
해봐야 이제는 별 볼 일 없는 명색뿐인 졸마국, 산반하국, 다라국, 사

가야왕국

이기국, 자타국은 이미 백제의 예속하에 들어가 있는 나라들이고 안라국과 대가야(반포국)만이 그나마 구실을 할 수 있는 나라였다.

그런데 백제의 형편은 지금 가야를 도울 입장이 되지 못했다.
백제는 한강 유역을 놓고 신라군과 연합하여 고구려와 전쟁 중인데 신라와 척을 지면서까지 동맹을 깨뜨릴 수는 없었다.
백제로서는 한강 유역의 땅, 고구려에 빼앗긴 옛 백제의 고토를 회복하고 고구려에 대한 복수를 하는 일이 우선이었다. 비록 신라의 팽창을 견제하기 위하여 가야 땅에서 서로 대립하는 입장이지만 군사적으로 맞설 일은 아니었다. 그것은 신라의 입장에서도 마찬가지였다. 서로는 상대를 꺾어야 할 적으로 생각하지만 고구려라는 공동의 적을 위해서는 서로 협력을 해야 하므로 직접적인 충돌은 자제해야 했다.

범 가야국들은 회의에서 백제가 나서서 가야국의 부흥을 도와주도록 건의를 하였지만 백제의 성왕은 당장 명쾌한 답을 주지 않았다. 그렇다고 가야국의 건의를 물리칠 수도 없었다. 백제의 성왕은 고심한 끝에 결론을 내려주었다.

백제는 반포국을 포함하여 안라와 가락, 탁순국 등 가야의 제국들과 옛 근초고왕 시절부터 관계를 공고히 해왔다.
과거 백제와 가야 왜국이 연합하여 신라를 공격하였을 때 신라는 힘을 잃고 고구려에 도움을 요청하여 겨우 살아남았는데 어찌 신라 혼자 힘으로 가야를 침입하겠는가?
지금 가락과 탁순, 탁기탄이 신라에 망한 것은 그들 자신이 스스로를 방어할 의지가 없어서 대비를 하지 않았고 또 신라와 내통하였기 때문이다.

나는 신라왕에게 가락과 탁기탄 탁순국의 재건에 동의하는지를 물어볼 것이다. 그대들은 우리 백제를 믿고 힘을 합하여 기다리면 희망이 이루어질 것이다.

성왕의 대답은, 가야 소국이 망한 것은 그들에게 나라를 지키겠다는 의지가 없었기 때문이라고 탓을 하는 외에 아무런 도움이 되지 않았다. 말로써 하는 겉치레 인사에 불과한 것일 뿐이었다.

회의에 기대를 하고 왔던 대표들은 실망만 안고 돌아가야 했다.

'아! 500년 가야의 운명이 여기서 끝이 나는가…'

대가야의 이뇌왕은 곧 불어닥칠 나라의 운명을 예감하며 산야를 둘러보았다. 선대 조상들이 묻혀있는 언덕 능선에 어느덧 파릇한 기운이 돌고 있었다. 언제 봄이 왔는지 생각할 겨를조차도 없었다.

저기 한곳 어디에 내가 묻힐 것인가…? 나라가 이대로 망한다면 내가 묻힐 곳은 저기가 아니리라…

저렇듯 호화로운 무덤이 아니더라도 좋다.

비록 봉분이나 비석이 없이 묻혀서 몸은 잊혀지더라도 자신은 끝까지 가야를 지키다 죽은 가야의 마지막 왕으로 기억되고 싶었다. 자신의 곁에 신하가 없어도 좋고 죽어서까지 자신을 위하여 몸 바쳐 섬길 백성이 없어도 섭섭해하지 않으리라!

왕은 산성 공사를 독려했다. 산성에 우물을 파서 먹을 물을 확보하고 양식을 날라다 놓고서 물이 마르고 양식이 다하는 날까지 싸우다

가야왕국

가 죽는다면 가야를 지킨 왕으로서 소임은 다하는 것이라고 생각했다.

가야산 야로마을의 대장간에 다시 불이 붙었다. 풀무가 돌아가고 쇳물이 다시 끓었다. 쇠돌이는 몇 명 남아있지 않은 광부들을 독려 철광석을 부지런히 캐다 날랐다.

"형님, 또 전쟁이 시작될 모양이요?" 쇠돌이는 잠시 망치를 놓고 쉬고 있는 외눈박이에게 물 한 대접을 건네면서 말했다.

"그러게 말이네, 꺼졌던 화로에 다시 불을 붙인다마는 이게 좋아할 일은 아니다."

"전쟁이 다시 시작된 것인가요?"

"최후로 맞붙어 보자는 전쟁이겠지…. 저 봐라. 만들라고 지시한 것이 모두 창칼이 아니냐? 창칼이 더 많은 것 같다."

"예, 공격을 할라치면 마구도 같이 많이 만들라 할 것인데 말들에게 씌우는 장구는 없는 것을 보니… "

"최후로 버텨보는 것이지만 얼마나 더 버티겠느냐."

쇠돌이는 하늘을 한번 쳐다봤다. 맑은 하늘에 구름만 몇 조각 천천히 흘러가고 있었다.

"형님, 신라가 쳐들어오면 우리는 또 어디로 피난 가야 할까요?"

"가긴 어디로 가겠느냐? 이젠 나이가 들어서 먼 길 피난 가기도 힘이 든다. 그냥 이곳에 머물러 있을 수밖에… 저 구름을 봐라 어디 갈 곳을 정해두고 가는 것이겠느냐…. 우리네 민초들은 바람 부는 대로 세상 형편대로 사는 것이 운명 아니겠느냐?"

"신라가 쳐들어오면 또 그들을 위해서 무기를 만들어야겠네요."

"그렇게 되겠지, 쇠가 어디 적과 아군을 구별하는 것이더냐? 쇠에는 원래 적과 아군이 없었다. 사용하는 사람의 마음에 따라 다르게 사용되는 것이지."

"쇠를 만들 때는 원래 사람을 상하게 하려고 만들지는 않았을 텐데… "

"이제 늙으니 쇠를 두드리는 힘도 딸린다. 더 이상 사람 죽이는 데 내가 만든 쇠가 사용되는 것이 진저리가 난다."

"그러나 어쩌겠소. 두드리라 하면 죽는 날까지 두드려야지…"

쇠돌이는 엉덩이를 툴툴 털고 일어났다. 해를 가렸던 구름이 어느새 하늘을 벗어나 어디로 갔는지 보이지 않았다. 해는 원래의 모습대로 쨍쨍히 빛났다.

가야왕국

젊은 왕

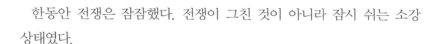

   한동안 전쟁은 잠잠했다. 전쟁이 그친 것이 아니라 잠시 쉬는 소강 상태였다.

   고구려 군사는 전쟁에서 공격하는 빈도가 줄어들었고 성문을 굳게 걸어 잠그고 방어에만 치중하고 있었다.

   고구려에 정변이 일어난 것이었다. 전쟁을 치르던 안원왕이 갑작스럽게 죽게 되자 왕위 계승을 놓고 왕의 후비들 간에 자신의 소생으로 하여금 후계를 이으려고 쟁탈전이 일어났다. 이것이 내란으로 번져서 연루되었던 신하 2,000여 명이 죽어 나가는 등 혼란을 겪은 끝에 8세밖에 되지 않은 양원왕이 즉위하게 되었는데, 그에 따른 후유증이 만만치 않아서 전쟁에 집중할 수가 없었다.

   신라의 사정도 별반 다르지 않았다. 신라도 또한 7세 어린아이가 즉위하였으니 왕권이 안정되지 못했다. 모후(母后)가 왕을 대리 섭정을 맡아 하게 되니 이사부를 비롯한 고신들의 입김이 많이 작용하게 되고, 왕권이 안정되지 않은 상태에서 정벌 전쟁을 집중하기가 어려웠다.

이것은 백제에는 기회였다. 북쪽과 동쪽 두 라이벌 국가가 모두 국내의 상황으로 어려움을 겪고 있다는 보고를 받은 백제의 성왕은 쾌재를 불렀다.

'이것이야말로 하늘이 우리에게 주신 기회다!'

성왕은 고구려와 일전을 위하여 수도를 남쪽 사비성으로 옮겼다. 웅진성은 한성백제가 고구려의 침공을 받자 급하게 피난 오면서 수도로 정하였던 곳이므로 백성들이 모여 살기에 장소가 협소하고 서해쪽으로 치우쳐 있어서 국방상에도 취약했다.

성왕은 중앙과 지방의 2원적 권력 체계를 왕권 중심으로 일원화하면서 귀족의 권력을 약화시키고 왕권을 강화하였다. 행정구역도 개편하고 나라 이름을 남부여로 고쳤다.

새로 지은 왕궁에서 바라보는 사비원(泗沘原) 평야가 황금빛으로 물들어 넘실댔다.

'이만하면 군량미로는 부족함이 없을 것이다.'

성왕은 이제 고구려를 칠 만반의 준비가 끝났다고 생각하고 태자 부여창을 불렀다.

"너는 아비의 뜻을 알겠느냐?" 지는 노을을 배경으로 서 있는 아버지의 모습은 큰 산과 같았다. 오랜 세월 동안 온갖 풍상을 겪고 거대한 모습으로 우뚝 선 거대한 산.

아버지는 일생을 고토회복을 일념으로 사신 분이다. 그것은 할아버지 무령왕 대부터 염원하던 일이라는 것을 누차 아버지한테서 들어왔다. 그 이전의 조상대부터 온갖 고난과 고초를 겪으면서 숙원하던 일

가야왕국

이라고도 했다. 아버지는 이제 자신의 대에 그것을 실현하고자 하는 것이다.

사비로 천도한 것은 할아버지 대부터 추진하던 일인데 아버지 대에 완성이 된 것이다.

"제가 어찌 아버님의 뜻을 모르겠사옵니까? 이제 고구려와 일전에서 승리를 하는 일만 남은 것 같사옵니다."

"내가 이루지 못한다면 네 대에 가서 이루어야 하는데 나는 내 대에서 고구려에 빼앗긴 땅을 찾고 싶다."

"소자가 아버님의 뜻을 이루겠습니다."

"너에게 그 직을 맡기마. 너의 출정에 장군 연회燕會가 도울 것이다. 연회는 우산성 전투에서도 고구려와 싸운 적이 있어서 그곳 일대 지형에 대해서 잘 알고 있다."

"예 아버님의 뜻을 받들어 꼭 승리를 하여 잃어버린 땅을 되찾아오겠습니다."

"나는 네가 출정하는 동안에 신라와 관계를 돈독히 해놓겠다. 아무래도 백제 단독으로 고구려를 상대하기는 버거우니 필요할 때 신라의 도움을 받도록 조치를 해놓겠다. 그것은 나의 일이니 너는 전투에서 승리하는 일에만 몰두를 해주기를 바란다."

"명심하겠습니다."

성왕은 태자 부여창에게 전쟁에 관한 전권을 부여하고, 별도로 군사 3만을 편성하여 좌장군에 연회, 우장군에 달기達己를 임명해서 태자를 지원하게 했다.

진흥왕의 모후^{母后} 지소태후는 백제의 사신이 다녀간 후에 병부령 이사부를 편전으로 불렀다.

"방금 전에 백제 사신이 다녀갔소이다."

"소신도 들어서 알고 있나이다. 승낙을 하셨나이까?"

백제가 고구려와 전쟁을 치르려는 데에 신라에 도움을 요청하기 위하여 사신을 보낸 일은 이미 조정에 알려진 일이었다. 신하들이 의론하다가 최종 재가를 받기 위하여 사신이 태후를 직접 만나서 요청해 보라고 태후궁으로 보냈던 것이다. 태후는 왕이 즉위 이후 열여덟 살이 되는 오늘날까지 섭정하고 있었다. 하여 중요한 일은 모두 태후 궁에서 결정을 하였다.

"어찌하면 좋을지 아직 결정을 못 하여 병부령을 불렀소."

"청을 들어주소서, 하온데 몇 가지 조건이 있사옵니다." 이사부는 이미 백제의 요구에 대하여 깊이 생각하고 있는 듯 바로 대답을 했다.

"조건? 무슨 조건?"

"백제군은 지금 안라의 구예모라(칠원)에 성을 쌓고 군사를 주둔시키고 있습니다. 이들이 철수하는 조건으로 지원을 하겠다고 하소서."

"안라에 주둔하고 있는 백제군을 철수시키라고?"

"예 선왕 때부터 있어 온 일이옵니다. 우리가 강을 건너서 가야 땅에 진출하는 것을 백제가 두려워하여 안라 땅에 군사를 주둔시키고 있는 것이옵니다. 우리가 가락을 병합하고도 더 이상 나아가지 않는 것은 백제와 전쟁을 치러야 하는 부담 때문입니다. 우리와 백제는 그 문제 때문에 안라회의에서 다투다가 회의가 깨어져 왜국과 우리만 철수하였는데 백제군은 여전히 안라 땅에 주둔하고 있습니다." 이사부는 안라회의에 있었던 일을 태후에게 소상히 고했다.

"알고 있소. 선왕께서 살아계실 때의 일인데 내가 왜 모르겠소? 그때 병부령께서 몇 개 마을을 빼앗아서 그 때문에 탁순국이 멸망한 것도 알고 있소. 경의 공이 크오."

"민망하옵니다. 소신의 작은 공이온데 기억해 주시니…"

"신라에서 병부령의 공을 모르는 사람이 어디 있겠소? 그래 이참에 백제군의 고구려 침공을 도와주는 조건으로 안라에 주둔해 있는 백제군을 철수할 것을 요구하라고?"

"예, 백제와는 언젠가 가야 땅을 차지하기 위하여 한판 붙어야 합니다. 고구려와 전쟁이 끝이 나면 바로 치러야 할 일입니다. 그때를 대비하여야 합니다."

"알겠소, 병부령의 말대로 그리하리다. 그런데 전장에는 누구를 보내는 것이 좋겠소?"

"소신이 직접 나가겠나이다."

"병부령이 직접 전장에 나가겠다고요? 병부령도 이제는 전장에서 직접 창칼을 휘두를 연세는 아니지 않소?"

태후는 이사부를 그윽한 눈매로 바라보았다.

참 세월이 빨리도 가는구나… 방창하던 그 기백하며 범과도 한판 붙어서 때려눕혀 버릴 것 같았던 젊음은 어느새 가버리고 흰 머리카락 몇 올이 겨우 남아서 머리를 가리고 거북이 등처럼 굽은 모습의 생기 바랜 늙은이로 남겨두었는가… 그런데도 전쟁터에 나서겠다고 하니 말리고 싶은 마음이었다. 가슴까지 길게 자란 허연 수염이 이사부가 말을 할 때마다 좌우로 흩어졌다. 이사부는 수염을 가지런히 쓰다듬으면서 말했다.

"이번 전쟁은 참으로 중요한 전쟁입니다. 우리는 백제가 꼭 이기기를 바라서 백제를 지원하는 것이 아닙니다. 백제가 노리는 그 땅이 우리에게도 중요하기 때문입니다."

"그건 또 무슨 소리요? 우리가 백제를 도우려 전쟁에 참여하는 것이 아니라니?"

"물론 백제의 요청에 의해서 백제를 지원하려 전쟁에 참여하는 것이지만 한편으로는 우리에게도 그 땅이 절대로 필요합니다. 그 땅을 차지함으로써 강을 타고 서해 바다로 나아가 중국과도 직접 통교를 할 수 있을 뿐 아니라 땅이 기름져서 수확물을 풍성하게 거둘 수가 있고 또 아리수가 동서로 흘러서 천혜의 요새로도 활용하여 국방상에도 중요한 구실을 할 수 있다는 것입니다."

"백제 또한 그러한 이유에서 그 땅을 차지하겠다는 것이 아니오?"

"그러하옵니다. 백제가 겉으로는 고구려에 복수를 하겠다는 명분을 내세우지만 실제로는 그 땅이 탐이 나서 그러는 것이고 고구려 또한 그러한 이유로 그 땅을 포기하지 못하는 것입니다. 소신이 전쟁에 직접 나서고자 하는 것은 어느 정도 두 나라 간의 싸움을 지켜보다가 기회를 봐서 우리가 그 땅을 차지하기 위해서입니다."

이사부는 이제는 몸은 비록 늙어서 옛날 같지 않지만, 전쟁의 경험을 통하여 얻은 지혜는 고수였다. 이사부는 이번 전쟁을 통하여 한강 유역을 통째로 먹어버리겠다고 설명했다.

"흠, 병부령의 뜻이 거기까지 있는 줄은 몰랐소이다. 그럼 병부령의 뜻대로 하시오."

태후는 이사부를 전적으로 믿는다는 듯 온화하게 미소를 지어주었다.

"… 하온데 소신 출정 전에 태후 마마께 한 가지 청을 드리려고 하옵니다."

이사부는 태후의 기색을 살피다가 말을 이었다.

"무슨 청이요? 나는 병부령을 믿고 있으니 무슨 말이든 상관 말고 말해보시오."

"전하에 대한 말씀이옵니다."

"전하에 대한 말씀이라니 무슨 말이오?"

"전하의 보령 이제 적지 않은데 아직까지 태후 마마께서 조정 일에 관여를 하는 것이 좀 그렇지 않습니까?"

"아녀자가 눈치 없이 여전히 권력을 탐한다는 말인가요?"

"그런 뜻에서 드리는 말씀이 아니라 장성하신 전하의 입장을 보아 드리는 말씀입니다."

"하기는 내 나이가 환갑을 넘겼으니 신하들이 말들이 많을 만하지."

"권한을 다 넘기시라는 말씀이 아니라 이번 출정에 관한 일부터 전 하께서 주관하시도록 하고 차츰…"

"차츰 임금에게 모든 권한을 넘겨주라는 말이지 않소?"

"제 말씀이 불쾌하셨사옵니까? 이번 전쟁이 나라의 사활이 걸린 중 대한 문제인지라 드리는 말씀이옵니다."

이사부는 혹시나 태후의 심기를 거스를까 봐 조심스레 건의를 하였 는데 태후는 선선히 받아들였다.

"… 내 병부령의 뜻을 받아들이겠소. 늙은 아녀자가 본분을 잊고 너무 오랫동안 정사에 관여해온 것 같소. 물러나야 할 때를 알아야 하거늘."

"황공하옵니다."

"알았소, 이번 전쟁은 주상의 명으로 치르고 나는 관여를 하지 않겠소이다. 앞으로의 일도 점차 나는 뒷전으로 물러나 앉고 주상에게 권한을 물려주도록 하겠소. 늙은 아녀자가 너무 권력을 탐하는 것도 보기 좋지가 않지…"

"아름다운 일이옵니다."

이번 전쟁부터 태후궁의 재가를 받지 않고 왕이 직접 명을 내리게 되었다.

왕은 전시에 즈음하여 비상시국을 선포하고 이사부에게 전군을 지휘할 수 있는 권한을 주었다. 이사부가 연로한 나이임을 감안하여 젊은 장수 사다함과 김무력으로 하여금 이사부를 보좌하게 했다. 왕은 이사부를 불러서 부월(斧鉞)을 내려주었다.

동원군은 2만 5천으로 편성하였다. 좌군은 이사부가 직접 하였으나 우군은 장수 주진에게 맡겨서 우군의 뒤를 따르게 했다.

이사부가 직접 지휘하는 1만 5천의 군사와 뒤따르는 주진의 1만 군사들은 뱀이 허리를 감듯 하며 소백산 준령을 돌아서 남한강을 따라 진군하였다.

척후대로 보낸 군사의 보고에 의하면 백제와 고구려군은 남한강으로 올라오는 길목의 청주 옥천 부근 도살성과 금현성에서 치열하게 전투를 벌이고 있다는 것이다.

"서두를 것 없다. 천천히 가자."

가야왕국

이사부는 보좌하는 군장에게 명했다.

"적후대를 보내서 싸움이 어느 정도 진척이 되고 있는지 수시로 보고를 하게 하라."

이사부의 군사들은 느리게 움직였다. 이사부는 산기슭을 돌아가다가 강변에 군사들이 머무르기 좋은 곳이 있으면 휴식을 취하라고 명을 내렸다.

"서두를 것이 없느니라. 백제군도 고구려군도 모두 지칠 때까지 기다려야 한다. 우리는 그때 나가서 싸울 것이다."

배신

백제군이 도살성을 점령했다는 보고가 들어왔다. 금현성에서는 양측에서 치열하게 공방을 벌이고 있어 우열을 가리기가 어렵다는 보고도 함께 들어왔다.

"백제가 이겼다고 하나 피해도 만만치 않았을 것이야…"

이사부는 언덕 위에 서서 발아래 널따랗게 펼쳐진 벌판을 바라보면서 혼자 소리하듯 말했다.

벌판 곳곳에서 피어오른 연기가 자욱하게 하늘을 덮었다. 이긴 편 군사들이 들판 곳곳에 널브러져 있는 병사들의 시체를 모아서 태우는 연기였다. 죽은 자들 중에는 백제 군사도 있었고 고구려 군사도 있었다. 그들은 이제 백제군도 아니고 고구려군도 아니었다. 죽은 자들에게는 피아가 없었다. 이긴 쪽 군사들은 그들을 한데 모아서 불에 태웠다. 들판 여러 곳에서 태우는 것으로 봐서 전투가 얼마나 치열했는지를 보지 않아도 알 수가 있었다.

이사부는 전령을 성안으로 보내어 신라군이 도착했다는 사실을 알렸다.

성안에서 백제군의 부장이 나와서 이사부를 맞이했다.

가야왕국

"수고했소이다. 벌판을 보니 전투가 만만치 않았던 것 같군요."

"예 죽을힘을 다해서 싸웠습니다. 우리 측 피해도 컸습니다."

"금현성 전투는 어찌 되어가고 있소?"

"만만치가 않사옵니다. 고구려군이 예족(말갈족)의 군사까지 동원하여 막아내고 있으니 우리 편의 희생이 큽니다. 우리 태자께서 장군께 드릴 말씀이 있다고 모시라 하였습니다."

이사부는 부장의 안내를 받아 태자 부여창을 만났다.

"먼 길을 오셨는데 장소가 장소인지라 대접을 못해 드려서 죄송합니다."

부여창은 노장군을 깍듯이 인사를 하며 모셨다. 갑옷을 입고 있는 노장군의 모습에서 비록 젊음의 패기는 없었지만, 전쟁터에서 용맹을 떨치던 위엄이 그대로 베어져 나와서 저절로 겸손해졌다.

"전쟁터의 대접이란 게 차 한잔이면 되었지 뭘 더 바라겠사옵니까. 과분한 말씀입니다."

이사부도 자신을 상대하는 장수가 젊은 나이임에도 상대국의 태자 신분임을 감안하여 깍듯이 예의를 갖추었다.

부여창은 이사부에게 그간의 전투 상황이 만만치 않았음을 설명다. 창의 얼굴에서는 성을 함락했음에도 성취에 대한 기쁨보다도 피곤함에 절어있는 기색이 더했다. 전쟁은 아직 끝이 난 것이 아니었다. 금현성에서 전투는 아직까지도 계속되고 있었다.

"금현성의 함락이 쉽지 않습니다. 고려군이 이곳은 내주었지만 그쪽으로 가서 방비를 튼튼히 하고 있습니다."

"하면 이곳에서는 고구려군이 완전히 물러난 것입니까?"

이사부는 찻잔을 들어 입을 적셨다. 그리고 가슴께까지 길게 늘어져 있는 허연 수염을 쓰다듬으며 물었다.

"아직은 장담할 수가 없습니다. 적이 쉽게 포기야 하겠습니까? 금현성 전투가 끝나봐야 알 수가 있을 것 같군요."

"그렇지요, 강 이남을 지키려면 두 성이 함께 버텨주어야 할 텐데 한쪽만 승리했다고 지역을 모두 장악했다고 할 수 없겠지요."

"그래서 장군의 군사가 금현성 쪽으로 옮겨주었으면 합니다."

"우리가 그곳으로 옮기면 이곳은 괜찮겠습니까? 적은 일시 물러난 것인데 다시 지원을 받아 재침공하면 어쩌시겠습니까?"

"우선은 금현성 일이 더 급합니다."

부여창은 신라의 군사가 전쟁을 치르지 않았으니 피곤해진 백제의 군사를 대신해서 금현성을 공격하고 자신들은 이곳 한곳으로 병사들을 모아서 적의 재침에 대비하겠다고 말했다.

이사부는 부여창의 요청을 받아들였다. 신라군은 비록 먼 길을 왔지만, 전투를 치르지 않아서 아직 생생했다. 오히려 전쟁을 하려 출정하였는데 참고 있었으니 몸이 근질거릴 정도였다. 몇 달 동안 전투를 치러서 전력이 소모될 대로 소모된 고구려군쯤이야 상대도 되지 않을 것 같았다.

또 다른 이유는 신라가 성을 함락한다면 그 성은 신라의 성이 되는 것이다. 이사부는 흔쾌히 승낙하였다.

이사부는 부여창과 대화를 나누면서 고구려에 대한 중요한 정보를

가야왕국

들게 되었다.

고구려군은 지금 한강 유역만 전쟁을 치르는 것이 아니라고 했다. 북쪽에서 또 다른 전쟁을 치르고 있다는 것이다. 북방 초원 지역에서 세력을 키워온 돌궐족이 남쪽으로 진출하여 고구려의 영토 내 신성과 백암성까지 침입하였다는 것이다. 따라서 고구려가 남쪽으로 주력을 돌리기가 어려울 것이라는 것이다. 이것은 백제와 외교관계를 맺고 있는 북제의 사신이 와서 알려준 정보라 하였다.

"그렇다면 고구려가 이대로 이곳을 포기하는 것인가요?" 부여창의 이야기를 한참 묵묵히 듣고 있던 이사부가 무언가 생각을 한 듯 불쑥 물었다.

"적어도 당분간은 그렇다고 보아야지요. 그래서 장군께 한 가지 제안을 하고자 하오."

"제안? 어떤 제안이요?" 이사부가 무척 흥미가 간다는 시선으로 물었다.

고구려가 돌궐과의 전쟁으로 이곳 한강 유역에 집중할 수 없어 고구려를 이곳에서 쫓아낼 수 있다는 절호의 기회라는 것은 신라에도 무척 고무적인 일이었다.

"이 기회에 우리 백제와 신라가 손을 잡고 고구려를 완전히 몰아내는 것이 어떻겠소? 나는 이 기회를 빌려서 고구려의 평양성까지 진격하기로 마음먹었소. 그래서 한성백제 이후 잃어버렸던 실지를 회복하는 것은 물론이고 백 년 전 백제가 고구려의 수도 평양성을 침공하여 고구려의 왕까지도 살해하였던 막강했던 영광을 되찾고 싶소."

"태자께서는 선대의 복수를 하시겠다는 것이군요."

"그렇소, 복수라 해도 좋고 우리 백제가 고구려에 그리 만만하지 않다는 것을 보여주고 싶소. 기왕에 도와주기로 한 것 신라에서 좀 더 도와주시오."

이야기를 이어나가는 부여창의 눈빛에서 이글이글 불꽃이 타오르고 있었다.

이사부는 부여창의 요청에 즉답을 해주지 않았다. 그것은 바로 대답해 줄 수 없는 문제였다. 왕의 재가를 받아야 할 문제였다.

"우선은 금현성을 뺏는 일이 문제가 아니겠소. 그 일에 주력합시다."

"금현성을 탈환하는 일은 신라가 맡아주시오. 나는 이 기세로 한수를 넘어서 고구려 땅으로 공격해 들어갈 것이오. 부디 좋은 기회를 놓치지 말기를 바라오."

이사부는 군막으로 돌아와서 서라벌의 젊은 왕에게 장계를 올렸다.

"신라가 한강 유역을 차지할 수 있는 절호의 기회입니다. 속히 답을 주소서."

이사부는 군사를 금현성으로 옮겼다.

금현성에서는 백제군과 고구려군 양측 간의 전투가 치열하게 치러지고 있었다. 백제군이 먼저 고구려군을 물리치고 금현성을 점령하였다. 그러나 곧이어 물러났던 고구려군이 이번에는 동해에 있는 예족(濊族)의 지원까지 받아서 반격하여 다시 성을 탈환했다. 전투가 치열한 만큼 양측 군은 사상자가 많았고 피로에 젖어있었다.

신라군이 도착하자 백제군은 교대하고 신라군이 진군했던 길을 따라서 철수하였다.

가야왕국

백제군은 금현성 전투를 신라군에 맡기고 병사를 모아서 강 건너 고구려 땅을 공격하기로 작전을 폈다.

　이사부는 금현성으로 가는 길목을 봉쇄하여 고구려군의 후방지원을 막고 놓고 공격을 하기로 작전을 짰다.
　금현성은 고구려군의 남쪽 전초기지다. 자체적인 보급이 되지 않는 후방지원이 필요한 곳이다. 곧이어 겨울이 닥칠 것이다. 금현성과 지원이 연계된 도살성은 백제군에 의해서 함락이 되었다. 강을 통하여 추진되는 지원만 막으면 적은 버티기가 어렵겠다는 판단을 한 것이다. 이사부는 강어귀에 중점적으로 병사들을 배치하여 놓고 기다렸다.

　고구려군은 이사부의 작전을 눈치챘는지 성을 뛰쳐나와 벌판에서 신라군을 맞았다. 적장이 말을 타고 신라 진영으로 달려왔다. 뒤따라서 한 무리의 군사들이 성안에서 쏟아져나왔다. 이사부의 부장 김무력이 말을 타고 나가서 맞상대했다. 군사들도 부장의 뒤를 따랐다. 적장은 김무력의 머리를 향하여 반월도를 휘둘렀다. 김무력은 몸을 낮추어 공격을 피했다. 김무력은 몸을 수그리면서 장검을 적장이 탄 말의 몸통을 향하여 날렸다.
　적장의 말은 김무력의 칼에 맞아도 철커덕 소리만 들렸지 끄떡없었다. 적장의 말은 마갑을 두르고 있었다. 두 장수는 다시 말을 되돌려서 겨루었다. 한차례 교합을 치르니 말들 간에도 기세가 드세졌다. 말이 내뿜는 숨소리가 거칠었다. 코에서 허연 김을 내뿜으며 씩씩거렸다. 장수가 마상에서 부딪치는 사이에 말들도 서로 발길질을 해댔다.

몇 합을 겨루어도 장수들 간에 승부는 나지 않았다. 장수들의 승부가 나지 않자 군사들이 합세하여 백병전이 이루어졌다.

이사부는 언덕에 올라서 벌판에서 벌어지고 있는 싸움을 관전하고 있었다. 이사부는 이미 이 싸움은 결정이 난 것이라고 생각했다.

적이 먼저 성을 뛰쳐나와 싸움을 하고자 하는 것은 성안에서 웅크리고서 이쪽의 공격을 받아내는 것이 불리하다는 것을 알기 때문이리라···. 적은 막힌 후방지원의 길을 뚫기 위하여 벌판에서 전투를 펼치고자 한 것으로 생각하였다.

그러나 벌판에서 벌이는 전투에 이사부의 군대가 불리할 것은 없었다. 고구려의 군사들은 이미 여러 번 전투를 통하여 많이 지쳐있었다. 동작이 느렸다.

이에 비하여 신라군은 생생했다. 화살도 충분했고 먹을 것도 넉넉했다. 몇 달은 이대로 가만히 버티고만 있어도 승부는 날 것이었다.

이사부 군은 낮에는 벌판에서 교전을 치르고 밤이 되면 성벽 밑까지 진출하여 횃불을 밝히고 꽹과리와 북을 치면서 고구려군을 괴롭혔다. 이제 곧 강이 얼어붙을 텐데 그때까지 기다리면 고구려군은 스스로 나와서 강을 건너 도주할 것이라고 생각하면서 시간을 끌었다.

백제군에서 전령이 왔다. '먼저 강을 건너서 고구려 땅으로 들어갈 테니 신라군도 뒤따라와 달라.'는 부여창의 전갈을 전하기 위해서였다. 백제군도 강이 얼기를 기다려서 도강하려는 모양이었다.

며칠째 혹한이 불어닥치더니 드디어 강이 얼어붙었다. 이사부는 강쪽의 경계를 풀어놓았다. 예상했던 대로 고구려군은 대규모로 진용을 지어서 성을 빠져나왔다. 이사부군은 이를 뒤에서 쫓았다. 쫓기는 고구려군은 허둥지둥 강을 건넜다. 강이 아직 덜 언 곳을 지나는 병사가 얼음에 빠져서 허우적댔다. 더러는 빠져 죽는 자도 있었는데 내버려 둔 채로 고구려군은 강을 건너 줄행랑 치기에 바빴다.

이사부는 고구려군이 비운 성을 부장 김무력이에게 군사 5천을 주어서 2군 장수 주진과 함께 지키게 했다.

"이곳은 이제 우리 땅이 되었으니 자네가 성주가 되어 단단히 지키고 있게."

이사부는 금현성을 획득함으로써 당초 한강 유역을 신라 땅으로 만들기 위한 목표가 계획대로 되어 간다고 생각했다.

이사부는 젊은 장수에게 성을 맡기고 백제군의 뒤를 따랐다. 백제군은 이미 고구려 땅 깊숙이 진격해 들어갔다. 그러나 이사부의 군대는 백제군을 뒤따라가지 않고 북한산에 머물렀다.

백제군은 백합 벌판에 진을 쳤다. 이런 상태로 이틀 정도면 평양성에 닿을 거리였는데 갑자기 고구려군의 습격을 받은 것이다. 고구려군은 매복을 해있다가 한밤에 횃불을 들고 꽹과리를 치면서 백제군을 공격해왔다. 쏟아지는 불화살을 맞고 백제군은 처음에는 당황하여 우왕좌왕했으나 곧이어 전열을 정비하여 대항을 했다. 전투는 새벽까지 계속되었다.

먼동이 틀 때가 되어서야 적은 물러났다. 그런데 밤사이에는 몰랐는데 날이 밝아서 보니 의외로 고구려군의 수가 적다는 것을 알 수 있었다. 부여창은 창을 쥐고 달아나는 적장의 뒤를 쫓았다. 적장의 몸통이 부여창의 창끝에 꿰이었다. 뒤따라온 군사들이 나머지 잔병들을 추격하여 몰살을 시켜버렸다. 이런 일을 겪고 나서 백제군은 더 이상 진격하기를 멈추었다. 지리도 서툰 곳에서 지쳐있는 병사를 이끌고 가다가 또 언제 무슨 공격을 당할지 모르니 조심스러워진 것이다.

고구려군이 백제군이 쳐들어온다는 보고를 받고도 적극적으로 대처를 하지 못한 것은 고구려 조정의 내부 사정 때문이었다. 고구려군은 그때까지 북쪽에서 돌궐과 전쟁을 치르고 있었다. 가까스로 돌궐을 물리치긴 했지만, 내부적으로 왕권을 둘러싸고 일어난 내분의 후유증이 계속되고 있었다.

"백제군이 쳐들어온 것은 100년 전 그들이 빼앗겼던 땅을 되찾고자 하는 것입니다. 그들은 그 땅만 되찾고서 곧 화해를 청할 것입니다. 우리는 잠시 물러나 그들의 청을 들어주면 전쟁이 끝날 것이오니 우선은 왕권의 안정에 집중하시옵소서."

새 왕의 즉위에 공을 세운 신하들은 물정 모르는 새 왕에게 보고를 안일하게 올렸다.

우여곡절 끝에 왕권을 잡게 된 측에서는 외부의 적보다도 왕권을 위협하는 내부의 적이 더 두려웠던 것이다.

그러나 사정은 달랐다. 백제군이 한강을 건너서 옛 백제 땅을 넘어 평양성의 턱밑에까지 진격해 오고 있다 하니 고구려왕은 그제서야 사태의 심각성을 느끼게 된 것이었다.

왕은 우선 인근의 군사를 보내서 백제군에 대항하게 하고 그러면서 시간을 벌면서 돌궐과의 전쟁에 동원했던 군사를 남쪽으로 돌렸다. 또한 신라에도 사신을 보내서 외교적으로 도움을 청했다. 과거 신라

가야왕국

가 수도가 위협받는 등 위기에 처했을 때 선대 광개토 할아버지 왕께서 신라를 도와 구해준 일이 있으니 기대를 해보려는 것이었다. 진용이 어느 정도 갖추어지자 왕이 직접 대군을 지휘하여 백제군과 맞섰다.

백제군은 더 이상 북상하지 못하고 백합야에서 진을 치고 고구려군과 대치를 하면서 신라군이 합세하기만을 기다렸다.

그러나 이사부의 신라군은 백제군의 기대와는 달리 북한산에 진을 치고 더 이상 움직이지 않았다.

이사부는 병사들에게 휴식을 주도록 지시하고 그 자신은 오랜만에 부장들과 함께 멧돼지 사냥을 하는 등 여유로운 시간을 가졌다. 그러면서 앞서간 백제군의 동향을 파악하고 있었다. 이사부의 군막에는 척후로 나갔던 병사들이 연이어서 들락거렸다.

"백제군이 백합야에 진을 치고 있다는 말이지?"

"예 한바탕 고구려군의 습격을 받았으나 큰 피해는 없는 것 같사옵니다."

"고구려군에서는 특별한 동향이 있던가?"

"그에 대해서는 아는 바가 없습니다. 저희는 백제의 동향만 살피고 돌아온지라…" 병사는 머리를 조아렸다.

"알았다. 수고했다. 돌아가서 쉬거라."

뒤를 이어서 다른 병사가 이사부의 군막으로 들어왔다.

"고구려군이 대군을 편성하여 백제군과 맞붙어 있는 것을 보고 왔습니다."

"고구려군의 지휘는 누가 하더냐?"

"대왕의 깃발이 나부끼는 것을 보았나이다."

"고구려군이 엔간히 급했던 모양이구나. 왕이 직접 나서다니… 전쟁은 어찌 되어 가더냐?"

"그것까지는 모르옵니다. 다음 척후가 보고할 것이옵니다."

"그래 알았다. 돌아가서 쉬어라."

보고를 마친 병사가 돌아간 뒤, 다음 척후의 보고가 뒤따랐다.

"백제의 군사 진영이 뒤로 물러났사옵니다. 큰 산을 배경으로 진을 넓게 벌리고 있는 것을 보았습니다."

"왜 그런 것 같더냐?"

"…?"

"백제군이 밀리고 있는 것이다. 진을 넓게 벌린 것은 고구려군이 포위를 못 하도록 한 것이다. 백제군이 가져갔던 식량이 얼마나 되더냐?"

"…"

"백제군은 보유한 식량은 얼마 되지 않을 것이다. 그들은 떠날 때 얼마 가져가지 못하였을 것이다. 그들은 우리 신라군이 도착하기를 목이 빠지게 기다리고 있을 것이다. 그렇지 않으냐?"

"…"

이사부는 병사의 대답을 듣기 위하여 묻는 것이 아니었다. 그는 사태의 진행을 꿰고 있었다. 이사부는 이미 결심을 굳히고 있었다. 다만 언제 행동으로 옮길 것인가 기회를 보고 있는 것이었다. 병사가 답을 하지 못하자 그는 스스로 자신이 한 질문에 대한 답을 했다.

"네가 보지 않고 듣지 않은 일에 대해서 내가 물었구나. 수고했다.

가야왕국

돌아가서 쉬어라."

이사부는 백제군의 다급한 사정을 알고 있었으나 백제군을 도우러 출정하지 않았다. 이사부는 오히려 백제군이 지치기를 기다렸던 것이다. 이사부는 이미 왕으로부터 북한산 이북으로 진격하지 말라는 명을 받고 있었다.

"사다함을 불러라." 이사부는 수발을 드는 병사에게 지시를 했다.

잠시 후에 젊은 장수 사다함이 노장군의 부름을 받고 헐레벌떡 군막으로 들어왔다.

"부르셨사옵니까?"

"이제 출동을 해야겠다."

"예, 병부령의 명이 떨어지기를 기다리고 있었습니다."

"병사들이 휴식은 충분히 취하였느냐?"

"예, 전쟁에 동원되어 휴식만 취하다 보니 몸이 근질근질하옵니다. 속히 명을 내려주소서."

"그래 나도 너같이 젊을 때는 그러했지."

"아니옵니다. 병부령께서는 아직도 팔팔하십니다."

"그런 소리를 들으니 기분은 좋구나. 그러나 예전처럼 몸이 말을 듣지 않는 것은 어쩔 수가 없는 일이다. 명을 내리겠다."

"…."

"병사 5,000을 내어줄 테니 이 길로 강을 건너 돌아가서 도살성을 접수해라."

"예? 백제군을 지원하시라는 명이 아니고요?"

"그렇다. 우리는 백제를 도우러 이 전쟁에 참가한 것이 아니다. 우리가 목적하는 바가 있어서 전쟁에 참여한 것이다."

"우리가 원하는 것이 무엇이오니까?"

"바로 한강 유역 옛 백제의 땅, 아니지 지금은 고구려의 땅이지, 그 땅을 우리가 차지하는 것이다. 지금이 절호의 기회다. 나는 이 기회를 노리느라 여기까지 와서 기다리고 있었다."

"도살성을 차지한다고 한강 유역을 다 차지하는 것은 아니지 않습니까?"

"그렇다. 한강 유역은 넓다. 그러나 도살성을 차지하면 다음은 쉽다. 이미 고구려와 약조가 있었다. 고구려왕이 백제를 지원하지 않으면 고구려는 이 땅에서 물러나겠다고, 옛 한성백제가 지배하던 한강 유역의 땅을 우리에게 넘겨주겠다고 사신을 보내 약조를 하였다."

"예 그러한 일이 있었군요."

"도살성에 남아있는 백제군은 얼마 되지 않을 것이다. 거의가 북쪽으로 동원이 되었으니까."

"그럼 5,000의 군사가 너무 많지 않사옵니까?"

"다 쓰임이 있다. 이웃 금현성은 이미 김무력이 장악하고 있으니 힘을 합하여 강 남쪽을 평정하여야 할 것이다."

"예, 명심하겠나이다. 즉시 충돌하겠습니다."

"나는 나머지 병력으로 계속 여기에 남아있을 것이다. 여기도 이제 신라 땅이 될 것이다." 이사부는 물러가는 사다함의 등 뒤에다 대고 큰 소리로 말해 주었다. 격려조로 하는 말이었다.

백제 부여창은 뒤늦게 신라군이 철군한 것을 알았다. 신라군에 의해서 도살성이 점령당했다는 보고를 접하고서야 '아차' 했다.

"이럴 수가 있는가!" 부여창은 이사부에 의해서 뒤통수를 맞은 것이

가야왕국

었다.

금현성은 이미 신라가 점령해 있는데 도살성마저 가져가게 된다면 백제로서는 아무것도 얻은 것이 없게 되는 것이다.

어떻게 획득하게 된 땅인데… 얼마나 염원해서 이루어 냈던 일인데….

신라군이 지원해 줄 것이라고 철석같이 믿고 평양성을 공격한 것인데, 그 약속을 헌신짝 버리듯이 해버리다니, 생각할수록 분노가 치밀었다.

"이놈, 이사부 이 씹어먹어도 시원치 않을 놈!" 부여창은 두 주먹을 쥐고 부르르 떨었다.

하지만 분노만 하고 있을 수 없는 일이었다. 당장 고구려군의 공격을 눈앞에 두고 있으니 이 위기부터 헤쳐 나가야 했다. 신라의 배신을 확인했으니 고구려군이 공격해 온다면 백제는 양쪽의 공격을 받아 가운데서 꼼짝을 못 하는 신세가 된다. 도살성은 백제의 전진기지다. 평야성을 치기 위해서는 도살성에서 후방지원이 원만하게 이루어져야 하는데 그곳을 신라가 점령했으니 보급로가 끊겨버린 것이다.

부여창은 어쩔 수 없이 철수를 결정해야 했다. 신라가 후방에서 공격해 오기 전에 이곳을 빠져나가야 했다.

백제군은 신라가 점령해 있는 지역을 우회해서 철수했다. 부여창은 철수하는 길 내내 신라의 배신에 대하여 복수의 칼을 갈았다.

관산성 전투

⬥⬥⬥ ❀ ⬥⬥⬥

신라는 한강 이남에 이어서 강북 지역도 차지하였다. 고구려군은 약속대로 남하하지 않았다. 고구려왕은 신라에 사신을 보낼 때에 신라가 백제를 돕지 않는다면 고구려는 한강 유역의 옛 백제 영토를 신라에 넘겨주고 간섭하지 않겠다고 약속을 한 것이었다. 고구려의 국내 사정이 그만큼 급하게 돌아갔고 북쪽 돌궐의 위협이 컸기 때문이었다.

이사부는 옛 한성백제 지역을 돌아보면서 경계 지역에 목책을 치도록 지시했다. 이제 이곳 땅의 주인은 신라로 바뀐 것이다. 신라는 정복지를 신주新州라 정하여 신라의 행정구역에 편입시켰다. 신주의 영주로 옛가락국의 귀부한 왕자 김무력을 임명하였다.

한강 유역은 고구려 유민을 이끌고 온 온조가 이곳에 터를 잡음으로써 백제 땅이 되었다. 그 이전까지 한강 유역은 목지국이라는 정치체가 차지하고서 부족 단위 마을로 산재하여 생활하고 있던 여러 집단들을 규합하여 지배하고 있었다. 그렇게 백제가 400여 년간 지배해 오던 땅이었는데 고구려 장수왕에게 빼앗긴 지가 100여 년, 이제 이

가야왕국

땅의 점령자는 새로이 신라로 바뀐 것이다.

한편 간신히 점령지에서 탈출한 백제의 부여창은 신라의 배신에 분하여 잠을 이루지 못하고 이를 갈았다.

"신라에 복수를 해야 한다."

"우리의 원수는 이제 신라다!"

어떻게 수복했던 땅인데 그놈들에게 빼앗긴단 말인가! 한성백제가 고구려에 쫓겨서 남쪽으로 피난 온 때부터 100년 동안 별러서 빼앗은 땅이었다. 땅에 대한 애착도 컸지만 평양성을 공격하고 고구려의 항복을 받아낼 수 있는 절호의 기회였는데…. 그리하여 100년 동안 별러왔던 복수의 기회를 놓친 것이 더 원통했다. 이 모든 것이 신라의 배신에서 비롯된 것이라 생각하니 억울함과 분함을 견딜 수가 없었다.

"아버님 이대로 가만히 있을 수가 없습니다. 신라를 쳐야겠습니다."

부여창은 아버지 성왕에게 신라에 당한 것을 갚아주어야 한다고 조르듯이 건의했다.

"내 마음도 태자의 마음과 다르지 않다. 신라 놈들은 이제 백제의 원수다."

"그래서 그냥 있어서는 안 된다는 것입니다. 저에게 군사를 다시 내어주십시오. 신라를 쳐서 반드시 복수를 하겠습니다." 태자는 부왕 앞에서 두 주먹을 불끈 쥐어 보였다.

"지금 당장은 어렵다. 적을 치기 전에 우리의 사정부터 살펴보아야 할 것이다. 이대로 신라를 공격하면 이길 수가 있겠느냐?"

"이대로 가만히 있을 수는 없지 않사옵니까?"

"군사를 새로이 정비를 해야 한다. 그리고 우리 백제군만으로 신라군을 상대하는 것이 벅차다. 그래서 가야와 왜국의 지원을 받도록 해야 한다."

"가야와 왜국의 지원을요?"

"가야는 지금 신라의 위협을 받고 있다. 우리 백제에 기대서 나라의 운명을 지키려고 하니 우리의 요구에 응할 것이고 왜국 또한 우리와 좋은 관계를 유지하고 있으니 지원을 해줄 것이다. 나는 이들 나라에 도움을 요청하는 사신을 보낼 것이다. 그동안 너는 군사를 조련하거라. 그러려면 시간이 걸릴 것이다. 그때까지 준비를 단단히 해놓아야 한다."

"가야의 도움을 받는다면 우리 백제에 가야 유민들이 많이 들어와 있지 않습니까? 그들의 지원도 받아야 할 것입니다."

"그것도 좋은 방법이다. 가야의 유민은 백제뿐 아니라 왜국으로도 많이 피난을 가 있을 것이다. 그들에게 이번 전쟁에서 신라에 승리하면 빼앗은 땅에서 새로이 가야를 건국할 수 있도록 도와주겠다고 약속을 하면 기꺼이 지원을 할 것이다."

"아버님의 말씀, 좋은 생각이십니다."

"그래 준비를 단단히 하여 꼭 신라에 복수를 하자꾸나."

그날부터 부자는 신라에 복수할 준비를 차근차근히 해나갔다.

준비를 해나가는 한편 신라에는 티를 내지 않기 위해서 겉으로는 유화 정책을 썼다. 성왕은 후궁에서 난 딸 하나를 선발하여 신라의 젊은 왕에게 바치기로 한 것이다. 두 나라 사이에는 이미 결혼으로 동맹의 결속을 맺어 온 전통이 있었다. 그리하여 잠시 서운했던 감정을 뒤로하고 다시 동맹을 공고히 하자는 제스처를 쓴 것이었다.

"신라왕은 젊은 놈이니까 여색에 약할 것이다. 공주 중에서 제일 미인을 골라라. 공주가 신라 궁중에 머무르는 동안에 사신이 공주를 자주 방문하여 위로를 해주어라. 그러면서 신라 조정의 동태를 살피고 오라 하여라."

백제왕은 신라가 눈치채지 못하게 완벽하게 계획을 꾸몄다. 그러면서 신라 침공 계획을 진행해 나갔다.

성왕은 신라왕에게 후궁으로 보낸 공주를 위문한다는 구실을 만들어 사신을 자주 보냈다. 그러던 차에 사신이 중요한 보고를 해왔다.

신라 조정에 인사가 있었는데 그동안 전쟁에서 공포의 대상이 됐던 이사부를 비롯한 원로 신하들이 2선으로 물러났다는 것이다. 이는 백제왕이 신라에서 듣는 일급 정보였다. 됐다! 신하의 보고를 받고 왕은 무릎을 쳤다. 마침내 기다리던 기회가 온 것이었다. 백제가 신라를 공격하기로 준비한 지 2년이 흐른 때의 일이었다.

백제의 연락을 받고 지원군이 속속 도착했다. 왜군은 군사 1,000을 보냈다. 그들은 10여 척의 배에 나눠 타고 남서해안을 거쳐 금강 하구에 도착했다. 왜군 중에는 가야의 유민 500이 섞여 있었다. 대가야의 군사도 합세했다. 대가야는 3,000의 군사를 지원했다. 가야의 소국이 멸망함으로써 백제로 망명 온 유민 1,000도 백제군으로 편성이 되었다.

"우리는 관산성을 공격할 것이다."

성왕의 공격 목표는 신라가 차지해 버린 한강 유역이 아니었다. 신라의 본토인 관산성을 바로 공격하기로 하였다.

관산성은 신라의 수도로 넘어가는 요충지의 성으로서 이곳을 점령한다면 곧바로 서라벌까지 진격할 수가 있었다. 또 이곳은 한강 유역의 땅과 본토를 연결하는 중간지점에 해당하는 곳으로서 허리를 끊어놓는다면 신라가 차지하고 있는 한강 유역을 되찾는 데도 크게 유리하였다.

부여창은 왜군과 가야의 지원군을 합한 3만 5천의 군사를 이끌고 관산성으로 진격했다. 가는 길목에 있는 진성을 먼저 공격하였다. 진성을 지키던 신라의 병사는 아무런 방비를 하지 않고 있다가 백제의 대군을 맞아 제대로 대항도 하지 못했다. 백제군은 손쉽게 진성을 점령한 후 관산성을 공격했다. 관산성에서도 신라군은 약간의 저항이 있었을 뿐 백제군을 저지할 정도가 되지 못했다. 신라군은 북쪽의 한강 유역 기지에 거의 주력을 모으고 있었기에 후방의 방비가 소홀했던 것이다. 백제군은 남녀 백성 3만 9천여 명과 군마 8천을 획득하는 전과를 올렸다.

"보라 우리의 기세에 놀라서 신라군은 혼비백산하지 않는가? 우리는 소백산을 넘어 신라의 수도까지 진격할 것이다. 그래서 우리의 뒤통수를 치고 한강 유역을 차지한 신라에 복수할 것이다."

부여창은 큰소리를 치며 군사들을 몰아쳤다.

그러나 부여창을 보좌하는 좌평은 이에 반대하는 의견을 냈다.

"더 이상 신라 땅으로 들어가는 것은 우리에게 불리합니다."

"어째서요? 승기를 잡은 이 때에 몰아쳐야지."

"신라의 군사력은 결코 만만하게 볼 정도가 아니옵니다. 너무 깊이 들어가면 뒤에서 공격을 받을 우려가 있습니다." 좌평이 걱정하는 것은 한강 유역에 머물러 있는 신라군이 뒤에서 공격해 온다면 속수무책으로 당할 우려가 있다는 것이었다. 지난번 고구려를 침공할 때도 뒤는 재보지 않고 앞으로만 나아가다가 신라군에 당하지 않았던가?

"더 이상은 위험합니다. 여기서 멈추셔야 합니다." 좌평은 부여창을 극구 말렸다. 그러나 부여창은 좌평의 말을 듣지 않았다.

"그대는 너무 늙어서 전쟁에는 쓸모가 없다. 뒤로 빠져있어라." 부여창은 오히려 말리는 좌평에게 핀잔을 주었다.

성왕은 지난번 고구려 침공이 실패한 것은 태자가 앞뒤를 재보는 것 없이 너무 성급하게 서둘렀던 것이 원인이라고 생각했다. 태자는 총명하고 용맹하기는 한데 아직은 젊어서 그런지 치밀하지 못하고 자신감만 가지고 밀어붙이는 것이 탈이었다. 저돌적인 성격이 항상 염려스러웠다. 그래서 이번 전투에는 지난번과 같은 실패를 거듭하지 않기 위하여 나이 많은 좌평으로 하여금 태자를 보좌토록 하였다. 그런데 태자의 마음은 부왕의 마음과는 달리, 진성과 관산성 전투에서 승리를 맛보고서 예의 밀어붙이는 성격이 또 도진 것이었다.

나이 많은 좌평이 이래라저래라하는 것을 오히려 귀찮게 여겼다.

승기를 잡은 때에 밀어붙여야 한다! 태자는 한시라도 빨리 승전고를 올려서 아버지에게 인정을 받고 싶었다. 그리하여 지난번 전쟁에서 구겼던 체면을 살리고 싶었다.

　좌평은 태자에게서 핀잔을 듣고 성왕에게 도움을 요청하였다.
　'태자가 신의 조언을 듣지 않고 신라 영토 내에 너무 들어와 있습니다. 부왕께서 명을 내리소서!'

가야왕국

김무력

신라 조정은 백제의 침입에 당황했다. 서라벌에는 백제군의 침입에 동원할 병력이 남아있지 않았다. 신라군의 주력 군사는 모두 한강 유역에 배치되어 있었다. 서라벌에는 수도를 방어할 수 있는 정도밖에 군사가 없었다. 신라로서는 그동안 왜국과 고구려 말갈족에 의해서 몇 번에 걸쳐서 수도가 위협받아서 왕이 피란한 적이 있었기에 수도 방어를 위한 병력을 뺄 수가 없었다.

이럴 때 이사부 병부령이 있었으면….

진흥왕은 이사부 등 원로 신하들을 나이가 많다는 이유로 조기 은퇴시켰던 사실을 상기하며 후회하기도 했다.

젊은 왕은 심각하게 고민하다가 마침내 결정을 내렸다.

"신주의 군사를 이동시켜서 백제군을 막도록 하라."

신주는 비록 신라의 지배하로 들어오긴 하였지만 오랫동안 고구려와 백제의 지배를 받아오던 곳이어서 반발이 만만치 않았다. 그래서 신라는 남쪽의 백성을 이동시키고 대규모로 군사도 집결시켜서 방비를 강화하는 등 경영에 공을 들이는 중이었다.

신주 군주로 임명된 김무력은 아직 약관의 나이였다. 하지만 젊은 왕에게 능력을 인정받아서 이사부 은퇴 이후 사다함과 함께 신라 군부의 핵심 멤버가 된 것이다. 그는 이사부가 한강 유역 전투에서 지휘하던 군을 모두 인계받았다.

김무력은 병력 2만 5천을 이끌고 새로 개척한 남한강 뱃길을 따라 소백산 기슭으로 내려왔다. 대군이 소백산 길을 따라 내려오려면 수십 일이 걸리는 길이었으나 뱃길을 따라오니 삼일 정도밖에 걸리지 않았다. 담양 나루터에 내린 군사들은 재빠르게 움직였다. 지역에 염탐꾼을 보내서 알아보니 적은 관산성을 지나 내륙 깊숙한 곳 구타모라까지 진격하여 성을 쌓고 있다는 것이다. 김무력의 부대는 구타모라로 가는 빠른 길을 택했다. 무중산과 관산 사이의 골짜기를 통하면 빨리 도착할 수 있다는 보고를 받았다. 무엇보다도 계곡을 통하여 이동한다면 적에게 노출도 되지 않거니와 계곡 쪽은 적의 방비가 허술하여 성을 공격하기가 쉽다는 것이다. 김무력의 부대는 최대한 은밀하게 또 빠르게 계곡으로 이동하였다.

백제의 성왕은 좌평의 보고를 받고 관산성 전투를 자신이 직접 지휘하기로 마음먹었다. 이대로 태자에게만 맡겨놓을 수만은 없었다. 자칫 지난번과 같은 실수를 되풀이한다면 십 년 공이 도로 아미타불이 되는 것이다. 우선은 신라 본토 깊숙이 들어가는 것을 막아야 했다.

성왕은 경호병력 50명만 데리고 급하게 출발했다. 성왕은 마음이 급했다.

가야왕국

대규모로 군사를 동원한 사실을 안 신라가 가만히 있지는 않을 것이다. 신라는 한강 유역에 대규모의 병력을 배치해두고 있다 하지만 그 병력은 언제든 움직일 수 있는 병력이다. 만약 그 병력이 후방으로 내려와서 공격하기라도 한다면, 그리하여 신라 본토에 있는 병력과 합세하게 되는 날이면, 아군은 꼼짝없이 갇히는 신세가 되는 것이다. 후방길이 막히면 보급로도 문제였다.

　"서둘러라 빨리 가자." 성왕은 신라의 지원군이 도착하기 전에 자신이 먼저 도착하여 군을 지휘해야겠다고, 일행을 재촉했다.
　성왕은 몸을 가볍게 하여 서둘러오긴 하였지만, 산을 넘어와야 하는 길은 뜻과 같이 쉽지가 않았다. 성왕을 안내하는 병사는 왕이 서두르고 있는 눈치를 채고 자신이 아는 길을 택했다. 길잡이 병사는 좌평의 지시를 받아 왕궁으로 전선의 사정을 알리러 갔던 자였다. 그도 관산 계곡의 빠른 길을 택했다. 성왕은 급한 마음에 병사가 안내하는 대로 따라갔다. 그 길은 불과 얼마 전에 신라의 김무력이 이끄는 부대가 지나갔던 길이었다.
　김무력은 성왕의 일행이 뒤에서 쫓아오는 줄 모르고 계곡을 헤치며 나아가고 있었다. 그런데 후미에서 경계를 하며 따르던 군장이 헐레벌떡 쫓아와서 보고를 했다. "장군, 장군 우리 뒤를 쫓는 군사가 있습니다."
　"뭣이라 우리 뒤를 군사들이 쫓아온다고?"
　"그러하옵니다. 많은 군사는 아니나 우리 뒤를 쫓는 것이 수상하여 보고를 드리는 것입니다."
　"우리 뒤를 따를 군사가 없는데 웬 놈들인지 수상하다."

김무력은 부대를 멈추고 군장에게 지시했다.

"웬 놈들인지 확인을 해보라."

김무력은 군사 200명을 내주면서 계곡에서 매복을 하라 지시했다.

계곡은 두 개의 산이 맞닿아 있는 협곡이었다. 협곡을 따라서 구불구불 얕은 개울이 흐르고 양옆은 숲이 우거져서 매복하기 알맞았다. 이 지역 사람들은 이곳 협곡을 구진베루라고 불렀다.

매복하는 신라군이 숨을 죽인 채 기다린 지 얼마 되지 않았는데 성왕의 일행이 도착했다.

"높은 관직에 있는 자의 행차 같습니다."

군장의 곁에 있는 병사가 낮은 목소리로 말했다.

적의 대장인 듯한 자가 타고 있는 말의 휘장이 전장터에서는 어울리지 않게 호화로운 것을 보고 하는 말이었다. 말뿐 아니라 입고 있는 갑옷도 예사롭게 치장한 것이 아니었다.

"아주 높은 놈인 듯하구나. 잘 됐다. 사로잡아서 장군께 데려가야겠다."

군장은 깊게 한번 숨을 들이쉬고 공격 명령을 내렸다. 군사들은 일제히 계곡의 양옆에서 뛰쳐나갔다.

"웬 놈들이냐?"

"매복이다."

"어라하가 위험하다!"

"어라하를 보호하라!"

상대는 놀라서 우왕좌왕하면서도 곧 대형을 갖추어 성왕을 둘러쌌다.

"어라하라고?"

군장은 백제군이 떠드는 소리를 듣고 적의 우두머리가 왕이라는 것을 알아챘다.

"저 자가, 말을 타고 있는 자가 왕이란다. 다른 놈은 놔두고 저자를 잡아라!"

양쪽의 군사들이 어울려서 백병전을 벌였다. 성왕은 말을 타고 도망하려 하였으나 상대의 군사가 이미 몇 겹으로 에워쌌다. 경호 군사들이 필사적으로 대항하였으나 상대의 기세를 당하기에는 역부족이었다. 왕을 보호하던 군사들은 다 쓰러지고 에워싸고 있는 신라 군사들이 창을 들이밀었다. 성왕은 꼼짝없이 말에서 내려와 포로로 붙잡혔다. 성왕을 보호하던 군사는 불과 서너 명만 살아남았다.

"묶어라. 묶어서 장군에게 데려가자."

"정말이냐? 진정 백제왕을 붙잡았다는 말이냐?"

김무력은 백제왕을 사로잡았다는 보고를 받고도 믿기지 않았다. 이것은 전혀 기대하지 않은 큰 수확이었다.

왕을 붙잡다니… 대어도 이만한 대어가 없었다. 전쟁의 물줄기를 이한방으로 일시에 바꿔 놓을 수가 있는 호기를 잡은 것이다. 김무력은 직접 심문을 했다.

상대는 포로의 신세임에도 붙잡혀 온 데 대하여 조금도 굴하지 않았다.

"죽이라. 이대로 죽여서 부끄러움을 면하게 해다오."

"그대는 죽지 않아도 될 길이 있는데 왜 죽기를 바라오? 전쟁에 패배를 선언하시오. 그리고 군사를 물린다면 목숨은 살려줄 수가 있소."

"싫다. 살아서 수모를 당하느니 차라리 죽어서 원수로 기억되기를 바란다."

김무력은 백제왕을 이용하여 승리로 전쟁을 끝맺음하려 하였으나 성왕의 기를 꺾지 못했다.

"참수하라. 이 사실을 성안에 있는 적에 알리고 서라벌에도 파발을 띄워라."

김무력은 백제왕의 기를 꺾지 못한다는 것을 알고 목을 베라고 지시를 했다. 전쟁을 하는 마당인데 적국의 왕을 산 채로 데리고 다니는 것은 부담이 되지 않을 수가 없었다. 말을 듣지 않는 바에는 차라리 죽여서 적의 사기를 꺾어놓는 것이 최선의 전술이었다.

신라군은 부여창이 머물고 있는 구타모라 성을 에워쌌다.

성안에 머물러있는 부여창은 그때까지 아버지의 죽음을 모른 채 신라에 대한 공격만을 구상하고 있었다.

월악산 줄기는 깊은 산세 때문에 안개가 자주 피어올랐다. 날이 밝아도 거의 안개 속이었다. 신라군은 야밤을 이용하여 성 앞까지 진출할 수 있었다. 백제군은 새벽이 되어도 신라군의 접근을 눈치채지 못했다.

"저게 뭐시여?"

새벽에 번을 서고 있던 군사 하나가 안개 속에서 움직이는 물체를 발견했다. 사람의 움직임이었다. 적의 군사인지도 알 수가 없다.

가야왕국

병사는 군장에게 보고하고, 보고는 신속하게 부여창에게 보고되었다.

안개 속에 어른거리던 정체가 서서히 드러났다. 소리가 두런거리더니 이내 큰 소리가 들렸다.

"백제 놈들아, 이것이 보이느냐?" 상대가 성 앞 가까이까지 와서 뭔가 깃대에 사람 머리만 한 것을 꽂아서 흔들었다.

"저게 머시여?"

"사람 머리가 아니당가?"

성 위에 있는 병사는 깃대에 꽂혀있는 물체를 확인하고는 놀라서 뒤로 나자빠질 뻔했다.

"이기 너거 왕 머리다. 잘 봐라 잘 보라꼬! 이 멍청한 것들아!" 성 아래 병사는 깃대에 꽂힌 머리를 흔들어댔다. 성 아래에서 위를 보고 약을 올리는 중이었다.

"뭣이여? 우리 어라하의 머리라고? 아이고 잡것 이걸 어쩌면 쓰까이…"

병사를 지휘하는 군장이 쫓아왔다. 그도 상황을 보고 놀랐다. 당황하여 어쩔줄 못하는 사이에 부여창과 장수들이 도착했다. 날이 밝아지자 안개가 차츰 벗겨지면서 시야가 뚜렷해졌다.

"야 이 멍청한 것들아 머리만 보이느냐? 여기 너거들 왕 몸뚱아리도 있다. 잘 봐라."

성 아래의 병사들은 말에 싣고 온 다른 물체도 가리켰다. 늘어진 자루 같은 것이었다. 자세히 보니 그것은 사람의 시체였다. 그 옆에는 병사 몇 명이 오랏줄에 묶여서 고개를 수그리고 있었다.

"너거 왕 몸뚱아리다. 건네 줄끼니까 빨리 성문을 열고 받아라!"

성 밖에서는 계속 성 위를 올려다보고 소리쳤다.

성 위에서 놀라는 사람은 병사뿐 아니었다. 부여창과 따라온 장수들도 모두 입틀막이었다.

이게 어찌 된 일인가… 어찌하여 사비에 있는 부왕이 죽은 시체가 되어 예까지 왔다는 말인가? 어찌하여 적의 손에 목이 잘려서 창끝에 머리가 꿰이고 옥체가 목이 잘린 채로 말에 실려있다는 말인가?

부여창은 보고를 받고도, 현장을 목격하면서도 믿을 수가 없었다.

"일단 성문을 열어주라 확인을 해보자."

부여창의 명에 따라 성문이 열렸고 왕의 시체를 태운 말과 오라에 묶인 백제 군사들은 성안으로 들어갔다.

성 위의 백제 병사는 임무를 마치고 돌아가는 신라 군사를 향해 활을 쏘아댔다. 몇 방의 화살이 신라군이 돌아가는 뒷자리에 꽂혔다.

진영으로 돌아간 신라 병사는 무력에게 무사히 임무를 마치고 돌아왔음을 고했다.

"길목을 단단히 지키고 있어라. 이제 곧 놈들이 성문을 열고 쫓아나올 것이다."

보고를 받고 김무력은 장수들에게 일렀다.

이 모든 것은 김무력의 작전이었다. 김무력은 백제군에 그들 왕의 시체를 돌려주고 나면 흥분한 군사들이 뛰쳐나올 것이고, 그때를 이용하여 기습 공격하기로 계획을 짜놓고 있었던 것이다. 성문을 깨고 들어가서 싸우는 것보다 적이 성문을 열고 뛰쳐나오기를 기다려서 싸

가야왕국

우는 것이 훨씬 유리하다는 판단이었다. 그러기 위해서는 적이 최대한 흥분하도록 약을 올려놓아야 했다.

얼마 있지 않아 백제군이 성문을 열고 쏟아져나왔다. 흥분한 부여창이 말을 타고 선두에서 지휘했다. 신라군은 길목에 매복을 하고서 백제군이 틀 안에 들어오기를 기다렸다가 일제히 공격을 퍼부었다. 화살이 비 오듯 날라오더니 기마병이 창을 곤추세우고 질풍처럼 달려왔다. 갑작스럽게 공격을 받게 된 백제군은 우왕좌왕하며 전열이 흐트러졌다. 이 사이에 길섶 수풀에 매복해 있던 보졸들이 들이닥쳐서 칼로 베고 창으로 찌르고 도끼를 휘둘렀다. 목이 날아가는 자, 머리가 박살 나는 자, 팔다리가 베이는 자. 백제군은 속수무책으로 당했다. 백제군은 후퇴를 하려고 해도 그들끼리 부대껴서 서로 밟혀서 죽고 다쳤다. 아수라장을 이루던 백제군이 겨우 수습을 하고 성으로 후퇴를 하였을 때는 병사들 절반이 죽거나 다쳤다. 성에 남아있던 병사들도 혼비백산하여 돌아오는 아군을 보고 있노라니 덩달아 사기가 위축되었다.

신라군은 공격을 늦추지 않았다. 성은 임시로 만들어져서 곳곳에 빈틈이 있었다. 신라군은 불화살과 석포를 쏘아대고는 사다리로 성벽을 타서 넘었다. 백제군은 제대로 저항도 못 하고 물러났다. 열린 성문으로 신라군이 쏟아져 들어오자 백제군은 도망치기에 바빴다. 그러나 도망을 해봤자 성안이다. 신라군은 성내 곳곳을 다니며 숨어있는 백제군을 붙잡았다. 백제군은 거의 전멸에 가까운 수준으로 피해를 입었다. 성안을 빠져나가 도주한 백제군은 부여창을 비롯하여 수백 명에 불과했다.

신라군은 구타마루 전투에서 큰 승리를 거둠으로써 관산성 전투의 대미를 장식하였고 김무력은 이로써 이사부의 퇴진으로 한동안 무력해진 신라군의 새로운 영웅으로 자리를 잡게 되었다. 젊은 왕은 그 공로를 인정하여 왕실의 공주와 결혼하게 함으로써 김무력은 왕실 가족의 일원으로 진골의 품계를 받아 신라 사회의 1급 귀족의 반열에 오르게 되었다.

가야 멸망

신라는 한강 유역을 지배함으로써 이제 명실공히 삼한 땅의 실력자가 된 것이다.

백제는 관산성 전투 이후 피해가 너무 커서 회복하는 데도 힘에 겨웠고 고구려 또한 돌궐의 침입으로 북쪽 변방이 위태로운 상태에서 남쪽까지 넘볼 계제가 되지 못했다. 고구려는 아예 한강 이남에 대해서는 손을 놓았다.

신라의 젊은 왕에게 아직 남아있는 일은 이제 가야 땅을 완전히 정복하는 일이었다.

신라와 가락국은 오랫동안 황산강(낙동강) 유역을 차지하기 위하여 여러 차례 크고 작은 전쟁을 치러왔다. 탈해왕 대에는 신라가 황산진 전투에서 1,000여 명의 사상자를 내는 전과를 올리며 대승을 하기도 하였으나 파사왕 대에 이르러서는 가락국의 영향력이 커져서 오히려 눈치를 봐야 했다. 내해 이사금 대에는 강 유역과 해안 일대의 포상팔국(浦上八國)이 연합하여 가락국을 공격할 때 신라가 지원군을 보내 이들을 물리쳐 주었다. 그러함에도 가야는 기회가 있을 때마다 백제와 왜국의 편에 서서 신라를 곤혹스럽게 만들었다. 이외에도 백제와 왜국이 연합하여 신라의 수도 금성을 공격했을 때에 가야국은 연합군을 지원했던 일과 최근 백제가 관산성을 공격하는 데에도 가야군은 적지 않은 병사를 보내서 백제를 도운 일 등, 진흥왕이 생각하기에 이제 가야의 행위를 더는 두고 볼 수가 없었다. 그냥 두고 지나간다면 언제 또 뒤통수를 맞을지 알 수가 없었다.

이미 비사벌, 탁기탄, 탁순 등 많은 가야의 소국 들이 항복을 해왔다. 나머지는 대가야와 안라국뿐이다. 백제와의 관계에서도 이제는 눈치를 볼 것도 없었다. 백제는 관산성 전투에서 너무 큰 피해를 입었으므로 가야에 신경 쓸 겨를이 없게 되었다. 젊은 왕은 이 기회에 남아있는 가야의 소국 모두를 정벌해 버려야겠다고 생각을 굳혔다.

젊은 왕은 가야정벌을 위하여 지시를 내렸다.

잠시 병부의 일에서 물러나 쉬고 있던 이사부를 복귀시켜서 준비를 시켰다. 이사부의 나이 60을 넘겨서 전쟁터에서 활약은 예전만큼 기대하기는 어려웠으나 아직은 그 노련함과 함께 명성은 적의 사기를 꺾어놓기에 충분했다. 젊은 왕은 총지휘를 이사부에게 맡기는 한편 금현성과 관산성 전투에서 공을 세운 김무력과 소년 장수 사다함을 선봉에 세웠다.

김무력은 군사 10,000을 지휘하여 먼저 안라국을 공격했다. 김무력은 안라국과 인접해 있는 가락국의 왕자 출신이다. 금관국의 마지막 왕 김구해(구형왕)가 신라에 나라를 갖다 바치기 위하여 가족을 데리

가야왕국

고 서라벌로 향하였을 때 가락국의 많은 백성들은 안라국과 백제, 왜국으로 망명했다. 가락국은 한때 가야 전체를 이끌었던 맹주국이었는데 이제 그 가락국의 왕자였던 김무력은 되려 정복자인 신라에 앞장서서 형제국을 멸하려 나선 것이다. 역사는 때로는 참 아이러니한 방향으로 전개가 된다.

신라의 군사가 안라국의 왕성에 도착했을 때 주인은 이미 없었다. 안라왕은 신라군이 도착하기 전에 신하들과 함께 배를 타고 왜국으로 도주해버렸다. 왕궁 옆에 덩그러니 세워진 고당 건물만이 한때 쓰러져 가는 나라를 지탱하기 위하여 안간힘을 썼던 흔적인 듯 남겨놓고 왕궁은 휑하게 비어 있었다.

이로써 신라는 또 하나의 가야국을 정벌한 것이다. 신라군은 왕성 경비를 위하여 약간의 병사들만 남겨두고 또 다른 가야의 소국을 정벌하기 위하여 내륙으로 진격해 들어갔다. 신라군의 다음 목표는 지리산 내륙에 있는 사반하국이고 다사국이었다.

대가야의 이뇌왕은 신라가 쳐들어올 것이라는 보고를 받고 백제와 왜국에 구원을 요청하는 사신을 보냈다. 지난날을 보면 가야, 백제, 왜국은 여러 차례 신라에 대항하여 함께 힘을 합했다. 이웃 안라국이 점령당한 것을 보고 있노라니 하루하루가 애가 타는데 아무런 소식이 없었다. 강 건너 비사벌에 신라군이 집결해 있다 하니 이제 곧 공세가 시작될 모양이다. 왕과 신하들은 연일 머리를 맞대고 궁리를 짜내 보았으나 별다른 묘책이 없었다. 갑론을박, 신라에 항복하자느니,

일시 왜국이나 백제로 피난을 갔다가 다음을 도모하자느니, 결사 항전하면서 백제와 왜국으로부터 지원군이 올 때까지 버텨보자느니 결론 없는 격론만 벌어졌다.

왕은 신하들의 격론을 지켜보면서 몇 밤을 잠을 이루지 못하다가 드디어 결심한 바를 밝혔다.

"이제 500년 사직이 나의 대에 와서 끝이 나는가 보다. 그러나 어쩌랴 이것이 우리의 운명인 것을…."

말을 하는 왕의 목소리에는 피가 끓고 있었다.

"지금 목숨을 바쳐 싸운다 한들 우리에게는 적을 물리칠 수 있는 능력이 없다. 또 한때 잠시 승리를 한다 해도 결과는 마찬가지일 것이다. 지금으로서 우리에게는 희망이 없다. 그러함에도 나는 목숨을 바쳐서 끝까지 싸우는 길을 택하겠다." 신하들은 임금이 말하는 것을 숙연하게 듣고 있었다.

"내가 목숨을 바쳐 나라와 운명을 함께하고자 하는 것은 지금 우리의 운명을 미래에 맡기고자 하는 데에 있다. 지금 우리는 어쩔 수 없이 신라에 정복당하여 나라가 끝장이 날 운명에 처해있지만 우리가 목숨을 바쳐서 최선을 다하였다고 하면 그 정신은 길이 살아남아서 후대까지 전해질 것이다. 후대에 누군가가 이 정신을 이어받아서 잃어버린 나라를 되찾는 데 정신적 사표로 삼는다면 지금 목숨을 버린다 한들 어찌 아깝다고 하겠는가…!" 임금의 작별의 인사는 처연했다.

"전하! 어찌하여 못난 신하들을 탓하지 않으시나이까?"

"소신들도 전하의 뜻을 따르겠나이다."

가야왕국

임금이 말을 마치자 신하들은 마룻바닥을 치면서 통곡했다.

임금은 신하의 통곡을 들으면서 말을 이었다.

"모두는 나와 함께 목숨을 같이 할 필요는 없다. 누군가 오늘의 이 자리에서 이런 이야기가 논해졌다는 것을 후세에 전해줄 필요가 있으니 한 사람이라도 살아남아서 여기서 있었던 이야기를 후대에 전해야 한다. 나는 신라군이 쳐들어오면 이곳에서 최후까지 싸울 것이다."

왕은 말을 마치고 정전正殿을 나와서 앞산을 바라보았다. 선조들이 누워있는 능의 능선이 눈앞에 펼쳐졌다.

"아 조상님이시어 어찌 저에게 이런 시련을 주시나이까…"

왕의 눈에서는 굵은 눈물방울이 떨어졌다.

왕의 마음을 아는지 능선을 이룬 곳에서 한 줄기 바람이 불어왔다. 능 뒤쪽의 대나무 숲에서 들리는 듯 악마구리 끓듯 하는 소리도 함께 바람에 섞여서 들렸다. 바람은 이내 광풍이 되어 왕궁 뜰을 휩쓸고 지나갔다.

내전으로 들어온 왕은 왕자를 불러들였다.

"태자야…" 왕은 부정이 담뿍 담긴 목소리로 불렀다.

"네."

"너도 궁중의 사정을 들어 알 것이다. 나라의 운명이 내 대에 와서 다 하는 것 같구나…"

"송구할 따름입니다." 태자의 눈에서 눈물이 흘렀다.

"내 마지막으로 너에게 할 수 있는 말은 이곳을 떠나라는 말이다."

"예? 무슨 말씀이시온지? 아버님께서는 이곳에서 결사 항전을 말씀하시지 않으셨습니까?"

"그랬지. 그러나 결사 항전은 내가 하겠다는 것이고 너는 이곳을 떠나거라 그리고 신라로 네 어미를 찾아가거라."

"아니옵니다. 소자는 이곳에 남아서 아버님과 함께하겠습니다."

"아니다. 너는 신라인이니라. 가야는 가야 사람이 남아서 지킬 것이다."

"무슨 말씀이시옵니까? 저는 가야인입니다. 아버님께서는 저를 대가야의 태자로 임명하셨구요."

"그랬지. 네 말이 맞는 말이다. 그렇지만 너는 신라인의 핏줄을 받았다. 어미가 신라인이니 반은 신라인이지 않으냐?"

"아니옵니다. 아버님 저는 가야의 태자로 태어났습니다. 저는 가야인입니다."

"내 말을 못 알아듣는구나, 내가 너를 신라인이라 말하는 것은 너의 어미를 찾아가서 신라인으로 살아가라는 뜻이다. 가야인으로 이곳에 남는다면 죽음밖에 없다. 이미 나라의 대세는 결정이 나 있다. 결사 항전을 한다 해도 얼마나 더 버티겠느냐? 다행히 왜국이나 백제에서 군사를 보내 우리를 구해준다면 모를 일이로되 그것은 기적을 바라는 일이고 이미 물 건너간 일이다."

왕은 아들을 차분히 설득했다. 태자는 신라와 정략결혼을 하여 낳은 아이다. 신라왕은 정략결혼을 허락하였다가 자신의 뜻대로 되지 않자 결혼을 취소하고 왕비를 데리고 가버렸다. 이뇌왕은 왕비가 떠날 때 아이는 내주지 않았다. 왕은 아이를 대가야의 태자로 임명하고 키웠다. 그러나 지금 나라의 운명이 다한 마당에 가야의 태자로 살아

가야왕국

가기는 어려운 일이다. 그래서 태자를 어미의 나라로 보내서 살아가게 하려는 것이었다.

"어서 떠나거라 시간이 없다. 신라군이 언제 쳐들어올지 모른다. 신라군이 쳐들어오면 네 목숨도 아비와 같이 된다. 서둘러라."

"… 아버님 정녕… 흐윽!"

"이승에서 우리의 인연은 여기까지 밖에 되지 않는구나. 저승에서 다시 만나게 되면 그때 못다 한 정을 나누자꾸나…." 왕의 눈에서도 눈물이 가득했다.

그날 밤에 성을 빠져나오는 두 필의 말이 있었다. 태자와 호위를 맡은 무사가 탄 말이었다. 말은 어둠 속에서 남쪽에 뜬 큰 별을 보고 동쪽으로 방향을 정하여 달렸다.

태자가 떠난 지 사흘이 되었을 때 신라군이 쳐들어왔다. 강 건너에서 진을 치고 있던 가야군은 대군이 몰려오자 감히 대항할 엄두도 내지 못하고 무너졌다. 불화살 몇 방에 진은 무너졌고 이어서 들이닥친 기병들에 의해서 진지는 쑥대밭이 되었다. 신라군이 왕성까지 도착하는 데는 하루가 걸리지 않았다. 신라군은 급하게 달려왔다고 생각해서인지 왕성 앞에 멈춰서서 잠시 숨을 골랐다.

가야 왕은 왕성에 군량미 한 달 치를 준비해 두었다. 백제나 왜국의 지원군이 도착할 때까지 버티려면 그 정도는 마련되어야 했다. 우물도 몇 군데를 더 팠다.

먹는 것 못지않게 마시는 물도 중요했다. 화살도 준비하고 적이 성벽을 타고 넘어올 것을 대비해서 군데군데에 돌 더미도 쌓아놓았다. 화살이 동이 났을 때를 대비해서 버틸 수 있는 데까지 해보고자 한 것이었다. 성 밖에서 지원을 받을 수가 없으니 최대한 성안으로 모아두어야 오래 버틸 수 있었다. 성 밖의 백성들도 모두 성안으로 불러들였다.

신라군은 쉬고 있었던 것이 아니었다. 신라군은 왕성을 포위하고서 가야군이 외부와 연결되는 것을 차단했다. 성루에서 바라보이는 곳까지 진출하여 밤낮으로 시위를 해댔다. 낮에는 말을 달리고, 보졸들이 창검을 번쩍이면서 훈련하고 밤에는 군데군데 횃불을 대낮같이 밝혀놓고서 와자하니 함성을 질러댔다. 성벽을 지키는 가야의 군사들은 신라군이 다가왔을 때 화살을 날렸다. 화살은 신라군에 닿지도 못하고 중간에 떨어졌다. 신라군은 몇 차례 공격하는 것처럼 하다가 물러나곤 했다. 가야군의 진영에서는 신라군이 움직일 때마다 긴장하여 소란을 피워댔다. 가야군은 신라군이 움직이는 것만 보고서도 사기가 떨어졌다. 드디어 대군의 공격이 시작되었다. 먼저 석포를 쏘아댔다. 바위덩이만 한 돌덩이가 하늘에서 비처럼 쏟아졌다. 가야의 병사들이 돌덩이에 맞아서 죽고 다쳤다. 성안에서 나는 가야 군사들의 아우성이 성 밖에서도 들렸다. 뒤이어서 불화살이 날아들었다. 기름 묻힌 불화살은 불꽃을 피운 듯 하늘을 덮었다. 성안 곳곳 불이 붙은 광경은 성 밖에서도 환하게 비쳤다.

신라 군사들은 가야 군사가 혼란에 빠진 틈을 이용하여 사다리를 이용하여 성벽을 타고 올랐다. 성 밖으로 머리를 내미는 가야 군사는 신라군이 쏘아대는 활을 맞고 성 밖으로 고꾸라졌다.

동쪽 성문이 뚫렸다. 뚫린 성문을 통하여 몰려들어 온 신라군에 의해서 가야군은 도륙이 났다. 가야군은 겁에 질려서 제대로 대항도 못하고 도주하기 바빴다. 가야왕도 궁을 버리고 북쪽의 성벽으로 몸을 피했다. 왕의 곁을 지키던 병사들은 다 어디로 갔는지 겨우 몇몇만이 남아있을 뿐이었다. 왕은 이제 더 이상 물러날 곳이 없었다. 왕이 서 있는 곳은 북쪽의 벼랑 끝이었다.

왕은 벼랑 끝에 서서 아래를 내려다봤다. 낭떠러지 절벽이 눈앞에 아득히 펼쳐졌다.

'아, 이제 나 하나만 남았구나.'

왕은 마지막으로 자신을 정리할 생각을 했다. 더 이상 버티는 것은 병사들만 죽음으로 몰고 갈 뿐이었다.

"나 하나만 정리되면 이 전쟁은 끝나는 것이냐?" 왕은 자신을 곁에서 경호하고 있는 군관에게 물었다. 군관에게 묻는 것이 아니라 자신에게 묻는 것이었다.

"… 어이하여 그런 황공한 말씀을… 신들은 그저 사력을 다할 뿐이옵니다."

"고맙구나…. 너희 같은 충성스러운 신하를 두어 내가 가는 마지막 길이 섭섭하지가 않구나."

"전하, 이러고 계시지 말고 어서 이곳을 피하소서."

"여기서 어디로 간다는 말이냐? 너도 내가 항복을 하기를 바라느냐?"

"아니옵니다. 신들의 목숨은 전하에게 이미 맡겼사옵니다. 처분대로 따를 뿐이옵니다."

"살아남거라. 나를 따르면 개죽음밖에 되지 않는다. 나는 가야의 왕이 된 몸으로 끝까지 가야를 지키다 죽을 것이다. 그러나 너희들은 다르다 항복하여 신라인으로 살아가라."

"어이하여 그런 말씀을…"

"나로 인해서 그동안 고생했다. 더 이상 나를 위해 피를 흘리지 말거라"

"전하! 그런 말씀 마시옵소서. 저희는 전하와 함께하기로 이미… 헉!"

왕은 군관이 채 말을 마치기도 전에 성벽에서 뛰어내렸다.

"전하! 전하!" 왕을 둘러싸고 있던 10여 명의 병사들이 놀라서 소리쳤다.

왕의 몸뚱어리는 나뭇잎이 떨어지듯 팔랑거리며 절벽 아래로 떨어졌다.

'픽' 소리와 함께 땅바닥에 떨어진 왕의 몸뚱이는 잠시 꿈틀하다가 이내 잠잠해졌다.

떨어진 왕의 몸뚱이 위로 가을날의 햇빛이 따스히 내리비쳤다. 왕의 주검 위로 산등성이를 타고 넘어온 서늘한 바람이 스치며 지나갔다. 왕과 함께 죽음을 같이 한 사람은 아무도 없었다. 왕이 하늘나라에 가서 편히 잘 살기를 빌어주는 사람도 없었다. 왕의 죽음은 그렇게 혼자였다.

서기 562년 가을 하늘이 맑은 날 500년간 지속해 오던 가야의 역사가 마무리되는 순간이었다.

에필로그

왕이 절벽에서 떨어져 자진하였다는 소식은 일시에 가야군 내에 퍼졌다. 가야 병사들은 이제 더 이상 싸울 의의가 없어졌다. 곳곳에서 대항하던 가야의 병사들은 병장기를 버리고 항복하고 나왔다. 신라군은 궁내를 뒤져서 가야군 1,000을 포로로 잡았다. 그리고 성 안팎에서 쓸만한 백성 5,000을 더 붙잡았다. 백성 중에는 젊은 아낙들도 상당수 있었다. 신라군은 붙잡아 온 포로들을 분류해서 젊고 쓸만한 자들은 노예로 데리고 가서 신라 귀족가에 나누어 주었다. 병사들은 신라군의 말단으로 복속을 시키든가 성벽을 쌓고 대규모 토목 공사를 하는데 인부로 부렸다.

우륵은 성열현^{省熱縣} 집에 있다가 붙잡혀 나왔다. 그의 가야금 연주 솜씨는 가야 인근뿐 아니라 신라에서도 소문이 자자하였다. 우륵은 진흥왕이 가야를 평정하고 정복지 비화가야에 순수비를 세울 때 불려 나가서 축하 공연을 하였는데, 진흥왕이 우륵의 빼어난 솜씨를 칭찬하자 우륵은 자신이 연주한 금을 왕에게 바쳤다.

"이 악기를 무엇이라 하는고?" 왕은 우륵에게 물었다.

"원래 네 줄 혹은 여섯 줄로 전해 내려오던 이 지방 고유의 악기이온데 소인이 12줄로 새로 고쳐 만든 것이옵니다."

"고유한 악기인데 12줄로 새로 만든 것이란 말이지?"

"그러하옵니다."

"그러면 가야에서 새로이 만든 금이라 하면 되겠느냐?"

"… 가야는 이미 망하였는데 어찌 가야라는 명칭을 사용하겠나이까?"

우륵은 움찔하여 말했다. 혹시나 자신의 말에 왕의 심기가 불편해진 것이 아닌가 불안했던 것이다.

"네 말이 맞기는 하다만 나라가 망한 것은 군주에게 잘못이 있는 것이지 너 같은 백성에게 무슨 잘못이 있겠느냐?"

"망극하옵니다."

"망한 나라에서도 본받을 만한 것이 있을 터, 너의 음악은 신라에서도 이어받기에 충분하다. 이제부터 너의 악기를 가야금이라 부르도록 하라."

왕은 금은 금이로되 가야에서 새로이 만든 것을 신라에서 이어받았다는 뜻으로 가야금(伽倻琴)이라 이름을 붙여주었다.

왕은 또 덧붙여 지침을 내려주었다.

"신라에서는 악사를 선발하여 우륵에게 가르침을 받아서 널리 계승토록 하라."

가야가 패망하자 야로 광산을 경비하던 가야의 병사들도 어디론가 도망을 쳐버렸는지 사라졌다. 광산 사람들은 가야가 신라에 망해서 병사들도 잡혀갔다고 했다. 이어서 신라군이 광산을 들어와서 접수했다. 새로이 일할 광부들을 데리고 들어왔는데 그들은 모두 가야 사람들이었다.

"형님, 광산에는 일할 사람이 늘어났소이다. 우리는 어디로 붙잡혀 가는 것이 아니오?"

한동안 손을 놓고 있던 쇠돌이가 광산 사람들 숫자가 늘어난 것을 보고 불안한 눈빛으로 외눈에게 물었다.

"글쎄다." 앞일이 불안하기는 외눈 대장장이도 마찬가지였다.

"설마 죽이기야 할려고…? 우리를 붙잡아다가 성벽 쌓기를 시키겠느냐? 농사일시키겠느냐?"

"그럼 우리는 이곳에 남아서 계속 이 일을 하게 되는 것일까요?"

"우리에게 다른 재주가 없지 않으냐? 보아하니 전쟁은 계속될 모양인데… 신라가 가야와 전쟁에서 이겼다 하지만 백제와도 고구려와도 계속 전쟁을 할 것이 아니겠느냐? 그러려면 무기는 계속 생산하여야 할 것이고."

"사람들을 더 붙잡아 온 것을 보니 형님 말이 맞는 것 같습니다."

"그래 무슨 처분이 있을 것이다. 기다려 보자."

외눈이의 말대로 광산 일은 다시 시작되었다. 광산을 관리하던 가야의 관리는 신라의 병사로 바뀌었으나 일하는 인부들에 대해서는 아무런 제재가 없었다. 오히려 철 생산을 더 열심히 하라는 독려의 지시가 떨어졌다.

외눈 대장장이는 신라를 위하여 열심히 풀무질하고 망치를 두드려 칼과 창을 만들어냈다. 쇠돌이도 부지런히 철광석을 날랐다.

가야산 계곡을 따라 흐르는 홍류천은 해 질 녘이 되면 더욱 붉게 빛이 났다. 계곡 양옆으로 늘어서 있는 단풍나무의 붉은색에 노을빛이 더하여 계곡물은 마치 물감을 풀어놓은 듯했다.

단풍나무 숲 사이로 난 오솔길을 따라 한 나그네가 숲길을 헤치며 산을 오르고 있었다. 나그네는 3년 전 전쟁 때 성을 탈출하여 신라로 간 월광태자였다. 수척한 얼굴에 꾀죄죄하게 변해있는 그의 몰골을 보고 옛날의 태자라고 알아보는 사람은 아무도 없었다.

월광도 가야가 패망하였다는 소식을 들었다. 아버지는 마지막까지 싸우다가 장렬히 죽음을 택했다고 한다. 가야의 병사들과 백성들이 서라벌로 끌려와서 이곳저곳에서 노예로 지낸다는 소문도 들었다.

태자는 외가가 신라 왕족인 덕분에 생활하는 데 어려움을 겪지 않고 지내고는 있으나 패망한 나라의 태자라는 신분으로 감시를 당하며 살고 있는 처지로서 할 수 있는 일이 아무것도 없었다. 소식을 들을 때마다 견디기 힘든 가슴앓이로 괴로운 나날을 보냈다.

'가야를 지키다 죽어간 수많은 이름 없는 병사들의 죽음은 아무런 가치가 없는 것인가…' 태자는 더 이상 신라인으로 사는 것이 도리가 아니라는 생각을 하고 비록 패망한 나라이지만 내 나라로 돌아가고자 결심을 했다.

신라를 탈출하여 가야로 돌아간 것이었다.

폐허가 된 왕성은 전쟁 때의 모습 그대로였다. 누각은 불에 타서 그을려 있고 지붕은 무너지고 성곽은 허물어진 채 전쟁 때의 참혹했던 모습 그대로였다. 인적 없는 왕궁 앞 빈 뜰은 들쥐의 차지였다. 하늘

가야왕국

에는 독수리 두 마리가 들쥐를 노리는 듯 공중을 빙빙 돌았다.

월광은 발길을 북쪽 성곽으로 옮겼다. 망루에서 내려다보니 너른 마당에 들개 두 마리가 서로 으르렁거리고 있었다. 들개는 어디에서 물고 온 것인지 전쟁 때 사용하던 병사의 투구를 앞에 놓고 물어뜯으며 싸우고 있었다.

아버지가 이곳 성벽에서 떨어져 최후를 마쳤다던데….

월광은 아버지의 흔적이라도 찾아보려고 북쪽 성벽 아래를 더듬었다. 월광은 성벽 아래 잡초더미에 묻혀있는 조그마한 봉분 하나를 발견했다.

누군가 왕의 주검을 발견하고 봉분을 올려준 듯했다. 무덤 앞에는 비석이 없었다. 다만 조그맣게 빗은 토우 세 개가 무덤을 지키듯 놓여 있었다. 하나는 무장인 듯 옆구리에 칼을 차고 있고, 그 옆에는 문신인 듯 손을 앞에다 가지런히 놓은 공손한 모습이고, 다른 하나는 무릎을 꿇고 있는 시녀의 모습이었다.

토우가 없었으면 월광은 그 아비의 무덤인 줄 모르고 지나칠 뻔했다.

월광은 아비의 무덤 앞에서 한참을 울다가 발길을 가야산으로 옮겼다.

가야산은 산신 정견모주(正見母主)가 천신 이비가(天神 夷毗訶)를 맞아 대가야의 시조왕 이진아시왕(伊珍阿豉)을 낳은 곳이다.

옛날에 신라에서 넘어온 승려가 산속에 초막을 짓고 전쟁에서 죽어간 병사들을 위해 제를 올려주고 있다는 소문을 들은 적이 있었다. 월광은 그 스님 밑으로 들어가서 죄없이 죽어간 수많은 백성들의 명복을 빌며 나머지 생을 바치고자 하였다. 홍류천 북쪽에 있는 거덕사^{擧德寺}라는 암자에 늙은 중이 한 사람 있었다.

토기쟁이 물이는 어떻게 되었을까?

할배도, 아라도 모두 순장조로 끌려가 버린 마당에… 천애에 의지할 곳이 없이 된(할배를 만나기 전에도 고아인 것은 마찬가지였지만) 물이는 더 이상 이 나라에 살고자 하는 의욕이 없어졌다. 마침 신라가 침입한다는 소문으로 많은 유민들이 백제와 왜국으로 피난을 떠나고 있었다. 물이도 그들을 따라서 가야를 떠났다. 물이가 도착한 곳은 왜국의 관서지방이었다. 오사카 나라 교토 등 관서 기나이 지역에는 그 전부터 도래인들이 많이 거주해 살고 있었다. 물이는 이곳에서 할배로부터 배운 기술로 토기를 만들며 생활했다.

＊　　　　　＊

일본의 관서지방에는 지금도 아라, 가라, 아야, 가야 등의 명칭으로 불리는 신사와 고분유적, 지명들이 많이 남아있는데, 이는 가야인이 집단으로 세력을 형성하여 거주하였던 사실을 증명하는 것이라고 한다.(주: 남재우 저, 아라가야 역사 읽기, 안라국사 참조)

무덤 속에 잠자고 있던 가야가 2023. 9. 17 세계문화유산으로 등재가 확정되었다. 서기 562년 대가야의 멸망으로 막이 내린 가야의 역사는 그동안에 무덤 속에 묻혀 지내온 역사였다. 가야에 대한 역사는 오히려 일본 서기에 더 자세히 언급이 되있다. 한데 일본의 기록은 일제 강점기를 거치면서 그들의 식민지 사관에 의해서 많이 왜곡되어

가야왕국

있다는 것이 학자들의 주장이다.

　이제 가야의 역사는 세계문화유산으로 등재 세계의 역사로 인정을 받게 된 것이다. 이를 계기로 가야사가 새로이 연구 조명되어야 할 것이고 또 한편으로 많은 예술 작품으로 재탄생되어서 그 위대성이 널리 기억되기를 바라는 마음이다.

|가야 유물 |

종장판갑, 김해 퇴래리(국립김해박물관)

금동관, 고령 지산동 32호분
(국립중앙박물관)

오리 모양 토기, 영남지역
(국립중앙박물관)

몽고발형 투구, 김해 1475(국립김해박물관)

상형토기. 집, 배, 등잔, 사슴형 상형토기뿔잔, 아라가야 45호분(군립함안박물관)

가야왕국

초판 1쇄 2025년 2월 20일

지은이 윤만보
발행인 김재홍
교정/교열 김혜린
디자인 박효은
마케팅 이연실

발행처 도서출판 지식공감
등록번호 제2019-000164호
주소 서울특별시 영등포구 경인로82길 3-4 센터플러스 1117호 (문래동1가)
전화 02-3141-2700
팩스 02-322-3089
홈페이지 www.bookdaum.com
이메일 jisikwon@naver.com

가격 18,000원
ISBN 979-11-5622-916-2 03810